Official Guide Book of
The Shield Hero

메르로마르크에서 이세계편까지
『방패 용사』의 궤적을 좇는 공식 설정 자료집

『방패 용사』의
세계에
어서 오세요!

방패 용사 성공담

클래스 업

✦ 공식 설정 자료집 ✦

원작 : 아네코 유사기

편집 : MF 북스 편집부 · 노블엔진 편집부

목차

엑스트라 스토리
두 세계의 우호 ——————————————— 7

스토리 요약 ——————————————— 37

제1권 스토리 ——————————————— 38
제2권 스토리 ——————————————— 44
제3권 스토리 ——————————————— 50
제4권 스토리 ——————————————— 56
제5권 스토리 ——————————————— 62
제6권 스토리 ——————————————— 68
제7권 스토리 ——————————————— 74
제8권 스토리 ——————————————— 80
제9권 스토리 ——————————————— 86

캐릭터 파일 ——————————————— 93

이와타니 나오후미 ——————————————— 94
라프타리아 ——————————————— 100
라프짱 ——————————————— 105
필로 ——————————————— 106
빗치 ——————————————— 110
키타무라 모토야스 ——————————————— 112
아마키 렌 ——————————————— 114
카와스미 이츠키 ——————————————— 116
리시아 아이비레드 ——————————————— 118
메르티 메르로마르크 ——————————————— 120
피트리아 ——————————————— 122
에클레르 세이아엣트 ——————————————— 124

INDEX

엘라슬라 라그라록, 키르 ———————————— 126
엘하르트 ———————————————————— 127
베로커스 ———————————————————— 128
마법상, 히크발, 지원병, 반 라이히노트, 이도르 레이비아 ———— 129
밀레리아 Q. 메르로마르크 ———————————— 130
쓰레기 ————————————————————— 132
비스카 T. 발마스 ———————————————— 133
오스트 호라이 ————————————————— 134
영귀 —————————————————————— 136
카자야마 키즈나 ———————————————— 137
크리스 ————————————————————— 139
글래스 ————————————————————— 140
라르크베르크 시클 ——————————————— 142
테리스 알렉산드라이트 ————————————— 144
에스노바르트 —————————————————— 146
알트레제, 로미나 ———————————————— 147
쿄 에스니나 —————————————————— 148
요모기 에마르 ————————————————— 150
츠구미, 쓰레기 2호, 알버트 ——————————— 151

월드 가이드 ————————————————— 153

세계의 개요 —————————————————— 154
파도와 이세계 ————————————————— 156
전설의 무기와 용사 ——————————————— 158
방패의 힘 ——————————————————— 161
방패 용사 · 실드 리스트 ————————————— 162
종족 · 마물 —————————————————— 168
마법 —————————————————————— 170
지역 안내 : 메르로마르크 ———————————— 172
지역 안내 : 기타 지역 —————————————— 180
지역 안내 : 키즈나가 있는 세계 ————————— 182

사이드 스토리 —————————————— 185

일곱 개의 깃발 ————————————————— 186
첫 심부름 ——————————————————— 195
만약 필로가 속도광이라면…… ———————————— 203
만약 라프타리아가 계속 어린 모습이라면…… ——————— 209
만약 마인이 청초하고 나오후미를 모함하는 인물이 아니었다면…… ——— 214
만약 메르티가 처음에 나오후미의 동료가 되었다면…… ———————— 220
만약 라프타리아가 나오후미 이외에겐 마음을 닫았다면…… ———————— 225
만약 피트리아가 필로와 같은 말투, 성격이었다면…… ————————— 231
만약 나오후미가 창, 모토야스가 방패의 용사였다면…… ——————— 236
만약 메르티가 나오후미의 동료가 되었을 때 최고 레벨이었다면…… ——— 243
만약 클래스 업 때 육체적 성장이 한번 리셋된다면…… ———————— 248
만약 나오후미가 처음에 사성무기서를 읽지 않았다면…… ——————— 253
만약 카르밀라 섬에 파도가 왔을 때 나오후미가 페클 인형옷을 입었다면…… ——— 258
만약 테리스가 의뢰한 액세서리가 최고 품질이었다면…… ——————— 263
만약 리시아가 사실은 엄청나게 강했다면…… ————————— 268
만약 나오후미가 첫 노예로 라프타리아가 아니라 키르를 샀다면…… ——— 272
만약 라르크와 테리스가 껄렁남과 허영녀였다면…… ————————— 277
류트 마을 미식 소동 ——————————————— 283
카르밀라 섬 해변 스포츠 대회 ——————————— 290
만약 영귀가 전진할 때 메르로마르크의 피난 유도가 끝났다면…… ————— 299
만약 영귀의 등딱지가 약했다면…… ———————————— 304
만약 알 뽑기에서 벌룬이 태어났다면…… ——————————— 309
만약 무한미궁에 글래스가 함께 떨어졌다면…… ————————— 315
나오후미의 라프타리아 교육 문제 ——————————— 320
필로의 질투 소동 —————————————————— 325

Extra Story

엑스트라 스토리 : 두 세계의 우호

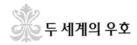 **두 세계의 우호**

쿄를 토벌하고 다양한 문제를 단번에 해결한 다음 날 밤에.

라르크가 성에서 대대적인 승리 기념회를 개최했다.

우리는 발안자인 라르크가 크게 들떠서 이번 기념회를 준비하러 돌아다니는 걸 싸움의 피로를 풀면서 보고 있었다.

"그러면…… 딱딱한 축사는 지겨울 테니까. 쿄의 세계 정복 야망을 물리치고 전쟁을 저지한 걸 기념하며…… 건배!"

"""건배!"""

모두 든 컵을 들어 올려 건배했다.

쿄를 쫓아 온 이세계에서의 분쟁도 겨우 해결되었다고 생각하니 마음속 깊이 안도하는 기분이 드는군.

"어? 오늘 기념회 음식은 엄청 맛있는걸. 꼬마가 요리에 가담했군."

"용케 알았군."

주방에 인원이 모자랐는지 바빠 보이기에 신경 써서 도왔다.

역시 아무것도 안 하고 축하만 받으면 몸이 근질근질하니까.

"그야 꼬마가 만들면 맛있는 걸 이미 아니까 말이지."

"나오후미도 무리하지 않아도 되는데."

키즈나가 어째 내 행동에 의견을 냈다.

" '이 물고기를 오늘 기념회의 메인 디시로 하자!' 면서 들뜬 표정으로 주방에 낚은 물고기를 가져온 녀석이 할 말이냐······."

주방에 있던 요리장이 뜬금없는 식재료를 받아 곤란해 했다고.

그러니까 그쪽 요리는 내가 담당해 주었다.

나 참······. 격전을 끝낸 다음 날에 낚시하러 가는 키즈나의 행동은 감탄할 수밖에 없구만······.

"뭐 어때! 결과적으로 모두 먹을 수 있는 요리가 늘어났잖아!"

키즈나가 뿌우 하고 볼을 부풀려 항의했다.

"그런데 나오후미는 생선 초밥 같은 것도 만들 수 있어? 이번엔 어째 므니에르로 한 것 같지만, 초밥이 먹고 싶은걸."

"응? 초밥? 그런 거야 쌀과 식초, 그리고 먹을 수 있는 물고기가 있으면 대충은 되지."

이세계지만 일단 쌀도 있으니까.

아무래도 이건 나를 소환한 이세계도 키즈나 쪽 이세계도 같은 모양이다.

이야기에 의하면 과거의 용사가 퍼트렸다든가 만들었다든가 하는 일화가 있는 것 같다.

밀가루 같은 것도 그렇고.

조금 풍미가 다르니까 나는 밀가루 짝퉁으로 인식하고 있지만.

"꼬마가 만든 초밥인가······. 뭔가 굉장할 것 같군."

"도련님······. 너는 여전히 내 호칭을 바꾸질 않는구만······."

"이렇게······ 스냅을 주는 느낌으로 쥐어서 만드는 것도 할 수 있어?"

"잠깐 기다려 봐."

나는 주방에 가서 키즈나 일행을 위해 준비한 쌀밥을 가져와서 식초와 설탕과 소금으로 초밥 식초를 만들었다. 이걸 밥과 섞어서 초밥용 밥을 만들고, 키즈나가 낚아 온 물고기를 한입 크기로 썰어서 밥에 올릴 재료를 만들었다.

"알겠지? 잘 봐."

손을 물로 씻고 재료를 한 손에 든 다음, 고추냉이……에 가까운 향신료를 갠 것을 발랐다. 이어서 밥을 쥐어서 한입 크기로 잡고 재료로 쓸 생선살을 올린다. 그리고 밥을 아래에서 눌러 홈을 만든 다음…… 두 번 쥐어 형태를 만들었다.

다 쥐기 전에 밥에 공기가 들어갈 공간을 만들면 입안에서 살살 녹는 초밥이 된다.

"자. 이게 가장 간편하게 한 손으로 살짝 돌려서 쥐는 방법이야. 별로 어렵지 않지?"

"빨라서 잘 모르겠어."

키즈나가 눈썹을 찌푸리며 나를 보았다.

"잘 봐. 이렇게 하는 거야. 나도 초밥 가게 요리사를 흉내 내서 하는 거라고."

"그런 것치고는 탁월하고 빈틈없는 동작으로 보이는데."

"착각이야. 아무튼 밥알에 잘 안 붙는 재료는 재료를 다른 방향으로 돌리고 쥐는 방법도 쓰거든? 초밥집에선 전통적으로 두 손을 다 써서 쥐는 방법을 쓰고."

키즈나도 알 수 있도록 되도록 느리게 쥐어 보였다.

그러고 보면 가족과 함께 초밥집에 마지막으로 간 건…… 몇 년 전이군.

어째서인지 회전 초밥집이 아니라 카운터에서 쥐어 주는 초밥집에 데려가 주었다.

부모님과 동생이 내게 '요리사의 손을 잘 봐.'라고 꾸준히 주의를 준 게 기억난다.

그 이후…… 초밥을 먹고 싶다고 했더니 직접 만들라는 말을 듣게 되었다.

결과적으로 내게 초밥을 부탁하게 되었었지……. 혹시 보고 익히게 만든 건가?

왠지 우울해진다.

"하……."

"키즈나 아가씨, 될 것 같아?"

"아니, 평범하게 안 되잖아……. 보기만 해도 레벨이 높은 걸 알겠는걸."

"만들기 전부터 겁먹어서 어쩌게? 그리고 여긴 이세계니까 식중독은 조심해."

애초에 이걸로 가게를 열 것도 아닐 텐데.

우리가 소비할 분량은 이거면 충분하겠지.

"나오후미 님, 모처럼 있는 기념회인데 또 요리를 하셨나요?"

"라프~?"

라프타리아가 라프짱과 글래스를 데리고 왔다.

"키즈나가 생선 초밥을 먹고 싶다고 해서 말이지."

키즈나가 쥘 것을 나누어주고, 나머지는 여분의 식재료 등을 섞어서 비빔 초밥을 만든 다음 나중에 온 셋에게 건넸다.

"가, 감사합니다. 이것도 맛있네요."

비빔 초밥을 먹는 라프타리아……. 무녀복 차림이라서 잘 어울리네.

만들길 잘했는지도 모르겠다.

"와, 완성했어!"

키즈나가 보통 생각하는 초밥보다는 주먹밥에 가까운 초밥을 접시 위에 올렸다.

뭐, 처음이면 이 정도겠지? 형태는 잡혀 있고.

"키즈나 아가씨, 꼬마에 비하면 입안에서 녹질 않네."

"나도 아니까 말하지 마!"

"초밥인가요……. 키즈나는 생선 요리를 좋아하는군요."

"좋아하지만, 왜 나까지 만드는 쪽이 된 거야?!"

글래스가 키즈나가 쥔 초밥을 먹었다.

역시 글래스는 초밥도 먹어 본 적이 있는 모양이군.

일본풍 미녀이고……. 아니, 이세계니까 실제로는 아닐지도 모르지만 초밥이라는 발음이 깔끔했으니까 이 세계에는 있으려나.

"나오후미가 만드는 초밥……. 기분 좋게 입안에서 녹네요. 키즈나, 좀 더 노력하죠."

"어째서?!"

"성무기 소지자니까요."

키즈나가 고개를 갸웃하며 글래스에게 계속 초밥을 건넸다.

"혹시 실패작이나 먹고 남은 게 생기면 저쪽에 가져다줘. 처리해 줄 거야."

"응? 밥 맛있어~!"

와구와구 먹고 있던 필로가 있는 테이블을 가리키며 말했다.

"필로는 잔반 처리통이 아닌데요……."

"비슷한 거지. 저 먹보는."

"필로짱은 뭐든 잘 먹어 주지만, 나오후미랑 비교하니까 곤란한데……."

"나 참……. 꼬마는 뭘 못하는지 모르겠다니까."

어째서인지 키즈나와 라르크가 질린 듯한 시선을 보내지만 내가 알 바 아니다.

"아무튼 이번에 활약한 너희가 즐기질 못하면 곤란하잖아."

"아니, 네가 시킨 거잖냐, 라르크……."

나는 되도록 느긋하게 있고 싶었다만…….

"나나 라프타리아는 피곤하니까 그 역할은 아직 건강한 리시아에게라도 맡겨."

"후, 후에에에?"

갑자기 주목을 받은 리시아가 두리번두리번 주위를 살폈다.

쿄 상대로 각성해 몰아붙인 사람이 리시아였지.

가장 큰 공로자인 건 틀림없으리라.

"모르는구만, 꼬마. 나는 말이지 계속 술을 마실 수 있는 녀석이 필요하다고. 리시아 아가씨에게 술을 막 먹였다간 테리스가 무슨 말을 할 거라고 생각해?"

아니, 그런 개인적인 이유를 눈치채라고 해도 알 수가 있겠나.

아무튼 나에겐 술을 먹어도 된다는 얘기인가?

"키즈나, 너도 마셔라."

"나는 미성년자거든!"

아, 도망쳤다.

"자자, 꼬마, 마셔마셔! 술은 피로 회복에 좋다고!"

"영양적으론 그렇겠지만, 피로를 완전히 가시게 하는 데는 안 맞는다고도 한다만."

술을 마시면 깊게 잠들지 못한다고도 한다.

나는 취한 적이 없으니까 그건 잘 모르겠지만.

루코르 열매를 먹으면 마력과 SP가 대폭 회복되니까, 다른 세계라도 그 점은 변하지 않으리라.

일단 술은 마력 회복 효과가 높으니까.

아무튼 라르크가 나에게 술을 권했다.

좋은 술을 가져왔는지 술 자체는 맛있다.

과실주가 많다. 나는 술을 그리 마시지 않지만…… 맛의 차이 정도는 알 수 있다.

역시 다른 세계라서 그런지 술도 장소에 따라 맛과 풍미가 다양해지는군.

류트 마을의 주점을 돕고 있을 때 칵테일도 만들었었지.

류트 드라이버라고 하는 드라이한 술이다.

아무튼 귀찮으니까 빨리 라르크를 취하게 만드는 게 나을지도 모르겠다 판단하고, 라르크가 권하는 만큼 나도 술을 권했다.

Extra Story 두 세계의 우호

"으이이이이…… 딸꾹……."

그러는 동안 라르크가 취하기 시작해서 얼굴이 시뻘게졌다.

이대로라면 곧 뻗겠군.

"스응리에…… 거언배! 어흑…… 리시아 아가아씨. 자알 놀고 있나암?"

"후에에에에에…."

라르크가 비틀거리며 얌전히 밥을 먹고 있는 리시아에게 다가갔다.

"들었거드은……. 아가씨가 어엄청난 힘을 숨기고 있다고오~ 제대로오 쓸 수우 있게 되며느은 하파으안 붓즈아아~."

"이, 이츠키 니이이이임……."

이츠키는 이 세계에 없잖아. 왜 도움을 요청하는 거야.

"나오후미 씨."

리시아와 함께 식사를 하던 테리스가 라르크를 향해 웃는 얼굴로 손에 든 술병을 가리켰다.

"라르크, 리시아 씨가 곤란해 하잖아. 자."

테리스가 라르크에게 컵을 내밀었다.

취해서 눈에 초점이 맞지 않는 라르크는 테리스의 얼굴을 보고 약간 술이 깼는지 리시아에게서 쓱 떨어져 테리스에게 다가갔다.

"괘, 괜찮아. 테리스."

"으응, 나도 믿고 있어. 자, 그러니까. 나오후미 씨도 같이."

테리스는 라르크에게 술을 받아 그대로 마셨다.

뭐지. 라르크 녀석, 벌써 술이 깬 거 아냐?

"으…… 테리스, 그만……."

"어머어머, 라르크, 조금 더 즐겨야지. 나오후미 씨도 같이 있으니까 괜찮잖아."

계속해서 따르는 술에 라르크도 한계가 가까워졌는지 조금씩 안색이 파래졌다.

……내가 먼저 마셔야 할까.

단숨에 술을 들이마시자 테리스가 이번에는 라르크 차례라는 듯 웃는 얼굴로 대응했다.

"나는…… 술이, 세!"

라르크는 그대로 잔에 있는 술을 마시고, 산뜻하게 엄지를 척 세웠다.

"어때——."

다음 순간 눈을 까뒤집고 무너졌지만, 쓰러지기 전에 테리스가 붙잡았다.

"흐음……. 그럼 라르크, 방에 데려가 줄게. 여러분, 먼저 실례할게요."

"으이이이이이익…… 딸꾹."

완전히 취해 버린 건 틀림없다.

……이전엔 뻗기 전에 테리스가 데리고 갔던가.

라르크가 뻗는 라인을 파악하고 있는 거겠지.

아무튼 가장 귀찮은 녀석이 나갔군. 나도 적당한 타이밍에 물러나자.

초밥을 쥐고 있는 키즈나에게 갔다.

"나오후미는 정말 술이 세네."

"그런 말 자주 들어."

솔직히 술에 강하다는 말을 들어도 딱히 기쁘지 않지만.

보통 곯아떨어진 녀석의 뒤처리를 해야 하니까.

"그러고 보니까, 이 세계에는 술 속을 헤엄치는 신비한 물고기가 있어! 나오후미는 봤어?"

"못 봤어."

그런 기상천외한 물고기 이야기를 하면 내가 어떻게 대답해야 하지.

갑자기 화제를 바꾸는…….

"그래서 키즈나, 초밥 쥐는 법은 좀 나아졌나?"

"아니…… 나는 그냥 나오후미에게 부탁받았을 뿐이고……."

라르크가 간 걸 확인했는지 떨어져 있던 라프타리아와 글래스가 함께 다가왔다.

"기념회는 즐겼어?"

"그래요……. 떠들썩해서 옛날이 생각나네요, 키즈나."

"그러네……. 마룡을 토벌했을 때가 정말 굉장했지. 전 세계에서 기념했어."

키즈나가 예전에 쓰러뜨린, 마왕이라고도 불린 용제 말인가.

키즈나는 꽤 왕도적인 이세계 소환으로 이 세계에 온 모양이다.

그 정도로 단순한 쪽이 알기 쉬워서 좋다.

"그 후로 시간이 꽤 지났으니까요……. 이런 때가 올 거라곤 상상도 못했어요."

글래스가 추억에 잠겼다.

"키즈나……. 앞으로도 이 세계를 위해서 힘내죠."

"응. 그렇지. 이제부터는 나오후미네도 없으니까 우리가 힘내서 우리 세계를 지켜야만 해."

그러고 보니 요모기나 다른 녀석들은 없었던가.

쿄의 나라에 이런저런 사정을 설명하러 갔다는 모양이다.

뭐, 우리야 그런 문제는 키즈나 일행에게 맡기고 원래 세계로 돌아가면 되지만.

"그럼 우리는 슬슬 쉴게."

"그래야겠네요."

기념회를 끝내고 방으로 돌아간다고 키즈나 일행에게 전하자 라프타리아도 동의해 주었다.

필로는 아직 먹고 있다……. 얼마나 먹는 거야.

리시아는 피곤한지 회장 구석에 있는 의자에서 졸고 있다. 방에서 자도록 깨워서 주의를 주었다.

"아, 맞다. 내일은 에스노바르트가 배로 온천에 데려다준댔어."

"알았어. 쓸데없이 흥청대다 취해서 곤란해지는 파티보다는 그쪽이 낫겠지."

"너무 그렇게 말하지 마. 라르크 나름 너희랑 흥을 내고 싶었던 거니까."

뭐……. 우리가 돌아가면 다시는 만나지 못할지도 모르고, 맘껏 놀고 싶은 기분도 모르는 건 아니다.

인연이 있다면 다시 만날 수 있을지도 모르지만.

파도가 발생하면 레벨이 대폭 상승할 테니까, 어떤 세계와 파도로 이어졌는지 알 수 있을 테고.

가볍게 이야기하는 정도는…… 가능할지도 모른다.

다만…… 가능하면 만나지 않는 것이 좋은 것도 사실인가.

"그럼 내일 보지."

"내일 봐~."

그리고 우리는 방으로 돌아와 저주로 고생하는 몸을 잠으로 치유했다.

다음 날.

"곧 도착해."

우리는 에스노바르트가 확대한 배의 권속기를 타고 온천으로 안내받았다.

하늘에서 내려다보니…… 산속 깊은 곳의 정비되지 않은 온천 같은 게 아니라, 튼실한 건물이 세워져 있었다.

키즈나의 세계는 일본식 문화가 많아서인지 온천지도 그런 느낌이다.

뭐…… 우리 쪽 세계도 일본풍 온천지가 많긴 하지만.

이런 문화는 소환된 용사에게서 유래한 것이라는 모양이다.

"우읍……."

또한 라르크는 숙취로 안색이 창백했고, 배를 타자마자 기분이 나빠져서 뻗었다.

성에서 쉬면 좋을 텐데 꼭 가겠다며 소란을 피워서 데리고 왔다.

좀 더 차분한 녀석이라고 생각했는데…… 내가 과대평가했던 걸까.

"휴웅~!"

"라프~!"

라프짱을 태운 필로가 파닥파닥 날갯짓하며 배를 따라 날아왔다.

원래 세계에선 날 수 없는 새였는데 키즈나의 세계에서는 날 수 있는 모양이라…… 꽤 즐거운 듯하다.

"도착했어요."

에스노바르트가 배를 꼼꼼히 댄 후에 모두 내렸다.

자, 아무튼 온천에 들어갈까…… 하며 모두 대중 목욕탕에 가는 느낌으로 건물 안에 들어가려고 했는데…….

"아, 나오후미 님."

"왜 그러지?"

"만약 라르크 씨가 엿보려고 하면, 그냥 두고 가지 마세요."

왜 그렇게 핀포인트로 긴급 사태를 상정하고 나에게 주의를 주는 거지?

뭐, 확실히 그 상황이면 나는 말려들기 전에 내빼겠지만.

"문제가 생기면 제가 나오후미 님을 옹호할 테니까 절대로 먼저 가지 말아 주셨으면 해요."

"아니…… 괜한 소동은 피하고 싶은데…….."

"저기 말이죠, 나오후미 님. 그 장소에 없다고 해서 의심이 풀리는 건 아니랍니다?"

"무슨 뜻이지?"

"이전에 카르밀라 섬에서 라르크 씨가 몰래 엿보려고 했을 때, 왕녀님이었던 분이 '여기 없는 나오후미도 의심스러워! 도망친 거야!' 라며 나오후미 님이 모든 원흉이라고 뒤집어씌우려고 했었거든요."

그 상황은 뭐야⋯⋯. 너무 말도 안 되잖아.

하지만 그 여자, 틈만 나면 나를 악인으로 몰고 가려고 발악하는군.

"막지 않은 나오후미 님에게도 죄가 있다는 식으로 굉장한 억지를 써서 그림자 씨가 엄격하게 주의를 주었지만, 그럴 사람이 없었다면 어떻게 되었을지⋯⋯."

"그곳에 없어도 범인으로 몰리는 경우가 있단 말이지⋯⋯. 어쩌라는 건지."

의심되면 벌을 준다니⋯⋯. 지하철에서 억울하게 치한으로 몰리는 일이 현장에 없을 때조차 가능하다거나⋯⋯. 끝도 없구만. 뭐든 이유로 삼을 수 있잖아.

"도리어 나오후미 님이 그곳에 있을 때가 차라리 낫고⋯⋯ 저기⋯⋯."

라프타리아가 어째서인지 볼을 붉혔다.

아⋯⋯ 두고 가는 게 싫은 건가. 라프타리아도 아직 어린애군.

"알았어. 그럼 라프타리아가 괜찮다고 할 때까지 기다리고 있지."

라프타리아에게 부드럽게 답했다.

"예."

라프타리아도 납득한 듯 고개를 끄덕였다.

이러면 됐겠지. 이전에도 가족탕에 들어간 적이 있었고.

"어쩌 나오후미는 라프타리아 씨의 보호자 같은 표정으로 말하지 않아?"

키즈나가 글래스의 소매를 당겨 우리를 가리켰다.

새삼스럽게 무슨 소리를. 나는 라프타리아의 보호자라고.

"키즈나, 이 문제는 잘못 건드리면 위험할지도 몰라요. 빨리 가죠."

"으으으…… 머리가 지끈거려……. 온천……."

"라르크, 정말로 괜찮아?"

"물론이야……. 나는 술이 세니깐……."

키즈나 일행이 그런 소리를 주고받으며 우리를 지나쳐 갔다.

탈의실에서 옷을 벗었다. ……손님은 우리밖에 없나.

휘청거리는 라르크와 에스노바르트가 옷을 벗고 있었다.

……키즈나 일행과 함께 와서 이야기를 하고 있던 알트가 아무리 지나도 올 기척이 없군.

"알트는?"

"그는 개인탕을 좋아해서 들어오지 않을 거예요."

"흐음……."

그런 녀석도 있군. 나도 가능하다면 혼자서 느긋하게 좋다고 생각할 때가 있다.

억지로 권하는 것도 좀 그렇고 원하는 대로 하면 되겠지.

탕을 향해 슥슥 걸어갔다.

흠……. 온천답게 잘 꾸몄군. 온천수는 탁한 색이다.

카르밀라 섬과는 또 다른 풍류가 있을 듯한 온천이다. 느긋하게 쉬기에는 좋겠지.

그 전에…… 몸을 씻는 게 매너지.

그래서 입욕 전에 몸을 씻고 있는데 담장 너머…… 여탕 쪽에서 목소리가 들려왔다.

"오! 여기에 오는 것도 오랜만인걸!"

키즈나가 기운 찬 소리를 냈다.

"키즈나, 이번엔 온천에 낚싯줄을 던지면 안 돼요."

"아, 알고 있어!"

온천에 낚싯줄을 던지다니……. 역시 물이 있으면 어디라도 낚시를 시도하는 건가.

술에 사는 물고기가 있다고도 하고…… 시험해 보고 싶었나.

"온천에서 낚시요? 그걸로…… 낚이나요?"

라프타리아가 키즈나에게 질문했다.

"응? 낚은 적 있어."

온천에 사는 물고기라니…… 이세계라서 있는 걸까, 온도가 높은 곳에 서식하는 물고기가 우연히 낚인 걸까?

아니, 물고기라곤 말하지 않았다.

바다 깊숙한 곳에 사는 갑각류가 고온지대에 서식하는 걸 TV에서 본 기억이 난다.

그런 느낌으로 마물이 낡였을 수도 있겠지.

"아무튼…… 라프타리아 씨, 가슴 참 크네. 글래스도 기모노 때문에 평소에 보이는 것보다 가슴이 있고……. 테리스도 커……. 리시아 씨도 꽤 가슴이 있네."

"크, 큰가요?"

"저는 딱히……."

"우후후……."

"후에에에……."

라프타리아가 키즈나에게 가슴이 크다는 말을 듣고, 글래스가 무관심하게 대답하고, 테리스가 작게 웃고 있다.

"가슴~?"

"그래그래, 필로짱도 부럽지?"

"응? 찌찌!"

그 대답은 뭐냐. 그런 말을 누가 가르쳤어?!

"응, 그거! 글래스는 예전보다 커졌나?"

"꺅?! 잠깐만요, 키즈나! 그만둬요!"

"후에에에에에?!"

어째 저쪽이 소란스러워졌다.

저쪽은 남자 캐릭터가 등장하지 않는 일상계 만화 같은 짓을 하고 있군.

"나오후미 씨, 등을 씻어 드릴까요?"

에스노바르트가 커다란 토끼 모습으로 옆에 앉더니 물었다.

키즈나 쪽은 괜찮을까.

……신경 쓰지 않는 게 좋으려나.

"그래, 부탁할까? 씻어 주면 나도 씻어 줄 테니까."

"감사합니다."

커다란 에스노바르트가 거품을 낸 타월을 이용해서 내 등을 씻어 주었다.

체격 덕에 손도 크고, 그 손이 타월 대신이 된 느낌이로군.

"그럼 다음엔 내가 해 주지."

"예."

에스노바르트가 눈치 있게 인간 모습이 되었다.

"새 모습 필로를 씻긴 적도 있으니까 편한 모습이면 돼."

"그렇게 말해 주신 건 나오후미 씨가 처음이네요……. 감사합니다."

에스노바르트는 토끼 모습이 더 편한지 그 모습이 되었기에 그대로 씻어 줬다.

털이 많고 크니까 엄청나게 거품이 나오는군.

그렇게 에스노바르트의 등을 씻어 주는 동안 여탕 쪽에서는 계속 시끄러운 소리가 들렸다.

"잠깐만요, 키즈나 씨! 사람들의 가슴을 만지는 건 그만둬 주세요!"

"후후후후……. 그렇게 만지면 그만큼 내게 환원될 가능성도 없진 않잖아! 빈약한 나를 위해 가슴을 만지게 해 줘!"

"이분 여자 맞죠? 어쩐지 엿보기를 당해서 소란이 났을 때보다도 몸이 위험하게 느껴지는데요!"

"키즈나! 매번 가슴을 만져 대는 이유는 대체 뭔가요?!"

"부러우니까 그렇지! 자, 필로쨩도 같이 하자!"

"웅……. 필로는 주인님이랑 같이 목욕하고 싶어~."

"가슴이 크면 나오후미도 기뻐할 거야!"

아니, 그렇지 않아.

"정말로~?"

"라프?"

"펭?"

굉장히 어이없는 짓을 하고 있다……. 키즈나는 군데군데 이상한 녀석이라니까.

나는 그런 생각을 하며 에스노바르트를 씻겨 주었다.

음……. 폭신폭신 복슬복슬한 녀석을 열심히 씻겨 주는 쪽이 정신적으로 안정되는 느낌인걸.

"와아……! 여탕에서 로맨틱한 소리가 들리는데!"

숙취에 시달리던 라르크가 조금 기운이 났는지 울타리 쪽으로 향하고 있다.

남탕은 이런가……. 알트가 오면 좀 나았으려나? 아니, 라르크에게 편승했을지도 모르니까 지금이 나을지도 모른다.

"꼬마……. 엿보러 가자."

"너는 질리지도 않냐……. 테리스에게 혼나서 무릎 꿇었던 걸 잊었어? 할 거라면 우리 입욕이 끝난 후에 해 줘. 아직 몸을 씻는 중이니까."

아직 온천에 들어가지도 않았다.

우리가 들어갔다 나온 다음 맘껏 엿보라고.

"훗⋯⋯. 이런 좋은 상황에서 얌전히 있으면 남자로서 죽은 거라고."

라르크가 주먹을 쥐며 역설하기 시작했다.

"키즈나 아가씨도 즐기고 있잖아! 용사로서 도전하지 않는 게 이상하다고! 아, 키즈나 아가씨가 부럽구만!"

아니, 키즈나도 그걸 부러워해 주길 바라진 않을 텐데.

뭐⋯⋯ 현재 여탕에서 여성진의 가슴을 만지는 공방이 이어지고 있는 것 같긴 해도.

나와 에스노바르트는 라르크의 망언을 못 들은 척하고 몸을 쏴악 씻어낸 다음 각각 온천에 몸을 담갔다.

후우⋯⋯. 얼굴에 맺힌 땀을 닦아내며 주위를 바라보았다.

"이전에도 여러 번 왔지만 좋은 탕이에요. 나오후미 씨는 어떠신가요?"

"나쁘진 않은걸."

카르밀라 섬의 온천에 들어갔을 때와 비슷하게, 저주로 무겁던 몸이 가벼워진 느낌이 든다.

이세계의 온천이라서 그런지 상처와 마력의 회복이 촉진되는 효과가 있기도 한 모양이다.

옆에 에스노바르트가 있다. 커다란 토끼와 함께 온천이라⋯⋯ 신기한 느낌이군.

"웅⋯⋯. 필로, 주인님 있는 데로 갈래~."

"앗! 필로 기다려요! 키즈나 씨를 막게 도와줘요――."

필로가 또 울타리를 넘어 남탕에 들어왔다.

"아! 주인님이 에스노바르트랑 들어가 있어! 필로도!"

풍덩! 하고 필로가 내 옆에 뛰어내려서는 그대로 온천에 몸을 담갔다.

토끼와 새에게 끼인 상태가 되었다고. 덕분에 시야가 좁아지고 후끈거린다.

"필로 씨, 라프타리아 씨도 주의를 줬었고 여탕에 돌아가는 쪽이 좋다고 생각해요."

"잉……. 필로는 주인님이랑 같이 들어가고 싶어~."

"더워. 돌아가."

"싫어~!"

나 참……. 모토야스가 있다면 즉각 여탕으로 도망칠 텐데, 없으니 말이지.

그렇게 나랑 같이 온천에 들어가고 싶은가?

"오? 필로 아가씨! 꼬마를 기쁘게 하려면 사람 모습을 하는 거야!"

"어?"

"너나 기뻐하겠지, 도련님."

라르크 녀석, 모토야스랑 똑같은 반응을 보였다.

그걸 필로도 깨달았는지 인간화는 하지 않았다.

"후…… 당연하지. 여자의 알몸을 기뻐하지 않는 꼬마가 이상한 거라고."

그렇게 찡긋 하고 윙크를 해 봤자 나는 화가 날 뿐이라고.

"에스노바르트도 엿보기…… 안 할래?"

"죄송하지만……."

"칫! 배로 떠오르면 맘껏 엿볼 수 있는 녀석은 좋겠군!"

인마! 용사의 무기를 악용하려는 소리를 지껄이지 말라고.

그러는 동안 라르크는 나무통을 쌓고 있었다.

"보라고, 꼬마……. 이 앞에는 낙원이 기다리고 있거든. 아니면 울타리에 구멍을 낼까? 아니…… 통과 기능을 가진 무기로 조금만 얼굴을 투과하는 것도 괜찮아……."

무기에 벽을 통과하는 기능이 내포된 경우도 있지만…… 이 녀석은 용사의 무기로 무슨 짓거리를 하려는 거야.

일단 나를 꼬드기는 걸 그만둬라.

"하다못해 라프타리아가 입욕을 끝낼 때까지라도 엿보기는 포기해라. 나는 라프타리아가 됐다고 할 때까지 나가지 않고 참을 거니까."

"뭐야, 꼬마는 라프타리아 아가씨의 알몸을 엿보는 게 그렇게 싫은 건가?"

라르크가 어째서인지 도깨비의 목이라도 딴 듯한 미소를 지으며 이쪽을 보았다.

그렇게 보지 말라고. 화가 난다.

"딱히? 부탁을 들었으니 기다릴 뿐이다만."

보인다고 닳는 것도 아니고, 상처 자국을 치료하기 위해 온 온천이니까.

"그러고 보니 꼬마는 라프타리아 아가씨의 알몸을 봐도 아무것도 느끼지 못하는 녀석이었지! 정말로 동정한다."

"시끄러워."

"으음……. 라프타리아 씨는 고생이 많으시네요."

"고생을 시키는 키즈나와 라르크가 문제지."

엿보는 걸 경계해야만 한다니, 여탕 녀석들은 큰일이겠군.

"그런 의미가 아니라……."

"헤헤헤, 키즈나 아가씨가 날뛰는 틈에…… 엿보는 게 요령이라고."

"그러셔……."

어이, 키즈나. 네 장난질 때문에 라르크가 찬스라고 생각해서 엿보려고 하는 모양인데.

숙취도 남아 있을 텐데 잘도 이러는군.

"같이 놀 줄 모르는 녀석들일세. 꼬마 쪽 세계의 용사들은 잘 따라왔는데 말이지."

모토야스 패거리랑 사이좋게 붙잡혔었지.

"특히 창을 가진 그 녀석은 붙임성이 좋았다고. 여자애는 시선을 받으면 매력이 오른다는 지론도 멋져서 감동했을 정도다."

모토야스, 너란 놈은……. 그래서 라르크가 엿보기를 하려고 드는 건가?

"주인님이랑 목욕~."

필로랑 에스노바르트에게 끼어서 앞이 잘 안 보인다.

이쯤이면 현기증 걱정을 하는 쪽이 좋을지도 모르겠다.

"크헤헤헤……. 글래스, 얌전히 있으라고."

"후에에에에에에에?"

"키즈나, 적당히 하지 않으면 돌아갈 때 에스노바르트의 배에서 번지 점프를 시킬 거예요."

그 협박은 뭐야? 오히려 그쪽이 보고 싶다.

"그런 협박은 통하지 않아~!"

"잠깐…… 그만 좀 해요!"

정말이지…… 여탕은 라르크에게 너무나도 편리한 혼란 상태가 되고 만 듯했다.

"라프…….."

"펭."

"라프짱, 왜 크리스와 함께 즐거운 온천욕을 즐기고 있는 건가요! 키즈나 씨를 막게 도와주세요!"

라프타리아의 목소리로 그 둘이 나른하게 입욕하고 있는 걸 알 수 있었다.

"……필로 씨가 저쪽에 간 이유를 알 것 같네요. 느긋하게 즐길 수 있을 것 같아요."

"그러게."

남탕에서는 라르크가 멍청한 짓을 하지만 여탕에서는 키즈나가 멍청한 짓을 하고 있다.

틀림없이 키즈나 일행의 일상은 이런 느낌이겠지. 떠들썩하고 즐거울 것 같다.

"라르크는 이전에 왔을 때도 역시 엿보기를 하려고 했던가?"

"지난번에는 그런 짓을 하지 않았어요. 하지만 어렸을 때는 했다고 들었어요."

옛날부터…… 라르크도 왕자 시절엔 장난을 치곤 했다거나 하는 이야기를 키즈나가 하고 있었다.

하지만…… 라르크의 분위기를 보면 엿본다 해도 미움받지 않는 포지션인 건 틀림없다.

그런 이야기를 하는 사이에, 라르크가 통을 발판으로 울타리 너머를 엿보려고 했지만.

"라―르―크―."

얼굴을 내민 라르크를 마주 보듯이 테리스가 얼굴을 휙 내밀었다.

"역시 엿보려고 했네."

"자, 잘도 알았네, 테리스."

"이전에도 하려고 했으니 틀림없이 할 거라고 생각했어. 키즈나가 소란을 피우는 동안 남탕 쪽에 귀를 기울이고 있었는걸."

그야 여탕의 소동이 바로 들리니 남탕의 대화도 귀를 기울이면 들리겠지.

"만약을 대비해 보석들에게도 말해 뒀으니까."

아, 어느샌가 울타리 받침에 테리스의 팔찌가 걸려 있었다.

남탕을 액세서리로 감시하고 있던 건가.

"테리스……. 나를 신용해 주었구나……."

라르크가 진지한 얼굴로 테리스에게 미소를 보냈다.

이런 상황에서 달콤한 분위기를 만들어 보려고 하는 라르크의 근성이 굉장하군.

"라프타리아 씨, 좀 더 단단하게 묶어요!"

"예!"

"큭…… 놔! 나는 가슴이 커지고 싶을 뿐이라고!"

오? 아무래도 마침내 키즈나를 포박한 모양이군.

"옷을 입죠. 키즈나, 밖에서 반성해 주세요."

탁탁 하고 몇 명의 발소리와 함께 키즈나의 목소리가 점점 멀어졌다.

"라르크, 당신도. 자, 이 간판을 목에 걸고 키즈나의 옆에 무릎을 꿇을래?"

"테, 테리스, 하다못해 약간만이라도 낙원을 보여 줘. 여자란 시선을 받을 때의 수치심에서 매력이 상승하는 거라고."

모토야스가 했던 듯한 헛소리를 라르크가 변명으로 썼다. 이 헛소리는 잊는 쪽이 좋을 듯하다.

"라르크……. 다음에 그러면 용서하지 않는다고 말했었지?"

"……그랬지."

라르크는 비틀거리며 테리스에게 받은 간판을 목에 걸고 탈의실 쪽으로 향했다.

"나오후미 씨, 실례했어요. 느긋하게 입욕을 즐겨 주세요."

"그래."

그리고 테리스에 맞추어 라프타리아도 울타리에서 고개를 내밀었다.

"나오후미 님, 이번엔 제대로 계셨네요."

"부탁을 들었으니까. 슬슬 열기로 어지러울 것 같군."

에스노바르트와 필로에게 끼인 광경을 당당하게 보여 주었다.

"슬슬 나가도 될까?"

"알겠어요. 필로, 나오후미 님이 곧 나가실 테니까 돌아와요."

"응! 주인님, 이따 봐~."

"그래, 알았어."

필로가 파다닥 날갯짓해서 여탕 쪽으로 날아갔다.

"라프타리아는 어떡할래?"

"저는 조금 더 온천에 들어가 있을게요. 여탕에서 조금 소란이 있었거든요."

"듣고 있었어. 그럼…… 나갈까."

몸도 오래 잠갔고 어지러워지기 전에 나가자.

"그럼 나오후미 님, 이따가……."

라프타리아와 테리스는 울타리에서 모습을 감추고 온천에 들어간 듯했다.

"……당하고 말았네요. 나오후미 씨."

생각해 보면 라프타리아와 테리스가 굉장히 자연스럽게 남탕을 엿본 건 틀림없다.

뭐, 딱히 보였어도 아무렇지 않지만.

라프타리아도 부끄러워하는 모습을 보이지 않았으니 문제없다.

"필로가 자꾸 남탕에 오는 걸 어떻게 하고 싶긴 한데……."

"아직 어린애니까 괜찮다고 생각해요."

확실히 필로가 남탕에 오는 건 어린애가 아버지와 함께 들어오는 것과 비슷하군.

"에스노바르트는 어떡할래?"

"저는 조금 더 있을게요."

"그런가, 그럼 느긋하게 있어."

나는 미소 짓는 에스노바르트에게서 어쩐지 영감님 같은 분위기를 느끼며 온천을 나왔다.

탈의실에서 나오자 키즈나와 라르크가 함께 무릎을 꿇고 대기하고 있었다.

목에는 비슷한 푯말을 걸었는데, 글래스가 우뚝 서서 둘을 노려보았다.

글래스의 말에 의하면 '저는 여탕에서 여자들의 가슴을 집요하게 만졌습니다'와 '저는 여탕을 엿보려고 했습니다'라고 적힌 듯하다.

"아, 나오후미, 온천은 어땠어?"

무릎을 꿇고 있던 키즈나가 나를 보고 질문했다.

"몸에 열이 올라서 어지러울 만큼은 들어가 있었어. 필로와 에스노바르트 사이에서 마물 샌드위치가 되어서 말이지."

다시 들어가는 것도 좋을지 모르지만 조금 더 몸이 식은 후에 하고 싶다.

"오! 폭신폭신했겠네!"

"둘 다 온천에 잠겨서 철퍽철퍽했지만 말이지."

두 사람, 아니 두 마리는 욕실에서 애완동물을 씻겼을 때처럼 앙상해 보이지는 않았다. 하지만 젖었는데도 폭신할 수는 없었지.

"라르크에게 들었어. 정말로 엿보지 않았네."

"그렇지."

"그렇게까지 관심이 없으면 도리어 억울한 느낌도 드는걸. 글래스는 어때?"

"제게 물어서 무슨 의미가 있나요……. 그보다 키즈나, 당신이야말로 욕탕에서 여자 가슴을 만지는 짓은 좀 그만두세요."

"쳇……. 아, 리시아 씨. 리시아 씨는 좋아하는 사람에게 보인다면 어떤 기분? 그러고 보니 그런 사건이 있었지?"

키즈나가 욕탕을 나와 우리 뒤를 지나가던 리시아에게 질문했다.

"후에에에……."

리시아는 일단 이츠키가 엿본 적이 있긴 하니까…… 강하게 묻는다면 대답해 주겠지만 즐겁지는 않겠지.

리시아의 얼굴은 수치심으로 새빨갛다.

"글래스, 여탕에서…… 정말이지 시끌벅적하게 떠들고 있었지."

이 정도까지 떠들썩하면 도리어 부럽게 느껴지는 것인지도 모르겠다.

나도 빗치에게 속는 일 없이 용사로 활동했다면 이벤트 느낌으로 편승했을까?

내 이성이 그런 짓은 해선 안 된다고 브레이크를 걸었으리라 믿을 수밖에 없다.

"젠장……. 꼬마에게 이 로망을 가르쳐 주지 못했어."

"로망이라구, 나오후미! 가슴이란 말야! 거기에 있고 만지면 나
누어 받을 수 있을지도 모르니까 도전했어! 흡수야, 드레인이야!
그러니까 이해해 줘!"

"이해할 리가 있냐!"

뭐가 로망이야, 어처구니없군!

"……이런 때만은 라프타리아 씨가 부럽네요. 나오후미는 용사
로서 올바른 거죠."

"내가 아는 용사는 온천이라면 신나서 떠드는 녀석들밖에 없는
데……."

"성무기의 용사는 대체……. 하나같이 엿보기를 하는 게 자격
인 건가요?"

말하지 마. 슬퍼지잖아.

내가 만난 성무기의 용사들은 하나같이 온천에서 시끄러운 녀석
뿐이었다.

아무튼 이렇게 시끌벅적한 기념회와 온천 여행을 끝냈다…….

"글래스…… 진정하자? 이런 벌게임을 해서 좋을 거 없잖아."

"그렇게 날뛰고도 그런 소리인가요. 협박에 굴하지 않는다고 했
었죠?"

에스노바르트의 하늘을 나는 배 난간에 판자가 놓이고, 그 앞에
키즈나와 라르크가 발에 끈이 묶인 채 글래스 일행에게 쿡쿡 찔리
고 있었다.

이건 또 무슨 볼거리지?

"됐으니까 떨어져요! 핫!"

푹! 하고 글래스가 키즈나와 라르크를 찔러 떨어뜨렸다.

"버어어어어어어언지——— 저어어어어어어엄~프!"

"으아아아아아아아아아악아아악!"

여유 있는 키즈나와 라르크의 절규가 울려 퍼졌다.

"처형인가."

"후에에에에에에!"

"키즈나 씨 파티는 꽤 과격하군요……."

"응~?"

"라프~."

의자에 앉아서 그 광경을 구경하던 우리도 좀 심하다는 느낌이 들지만, 이게 키즈나 일행의 일상이겠지.

우리는 이런 식으로 원래의 이세계로 돌아오기까지 시끌벅적하면서도 편안한 시간을 보냈다.

〈끝〉

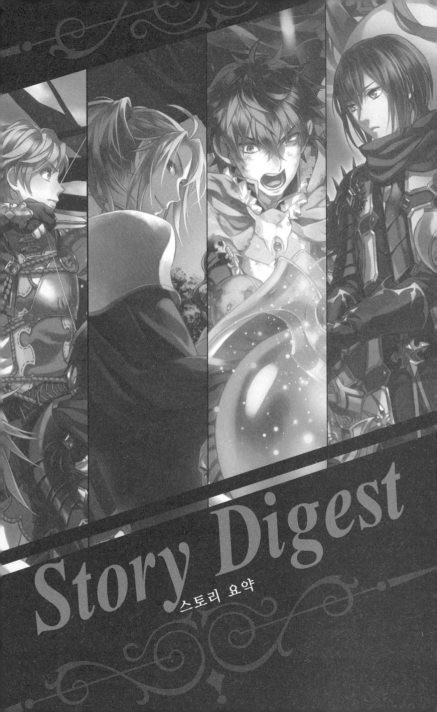

Story Digest
스토리 요약

발매일 : 2013년 8월 23일(일본), 2014년 8월 14일(한국)

세계를 구원하고자 소환된 용사가 함정에 빠져 모든 것을 잃다

Stories
Digest

1

🛡「방패 용사」의 탄생

평범한 대학교 2학년인 이와타니 나오후미는 도서관에서 「사성무기서」라는 낡은 책을 접한다. 그 내용은 검, 창, 활, 방패를 무기로 가진 네 용사가 세계를 구하고자 애쓰는 이야기였다. 그런데 책을 읽는 중 나오후미의 의식이 흐릿해지고 다음에 눈을 떴을 때는 방패를 들고 낯선 방 한가운데에 있었다.

나오후미와 마찬가지로 이세계에서 나타난 세 남자── 검을 든 렌, 창을 든 모토야스, 활을 든 이츠키와 함께 메르로마르크 국왕인 올트

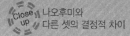

사성무기서

검, 창, 활, 방패를 가진 네 용사가 세계를 구하는 오래된 왕도 판타지 소설. 어여쁜 히로인이 아니라 성격이 더러운 왕녀가 등장한다. 용사 전원이 주인공이지만 방패 용사의 페이지만 백지 상태였다.

Close up 나오후미와 다른 셋의 결정적 차이

나오후미는 「사성무기서」를 읽는 도중에 소환됐지만, 다른 세 사람은 죽은 직후에 소환됐다. 또한 나오후미는 「사성무기서」로만 이 세계를 알고 왔다. 그러나 다른 소환자들은 이 세계를 닮은 게임을 플레이하고 있어 룰을 이미 이해하고 있었다.

크레이에게 칙명을 받는다. 그것은 「재앙의 파도」로부터 이 세계를 구하는 것. 용각의 모래시계의 예고대로 나타나는 차원의 균열에서 쳐들어오는 흉악한 마물들을 네 사람의 힘으로 격퇴해 달라는 것이었다. 나오후미는 정말로 「사성무기서」의 세계에 소환되어 있었다. 그곳은 마력과 장비가 스테이터스로 시각화되고 자신의 레벨을 올릴 수 있는 게임 같은 세계. 나오후미는 「방패 용사」가 된 것이었다.

🛡 비열한 배신

이세계에 용사로 소환된 상황에 오타쿠로서 흥분한 나오후미는 원래 세계로 돌아가기 위해 세계를 구하는 역할을 쾌히 승낙한다. 그러나 앞길은 험난했다. 다른 세 소환자는 이 세계와 닮은 게임을 알고 있었지만 나오후미만은 모른다. 어째서인지 국왕은 나오후미만 냉대하고, 방패 용사의 동료 지원자는 0명. 결국 나오후미의 동료가 된 자는 예쁜 여자 모험자 마인밖에 없어서, 나오후미는 동료를 소중히 대하려고 결심한다. 검처럼 공격할 수 있는 무기는 전설의 방패와 반발해 들 수 없었지만, 소재를 방패로 흡수하면 다양한 방패가 늘어나고 스킬이 해방된다는 것을 안 나오후미는 착실하게 레벨을 올리

Encounter / **마인**

나오후미가 비싼 장비와 무기를 사게 한 다음 여관에서 '나오후미가 덮쳤다' 는 거짓말을 해 나오후미를 범죄자로 만든 악녀. 나오후미의 사슬 갑옷도 훔쳐 새로 동료가 된 모토야스에게 줬다.

나오후미 님은 저와 만나기 전에 이토록 지독한 경험을 하셨군요 처음 만났을 때부터 한동안은 전혀 웃는 모습을 볼 수 없었기에 이 무렵에는 무서웠어요.

는 데 힘쓰기로 했다.

그리고 다음 날, 숙소에서 눈을 떠보니 장비와 자금을 몽땅 도둑맞고, 마인마저 사라졌다. 나오후미는 갑자기 나타난 성의 기사들에게 도움을 요청했지만, 도리어 범죄자로 체포되고 만다. 마인을 강간하려고 한 혐의로…….

나오후미는 필사적으로 결백을 외치지만 국왕과 세 용사는 들으려 하지 않았다. 마인은 처음부터 나오후미의 동료가 될 생각이 없이 비싼 장비를 사 주면 파티를 나갈 속셈이었다. 범죄자 딱지가 붙은 나오후미는 어두운 복수심을 품은 채 성에서 쫓겨난다. 신뢰도 자금도 잃었지만 용사의 의무에서는 도망칠 수 없고, 재앙의 파도에 맞서 싸워야만 한다. 앞이 깜깜한 시점에서 나오후미는 노예상과 만나고, 그때 병을 앓아 죽어 가는 아인 소녀 라프타리아와 노예 계약을 한다.

🛡 새로운 동료와의 신뢰

방어밖에 할 수 없는 자신을 대신해 적을 공격하는 역할로 라프타리아를 키우기로 한 나오후미. 경험치를 벌기 위해 계속해서 마물을 죽이게 하고, 만족스러운 식사와 장비도 아낌없이 주었다. 라프타리아도 처음에는 살생을 싫어했지만 어느새 적극적으로 마물을 잡고 나오후미와의 여행에도 긍정적인 태

번외편 에피소드 소개
어린이 런치의 깃발

재앙의 파도에서 출현한 마물에게 마을을 습격당해 부모님을 잃은 라프타리아. 생존자들과 마을 부흥을 맹세하지만 왕국 병사들의 약탈 때문에 노예로 팔려 나간다. 첫 주인에게 가혹한 취급을 당하고 아무것도 믿지 못하게 되었을 때 나오후미에게 팔리지만, 나오후미는 이전 주인과 달리 라프타리아에게 살아갈 힘을 주었다. 괴로운 과거를 극복하고 고향 마을을 되찾기 위해, 라프타리아는 적극적으로 살아가기를 맹세한다.

Encounter / 쌍두흑견

온몸의 길이가 나오후미의 키만 하고, 머리가 둘인 커다란 개. 나오후미는 에어스트 실드로 머리 하나를 막았지만, 다른 머리에 물리고 만다. 그 틈에 라프타리아가 심장 부분을 검으로 찔러 격파했다.

도를 보이기 시작한다. 그러던 어느 날, 두 사람은 쌍두흑견이라는 마물에게 습격당한다. 라프타리아는 고향을 습격한 검은 개의 기억이 되살아나 패닉에 빠지지만, 나오후미의 말에 제정신을 찾는다. 용기를 낸 라프타리아는 방패를 만들어 내는 나오후미의 스킬 에어스트 실드에 보호를 받으며 간신히 쌍두흑견을 격파했고, 이 사건을 통해 두 사람의 신뢰는 더욱 돈독해졌다.

본래는 사람들을 파도의 침공에서 지켜야 할 기사들이 나오후미 님을 공격했을 때는 저도 인내심의 한도를 넘었어요. 아무리 생각해도 너무했어요.

그리고 일행은 마침내 재앙의 파도를 맞이하게 된다. 다른 용사들은 전선에 나섰지만, 나오후미와 라프타리아는 마물이 향하는 류트 마을 사람들의 피난 유도에 집중한다. 결국, 아군이어야 할 왕국 기사단으로부터 부조리한 공격을 받으면서도 피해를 최소한으로 억눌러 파도를 극복하는 데 성공하고, 사람들을 염두에 두지 않고 보스만을 쓰러뜨리는 다른 용사들의 '게임 감각'에 나오후미의 불신감은 더욱 커져만 간다.

Close up 라프타리아와 최초의 파도

라프타리아가 자란 마을 근처에서 첫 재앙의 파도가 발생해 처음에는 모험자들이 대처했지만, 막지 못하게 되면서 대량의 마물이 출현한다. 특히 머리가 셋 달린 검둥개가 날뛰어 마을 사람들을 유린했다. 라프타리아의 부모도 딸을 감싸고 죽었다.

재앙의 파도 발생 때의 상황

파도의 균열에서 쏟아져 나온 마물들

류트 마을 ← **침공**

차원의 메뚜기
차원의 벌
차원의 좀비

BOSS 차원의 키메라

협력 / 방어

라프타리아, 나오후미

재앙의 파도 주변에서 전투

나오후미가 있는데도 한꺼번에 마물을 공격

왕국 기사단

모토야스 · 렌 · 이츠키

그 뒤로 성에서 열린 연회에 참가한 나오후미는 모토야스에게 노예를 부린다고 비난당하고 결투를 신청받는다. 라프타리아의 해방을 건 대결은 상대를 우리에 가두는 실드 프리즌으로 모토야스의 움직임을 봉하는 등 나오후미가 우세했지만, 마인이 몰래 손을 쓰는 바람에 모토야스가 승리하고 만다. 약속대로 노예 계약은 해제되지만 라프타리아는 모토야스의 따귀를 때리고, 나오후미가 신뢰할 수 있는 존재이기를 간절히 바라며 다시금 노예가 되기를 소망한다. 그렇게 앞으로도 나오후미와 함께 앞으로도 싸울 것을 맹세하는 라프타리아. 그 품속에서, 나오후미는 이세계에서 겨우 얻은 동료의 신뢰에 눈물을 흘렸다.

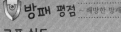

로프 실드
★★☆☆☆ · 2.6 · [방어력 0.2 활용도 3.0 스킬 4.5]

공중에 방패를 불러내는 스킬. 에어스트 실드를 쓸 수 있는 것만으로도 이 방패의 가치는 충분히 있다. 전용 효과로 로프도 꺼낼 수 있고, 방어력은 떨어지지만 편리한 방패였어.

쌍두흑견의 방패
★★★☆☆ · 3.4 · [방어력 3.0 활용도 3.4 스킬 3.8]

공격해 온 상대를 깨문다. 처음으로 입수한 카운터 타입의 방패여서, 이걸 해방했을 때는 정말 기뻤지. 결투할 때 여기에 물린 모토야스가 당황해하는 꼬락서니가 상쾌했어.

번외편 에피소드 소개
어릿광대 창 용사의 길

대학생 키타무라 모토야스는 창의 용사로서 이세계에 소환되어 세계를 구할 사명을 받는다. 알고 있는 게임과 닮은 세계였기에 공략도 쉬워서 모토야스는 미녀를 거느린 최강의 용사 라이프를 구가하고 있었다. 마인을 위시한 동료들의 목소리로 모토야스의 악담을 하는 보이스 갱어가 출현하는 던전도 무사히 클리어. 전리품인 쑥쑥 자라는 기적의 씨앗을 기근인 마을에 주고 남을 돕는 자신들에게 취하는 것이었다.

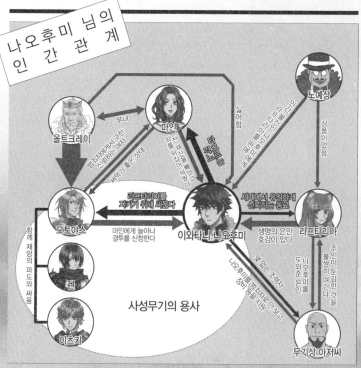

나오후미 님의
인 간 관 계

올트크레이 ──부녀── 마인

노예상

싫어함

마인 탓에 오은 마음에 안 들어 《상품이었음》

딸치고 쥐어 죽임

자진 재산을 빼앗긴 편차피 제거자의 구한 신뢰하는 여자

서먹서먹한 상대

죽을 뒤집어 쓰움

세계에서 유일하게 신뢰하는 동료 ──── 라프타리아

상품이었음

모토야스

라프타리아를 지키기 위해 싸운다

이와타니 나오후미

생명의 은인 호감이 있다

마인에게 놀아나 결투를 신청한다

함께 재앙의 파도와 싸움

렌

주인이 둔감한 것을 불쌍히 여긴다

나오후미를 도와준 은인

나오후미를 붙잡지만도 안 보고 장비 파일 지원

이츠키

사성무기의 용사

왈 없는 조력자

나오후미를 도와준 은인

무기상 아저씨

방
패
용
사
일
행
의
회
상

모처럼 이세계에 왔는데 망할 빗치 왕녀에게 누명을 뒤집어쓰고 이 꼴이다. 왕도 한통속인 것 같고.

……그래도 저는 그 덕분에 나오후미 님과 만난 거네요. 그건 정말로 행운이었어요.

흥. 무기상 아저씨나 노예상에게 도움을 받은 게 불행 중 다행이었어. 라프타리아 덕택에 파도도 극복할 수 있었고. 다른 용사들은 자기밖에 모르는 놈들이지만.

음……. 그래도 창의 용사님이 저를 해방하려고 결투하신 덕분에 나오후미 님이 저를 믿어 주시게 되었으니까요. 그 것만은 감사하고 있어요.

발매일 : 2013년 10월 25일(일본), 2014년 9월 25일(한국)

필로 탄생!

인간으로 변신하는 신기한 마물 소녀

Stories Digest

2

🛡 알에서 깨어난 마물 소녀

모토야스와의 결투 끝에 라프타리아의 노예 계약은 해제되고 말았다. 그러나 라프타리아가 '나오후미 님이 믿어 주실 증거가 필요해요.' 라고 부탁해 두 사람은 노예문을 되살리기 위해 노예상을 방문한다. 그리고 발견한 것이 바로 '마물 알 뽑기'. 알 상태로는 부화할 마물이 무 엇인지 알 수 없지만, 전력 증가를 위해 마물이 필요하다 생각한 나오후미는 하나 구입해 보기 로 한다. 태어난 것은 짐마차를 끄는 걸 좋아하 는 타조 같은 모습의 마물, 필로리알의 병아리 였다.

필로라고 이름 붙인 병아리는 왕 성한 식욕과 방패 의 성장 보정 효 과로 놀랄 만큼 빠르게 쑥쑥 성장 한다. 그러던 중, 일행이 거점으로 삼고 있는 류트 마을에 모토야스

Close up 류트 마을의 부흥작업

재앙의 파도로 큰 피해를 본 류트 마을을 거점으로 삼은 나 오후미 일행. 짐마차를 끌고 싶어 하는 필로를 위해, 부흥 작업을 거드는 대가로 마을 사 람들에게 짐마차를 제공받는 다. 그리고 숲으로 가서 목재 를 나르며 도중에 만나는 마물 을 쓰러뜨려 레벨을 올렸다.

와 마인이 나타나 갑자기 이 마을을 통치하겠다고 말한다. 무거운 세금을 물리려는 그들에게 마을 사람들도 반발하고, 나오후미는 달리는 용에 탄 모토야스와 마을의 통치권을 걸고 마물 레이스로 승부하게 된다. 필로에 탄 나오후미는 기사와 마인의 방해를 받으면서도 모토야스에게 승리한다. 나오후미는 승리 보상으로 마을에서 상업 통행 허가를 받았다.

다음 날, 필로는 한층 커져 다리가 짧고 몸통이 긴 땅딸막한 체형으로 변화한다. 나오후미는 이게 정말 필로리알이 맞는지 의심하기 시작하고, 노예상을 찾아가 필로리알 무리를 이끄는 우두머리 같은 개체가 존재한다는 사실을 듣는다. 그때 필로가 있을 우리에서 '주인님'이라는 말이 들리더니, 창살 안에는 날개가 난 소녀가 알몸으로 서 있었다……

이 드레스도 주인님과 함께 모험해서 마법상 아줌마와 양복점 언니가 만들어 준 거야~. 필로, 주인님에게 더 도움이 되고 싶어~.

🛡 범죄자에서 기적을 낳는 행상인으로

필로는 사실 인간의 모습으로 변신할 수 있는 필로리알의 우두머리, 필로리알 퀸

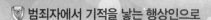

Encounter / 누에 & 보이스갱어

필로가 쓸 마법 옷을 만들고자 들어간 던전에서 싸운 상대. 목소리를 모방해 사람들을 현혹하는 보이스갱어와 다양한 동물이 합쳐진 누에. 나오후미 일행은 동행한 마법상과 함께 보이스갱어 실드의 「메가폰」으로 토벌했다.

Close up 행상 중에 도와준 노파

나오후미 일행은 약장사 중에 병으로 쓰러진 모친에게 한시라도 빨리 약을 전하려고 서두르는 남자를 만난다. 그를 따라가자 평범한 농촌 민가에 병으로 과로워하는 노파가 있었다. 나오후미는 약 효과 상승 스킬을 발동해서 노파에게 약을 먹여 회복시켰다.

이었던 것이다. 나오후미를 '주인님'이라고 부르며 따르는 필로는 라프타리아를 상대로 '주인님은 안 줄 거야.'라며 나오후미를 독점하려는 드는 귀여운 일면도 보이는 순진무구한 소녀. 결국, 나오후미는 어쩌다 보니 두 소녀의 부모 같은 존재가 됐다. 일행은 필로가 끄는 마차로 이동하면서 이전에 얻은 통행 허가증으로 약을 팔며 떠도는 행상을 시작한다. 그렇게 곳곳에서 행상 일을 하고 사람들의 병을 치료하면서 짐과 사람을 운반하는 동안, 나오후미 일행은 어느새 '신조가 끌며 기적을 뿌리는 마차'로 소문이 난다.

그러던 어느 날, 나오후미는 도둑의 습격을 받은 액세서리 상인을 도우면서 마법 사용법과 보석에 마력을 부여하는 방법을 배운다. 또한 모토야스가 생각 없이 봉인을 풀어 버린 흉악한 바이오 플랜트에 침식된 마을도 나오후미 일행의 활약으로 본래의 평화를 되찾았다. 이렇듯 나오후미 일행, '신조의 마차'는 사람들의 신뢰를 획득해 간다.

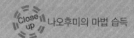 분노의 방패 해방

필로와 라프타리아는 충분한 전력이 되었지만, 본래는 싸울 운명이 아니었던 소녀들을 싸움에 휘말리게 한 책임을 느끼는 나오후미는 세

Close up 도적들의 수난

나오후미가 마차에 태운 액세서리 상인을 노린 도적들은 한때 라프타리아를 인질로 삼았지만 필로와 라프타리아의 연계로 격파당했다. '방패 악마'의 협박에 겁을 먹은 도적들은 잽싸게 아지트가 있는 곳을 실토하고, 도리어 나오후미 일행에게 털린다.

Close up 나오후미의 마법 습득

다른 용사가 수정에 봉인된 마법을 해방해 그 마법을 익힌 것과 달리, 나오후미는 이동하면서 마법상에게 받은 마법서로 꾸준히 공부해 마법을 습득했다. 마법서를 읽기 위해 마을 사람에게 문자표를 만들어 달라고 해서 이 세계의 언어도 익혔다.

계가 평화로워져도 두 사람이 행복
할 수 있기를 바라게 되었다.

어느 날, 세 사람은 전염병이 도
는 마을에 약을 팔러 방문한다. 듣
자니 렌이 산에 살던 드래곤을 퇴치
했지만, 그가 챙기지 않은 쓰레기가
썩어 전염병이 발생했다는 듯했다.
나오후미는 원흉인 렌과 마을을 도
우러 오지 않는 모토야스, 이츠키에
게 분통을 터뜨리며 드래곤 시체 처
리에 나선다.

현장에 향하자 시체가 움직이기
시작해 드래곤 좀비가 되어 나오후
미 일행을 습격해 왔다. 흩뿌리는
독가스 공격에 주저하는 동안 필로
가 드래곤 좀비에게 먹혀 버리고 만
다. 그때 나오후미에게 모토야스와
의 대결에서 라프타리아를 잃었을
때처럼 억누를 수 없는 분노의 감정
이 끓어올랐다. 이에 나오후미의 분
노에서 분노의 방패가 해방되고, 공
격을 반사하는 전용 효과인 「셀프
커스 버닝」이 드래곤 좀비를 불사

Encounter / 바이오 플랜트

인간 형태로 독 꽃가루를 뿌
리는 플랜트리웨와 산을 뿜는
만드라고라 등으로 구성된 식
물형 마물. 나오후미가 본체
뿌리에 제초제를 뿌리자 시들
어 씨앗으로 돌아갔고, 이를
개조해 마물로 변이하지 않는
안전한 식물을 만들었다.

Encounter / 드래곤 좀비

렌이 퇴치한 드래곤의
사체가 체내에 깃든 마력
이 결정화되며 다시 움직
이게 되었다. 신체 기관을
재생하면서 고농도의 독
가스를 뿜어 공격한다. 사
후, 심장 근처에서 보라색
수정 파편(용의 핵석)이 발
견되었다.

르려 했다. 쏟아지는 분노에 먹히려는 나오후미. 그러나 간신히 포개진 라프타리아의 손에서 온기를 느끼고 제정신을 되찾는다. 그렇게 정신을 차려 보니 라프타리아는 공격에 휘말려 중상을 입은 상태였다. 그야말로 절체절명의 위기……라고 생각한 순간, 갑자기 적의 움직임이 멎었다. 드래곤 좀비의 배를 부수며 필로가 생환한 것이다. 일행은 무사히 드래곤 좀비를 퇴치하고 전염병이 창궐한 마을을 구했지만, 셀프 커스 버닝에 휘말린 라프타리아가 입은 상처는 지워지지 않았다. 나오후미는 자신의 행동을 반성하고, 동료들을 지키겠노라 굳게 결의한다.

 방패 평점 ~해방한 방패 사용감 메모~

키메라 바이퍼 실드

★★★★☆ 4.3　　[방어력 4.2 활용도 3.8 스킬 4.8]

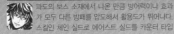

파도의 보스 소재에서 나온 만큼 방어력이나 효과가 모두 다른 방패를 압도해서 활용도가 뛰어나. 스킬인 체인 실드로 에어스트 실드를 카운터 타입의 방패로 바꿀 수 있는 점이 좋아.

바이오플랜트 실드

★★★☆☆ 3.2　　[방어력 ― 활용도 2.4 스킬 4.0]

방패 자체는 별것 없지만, 식물 품종 개량이 가능한 특이한 방패야. 바이오 플랜트를 개조해서 토마토 같은 열매가 열리는 나무를 만들어 기근에 시달리던 마을을 도울 수 있어서 기뻤지.

그 사람에게 주는 선물

나오후미를 연모하는 라프타리아는 라륨이라는 진기한 광석을 선물하고자 화산으로 갔다가 마찬가지로 나오후미에게 줄 가굣코의 알을 찾는 필로와 마주친다. 그러나 실버 레이저백이라는 마물이 나타나 두 사람이 노리던 것을 망치고 만다. 분노한 둘은 실버 레이저백을 처리해 가져가고, 그게 마을 사람들에게 비싸게 팔린다. 두 사람은 현상금으로 나오후미에 대한 감사를 담은 액세서리 제작 소재를 선물하는 것이었다.

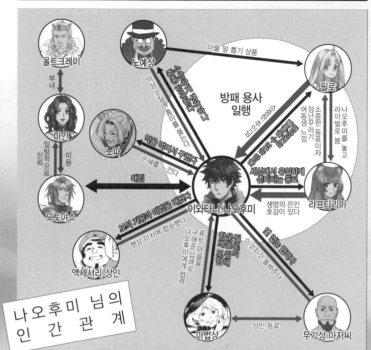

방패 용사 일행

올트크레이

부녀

마인

일방적으로 신뢰

모토야스

노예상

마물 알 뽑기 상품

필로

라나 벌로 본다
라이벌로 봄

소중한 동료이자
여동생 같은 느낌

라프타리아

세상에서 유일하게
신뢰하는 동료

생명의 은인
호감이 있다

이용

노파

악당 쉬레에 휘말리다

은혜를 느낀다

악을 먹여서 구했다

대립

이와타니 나오후미

보석 가공과 미끼를 배웠다

행상 마차에 합승했다

액세서리 상인

나구류트
오해로
마물들을
나오후
미에게
협력

함유뮐 께씨로
께의 협력

털 없는 합류자
이것저것 돌봐준다

마법상

상인 동료

무지상 아저씨

세상에서 유일하게

방패 용사 일행의 회상

나오후미 님이 노예상에서 구입한 알 뽑기에서 이런 아이가 깨어날 줄은 상상도 못 했어요.

필로는 주인님을 만나서 행복해! 원피스도 만들어 줬고.

원피스 제작에 필요한 보석을 찾아 모험했었죠. 필로가 있어서 행상도 할 수 있었어요.

여기저기 마차를 끌고 가는 게 즐거웠어. 싸움도 많이 했고. 드래곤 좀비 강했어~.

필로도 참……. 먹혔을 때는 걱정했다고요! 그래도 무사해서 다행이에요.

발매일 : 2013년 12월 25일(일본), 2014년 11월 19일(한국)

세 번째 파도를 물리친 나오후미

납치범으로 몰려 쫓기는 몸이 되다

Stories
Digest

3

🛡 가증스러운 왕녀의 여동생

나오후미 일행은 평원에서 야생 필로리알들에게 둘러싸인 소녀 메르티와 만난다. 귀한 집 자식처럼 보이는 메르티는 금방 필로와 친해지고, 메르로마르크 성 도시까지 데려다 주게 된다. 마을에 도착하고 헤어진 일행은 라프타리아의 상처를 고치려고 교회로 간다. 여기에서도 방패 용사라고 박해받지만 교황이 '신의 자비'라며 사정을 봐줘 도움을 받았다.

교회를 나온 나오후미는 모토야스와 맞닥뜨려 도전을 받는다. 방어로 일관하는 나오후미

Encounter / 크림 앨리게이터

어떤 귀족이 하수도에서 몰래 키우다가 덩치가 너무 커져서 감당할 수 없게 된 악어 마물. 사육자의 마지막 기록에 의하면 레벨 50. 필로가 갓 구입한 클로의 위력을 시험하기 위해 싸워 가볍게 승리했다.

가 밀리고 있을 때 병사 두 사람이 나오후미에게 가세하더니, 다음에는 메르티가 강한 효력이 있는 서명장을 가지고 나타나 나오후미와 모토야스의 개인적 싸움을 막았다.

소동이 다 끝나고 이야기를 들어 보니, 가세한 병사들은 나오후미가 구한 류트 마을 출신으로 파도와의 싸움에도 지원병으로 참가하고 싶다고 했다. 그리고 메르티

메르티 양이 왕녀였던 사실에는 깜짝 놀랐어요. 그래도 필로에게 정말 다정했기에 좋은 분이라고 생각했지만, 역시 마인 씨의 사건을 잊을 수는 없네요.

의 정체는 왕위 계승권 1위인 제2왕녀였다. 그러나 가증스러운 국왕의 딸이며 마인의 동생인 걸 알자, 나오후미는 더 신용하지 않고 메르티를 멀리하기 시작했다.

🛡 수수께끼 많은 강적의 출현

필로와 라프타리아는 이미 레벨 상한에 도달해 있었지만 그 상한을 돌파하려면 용각의 모래시계에서 하는 클래스 업이라는 의식이 필요했다. 나오후미 일행은 용각의 모래시계를 방문하나 국왕의 명령으로 방패 용사 일행의 클래스 업은 금지되어 있었다. 국왕의 비열한 행위에 격분한 나오후미는 다른 길을 찾고자 노예상을 방문한다. 결국 클래스 업이 가능한 다른 루트는 없었지만, 필로의 새로운 무기인 클로를 구

**Close UP 무기상 아저씨 특제!
나오후미 일행의 장비**

방패를 제외한 나오후미와 라프타리아의 장비는 모두 무기상 아저씨가 만든 것. 행상으로 번 돈과 도적에게서 빼앗은 무기를 처분해 새로운 갑옷과 무기를 조달. 「야만인의 갑옷」이라고 이름 붙인 나오후미의 갑옷은 이전보다 악당 같은 모양새가 되었다.

입. 나오후미 일행은 재앙의 파도가 올 때까지 다시 행상을 나서기로 한다.

이때 여행지에서는 정체를 숨기고 압정을 벌이는 영주를 응징하는 이츠키와 조우한다. 정의의 암행어사 연기를 하는 이츠키의 자뻑에 질려버리는 나오후미. 이츠키는 정체를 숨기고 있던 탓에 보수를 누군가에게 가로채이고는 '내 보수를 가로챘다'며 나오후미를 탓한다. 결국 증거가 없어 이야기는 그대로 끝났지만, 나오후미에게는 불쾌한 기억만이 남았다.

시간이 지나 세 번째 재앙의 파도가 나타난다. 나오후미는 이전에 만났던 류트 마을 출신  지원병들을 합류시켜 근처 마을을 지켰다. 이전에 병에서 구하고 지나치게 건강해진 노파의 지원도 있어 마을 구원은 순조로웠지만 좀처럼 재앙의 파도가 끝나질 않았다. 그래서 전선에 문제가 있는가 싶어 보러 갔더니, 세 용사는 작전도 없이 제각각 싸우고 있어 나오후미는

Encounter
재앙의 파도 & 차원의 소울이터

이번 파도에서는 유령선, 해골 선장, 크라켄 같은 마물이 용사들을 습격. 그리고 라프타리아가 마법으로 비춘 마물들의 그림자에서 소울이터가 출현해 나오후미가 분노의 방패Ⅱ의 아이언 메이든 스킬로 격파했다.

Close up 첫 번째 커스 시리즈와 그로우업

드래곤 좀비를 잡고 입수한 용의 핵석으로 분노의 방패Ⅱ로 진화. 방패에는 드래곤이 깃들어 야만인의 갑옷도 칠흑의 용을 닮은 갑옷으로 변했다. 나오후미와 연동해 필로도 폭주한다. SP를 대가로 하는 강력한 스킬, 아이언 메이든도 사용할 수 있게 되었다.

질리고 말았다. 세 사람의 이야기를 단서로 삼아 간신히 보스인 거대 소울이터를 출현시키는 데 성공한 나오후미는 그 로우업을 마친 '분노의 방패Ⅱ'의 스킬 —— 적을 꿰어 버리는 아이언 메이든을 발동해 소울이터를 빈사 상태로 만들었다.

그러나 갑자기 정체불명의 여자 글래스가 나타나 손쉽게 소울이터를 해치우고 용사들을 공격했다. 그 압도적인 힘에 용사들은 속수무책으로 희롱당해 절체절명의 위기에 빠진다. 그러나 글래스에게는 제한 시간이 있었던 듯, 재앙의 파도가 사라지기 직전에 물러섰다.

파도에서 나온 언니는 있지 무지 강했어! 주인님의 방패에서 싫은 느낌이 나고 필로도 자기가 아니게 된 것처럼 날뛰었지만 무리였어~.

🛡 목숨을 위협받는 왕녀

파도를 극복하고 성에 불려간 나오후미는 결국 국왕과 언쟁을 벌이고 결별한다. 그래서 노예상이 가르쳐 준, 나라 밖에 있는 용각의 모래시계에서 클래스 업을 하려고 떠난 일행을 메르티가 쫓아왔다. 왕과 화해하라고 독촉하지만 나오후

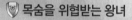

Encounter / 글래스

새까만 기모노를 입은 수수께끼의 여자. 춤추듯 강철 부채를 다루며 다양한 기술을 구사한다. 쓰러진 마인에게서 아이템을 훔친 나오후미를 비난하는 정의감의 소유자. 재앙의 파도와 함께 나타나, 균열이 사라질 때 그 속으로 물러났다.

Close up 그 뒤의 도적들

나오후미에게 아지트를 털린 도적들은 두목이 고향으로 돌아가는 바람에 적대하던 도적들의 말단 멤버가 되어 다시 도적질을 계속했다. 불운하게도 이번에도 나오후미가 탄 마차를 습격하는 바람에 혹독하게 얻어맞은 다음, 다시 털리는 신세가 된다.

미는 들은 척도 하지 않았다. 그때, 어째서인지 호위로 온 병사들이 메르티에게 칼을 들이댔다. 메르로마르크 국교 「삼용교회」가 방패 용사에게 제2왕녀 살해의 죄를 뒤집어씌우려 습격한 것이다.

필로는 친구인 메르티를 구하고 싶다고 나오후미에게 애원한다. 나오후미도 메르티를 가엽게 여기고, 지키기 위해 함께 여행할 것을 결의한다. 그리하여 나오후미 일행은 왕녀를 납치한 범죄자로서 나라에서 쫓기는 신세가 되고 말았다.

메르로마르크에서는 운신하기가 어려워서 아인의 나라인 실트벨트로

망명하려 하는 나오후미. 그러나 국경 부근에서 다른 세 용사에게 발각되고 만다. 사정을 이야기해 설득하려 하지만 이들은 듣지 않고 도망치는 나오후미를 공격한다. 게다가 마인도 혼란을 틈타 메르티를 죽이려 했다.

그런 궁지를 구한 것은 메르로마르크 비밀 경호부대 「그림자」였다. 그들은 여왕 직속의 수하들로서, 나오후미 일행에게 여왕과 만나 달라고 이야기한다. 이유는 알 수 없었지만 나오후미는 그 말을 받아들이고 여왕을 만나러 남서쪽 이웃 나라로 향한다.

 방패 평점 ~해방한 방패 사용감 메모~

소울이터 실드
★★★★☆ **4.0** [방어력 3.8 활용도 4.0 스킬 4.0]

 파도의 보스 방패 2. 방어력보다는 스킬에 사용하는 SP를 조절하거나 돌리 이외의 공격을 할 수 있다는 점이 매력적인 방패다. 키메라 바이퍼 다음으로 마음에 들었었지.

세뇌의 방패
빗치의 핫소리

 내가 이런 걸 갖고 있다며 빗치가 거짓말을 하는 바람에 멍청한 세 용사까지 속아 넘어가서 험한 꼴을 봤다. 이런 방패가 진짜로 존재하면 제일 먼저 빗치에게 쓸 거라고!

나오후미 님의 인간 관계

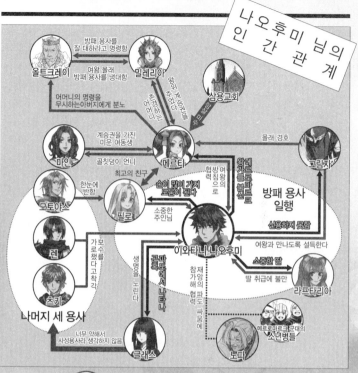

메르짱과 친구가 되어서 좋았어.
왕녀님인 걸 알고 깜짝 놀랐지만.

새로운 동료와도 새로운 적과도 만났지요.
갑자기 나타난 글래스 씨가 너무 강해서
좀 더 강해져야 하겠다고 생각했어요.

필로도 다음엔 안 져!
좀 더 강해지고 싶은데 클래스 업 할 수 없는 건 아쉬웠어.

다른 나라에서는 가능할지도 모르니까요.
하지만 메르티 양이 목숨을 위협받을 줄이야.

메르짱을 지키고 싶어!
빨리 남서쪽 나라에 있는 메르짱 엄마를 만나야 해.

발매일 : 2014년 2월 25일(일본), 2014년 12월 10일(한국)

나오후미는 마침내 복수를 달성한다

모든 고생을 보답받을 때가 왔다

Stories 4
Digest

🛡 거대 드래곤 대 필로리알

왕녀 유괴 용의로 쫓기는 나오후미는 아인 친화파의 싹싹남 귀족 반 라이히노트의 저택에 숨게 되었다. 그러나 안식처는 곧 발각되어 옆 마을의 귀족 이도르 레이비어가 저택을 공격해 온다. 이도르는 삼용교도이자 아인 배척 주의자로, 과거 라프타리아를 노예상에서 구입해 고문한 인물이었다.

끌려간 메르티를 되찾고자 이도르의 저택으로 간 일행. 군인이었던 이도르의 채찍질에 고전하지만 결국에는 라프타리아가 끝장을 내고 메르티를 구출. 지하실에서 라프타리아의 친구인 리파나의 유골과 소꿉친구 키르를 발견해 탈출을 꾀한다. 그때 이도르가 마지막 발악으로 봉인되어 있던 거대 마물, 타이런트 드래곤 렉스를 해

종교와 각 나라의 관계

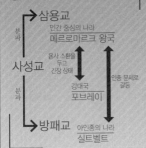

삼용교
인간 중심의 나라
메르로마르크 왕국

사성교

분파

용사 소환을 두고 긴장 상태

강대국
포브레이

인종 문제로 갈등

방패교
아인종의 나라
실트 벨트

방해 버렸다.

키르를 반에게 맡기고 맞섰지만 필로와 라프타리아의 공격도 전혀 먹히지 않고, 분노의 방패를 사용하려 해도 누군가에게 막혔다. 그렇게 일행이 궁지에 몰린 상황에서 하늘색 날개를 가진 필로리알 퀸이 나타나 거대화해서 타이런트 드래곤 렉스를 단숨에 해치우고, 필로처럼 소녀로 변화하더니 자신을 필로리알의 여왕인 피트리아라고 소개한다.

🛡 교황의 마수

피트리아는 한때 용사에게 키워진 필로리알이었다. 재앙의 파도는 전 세계에 일어나고 있어, 사람이 없는 지역에서 발생하는 파도에 대처하고 있다고 했다. 파도의 맹위는 심각해 사성용사끼리 다툴 때는 아니며 단결해서 재앙의 파도에 맞서야만 한다고 주장하는 피트리아.

다음 날, 피트리아는 필로의 실력을 시험하고자 메르티를 인질로 싸움을 걸었다. 압도적인 실력 차가 있는 둘. 그러나 필로는 아무리 공격당해도 굴하지 않고 메르티를 위해 만신창이가 되어 가면서까지 피트리아에게 맞선다. 필로의 실력을 인정한 피트리아는 보수로서 귀여운 장식깃을 주었다. 그것은 피트리아의 후계자 후보가 된 증표였다.

피트리아와 헤어진 일행은 여왕을 만나기 위해 다시 남서쪽으로 향하

Encounter **타이런트 드래곤 렉스**

몸길이가 20미터를 넘는 공룡 같은 드래곤. 옛 용사가 퇴치하고 석비에 봉인했었다. 용제의 파편이 체질에 맞지 않아 거대화. 덩치가 너무 커서 나오후미 일행은 마을 밖으로 유도해 전투. 마법을 쓰고 입에서 불을 뿜는다.

피트리아의 마차 진짜 멋졌어 ~. 필로도 언젠가 그런 걸 끌고 싶어! 그치만 ~ 메르짱을 다치게 하려고 한 것에는 필로도 화났어.

고, 국경 관문에 도착했을 때 갑자기 모토야스 일행의 습격을 받았다. 격앙한 모토야스의 말에 의하면 렌과 이츠키가 나오후미에게 살해됐다고 한다. 그런 적이 없는 나오후미는 필사적으로 오해를 풀려 하지만 모토야스는 들은 척도 하지 않는다.

그때 하늘에서 일행을 향해 강력한 빛이 쏟아지고, 메르티 암살 미수와 두 용사 암살의 흑막인 삼용교 교황이 모습을 드러낸다. 교황은 각지에서 문제를 일으켜 교회의 권위를 떨어뜨리는 용사들과 삼용교의 숙적인 방패 용사, 사악한 왕녀까지 한꺼번에 처리하려고 획책했던 것이다.

복수 달성

교황은 전설 무기의 복제품을 이용해 나오후미와 모토야스를 몰아붙인다. 성전으로 많은 신도로부터 끌어모은 힘을 구사하는 교황의 압도적 공격에 두 사람은 고전을 면치 못했다. 그 위기를 구해 준 것은 죽었을 터인 렌과 이츠키였다. 둘은 교황에게 습격당했을 때 그림자의 도움을 받았던 것이다. 용사들은 처음으로 연계해 공통된 적을 쓰러뜨리려고 힘을 발휘한다. 나오후미는 스스로 분노의 방패를 라스 실드 III로 그

Close up 피트리아의 협박

사성용사가 하나라도 빠지면 파도에 대처하기 어려워지니, 차라리 용사를 다 죽이고 새 용사를 재소환하는 것이 세계에 도움이 된다 말한다. 또한 몇 번의 파도 후에는 세계가 모든 생명의 희생을 강요할 때가 오므로, 용사는 사람들과 세계 중 하나를 택해야 한다고도 했다.

로우업 시킨다. 낯선 인물의 조력도 있어, 소환된 대형 덫을 사용하는 자기 희생기 「블러드 새크리파이스」로 교황을 격파하지만 나오후미 역시 기술의 저주로 쓰러지고 말았다.

나라와 신앙하는 백성을 위하지 않고 독선적으로 자신을 신이라 칭하다니. 나오후미 님과 함께 반드시 쓰러뜨리겠어요.

낯선 인물의 정체는 여왕이었다. 교회와 국왕의 폭주, 마인의 방패 용사 음해를 안 여왕은 분노해 올트크레이와 마인에게서 왕족 신분을 박탈한다. 또한 삼용교를 악한 종교로 지정하고 사성용사를 평등하게 섬기는 사성교를 국교로 삼았다. 마인에게는 노예문이 새겨지고 나오후미를 공격하려 하면 괴로워하게 된다. 또한 나오후미의 희망으로 국왕과 마인은 각각 쓰레기와 빗치로 개명하게 되었다. 나오후미는 마침내 자신을 함정에 빠뜨린 자들에게 복수한 것이다.

여왕에 의하면 방패 용사를 신앙하고 아인을 우대하는 나라 실트벨트와 메르로마르크는 오랫동안 전쟁을 벌였다고 한다. 실트벨트와의 알력을 피하기 위해 메르로마르크에서 방패

Encounter / 교황

삼용교회를 이끄는 자. 상처를 입어도 겁먹지 않는 광신적 교도들을 지휘해 강력한 의식 마법으로 공격한다. 그가 사용하는 전설 무기의 복제품은 교도들의 마력을 연료로 써서 검·창·활·방패로 변화한다.

Close up / 라스 실드로의 그로우업

교황과의 전투 중, 나오후미는 방패에 깃든 드래곤과 자신의 분노를 끌어내 그로우업을 실행하고, 동료와의 신뢰를 통해 분노에 먹히지 않고 자아를 유지했다. 이로써 자신에게 대미지를 주면서 상대를 덫으로 물어 죽이는 「블러드 새크리파이스」를 사용할 수 있게 되었다.

용사를 우대하겠노라 약속하는 여왕. 나오후미의 지위는 향상되었으나 용사의 진정한 적이 재앙의 파도인 것에 변화는 없다. 나오후미 일행의 모험은 이어진다.

 방패 평점 ~ 혜방한 방패 사용감 메모 ~

필로리알 실드
★★★★☆ 4이상   (시리즈 종합 평가)

 피트리아가 해방해 준 방패로 종류가 많지만 레벨 관계로 아직 쓰지 못하는 게 많아. 효과가 좋은 게 많고 주로 필로를 강화해 주는 것이 모여 있어서 어처구니없이 강해졌어.

라스 실드 Ⅲ
★★★☆☆ 3.0   [방어력 4.2 활용도 1.0 스킬 4.0]

 분노의 방패가 계속해서 그로우업한 결과 분노의 힘이 지나치게 강한 방패가 되었지. 블러드 새크리파이스는 강력하지만, 나와 동료들의 스테이터스를 떨구는 건 난처해.

번외편 에피소드 소개
공포의 필로리알

인간이 들어오지 못하는 곳에 발생한 재앙의 파도를 막고자 애쓰는 피트리아는 왜 용사들이 재앙의 파도에 대처하러 나타나지 않는지 의아하게 여겼다. 그때 용사가 키운 걸로 추정되는 필로리알 퀸이 발견되었다는 보고가 들어온다. 새로운 여왕 후보는 분홍색 필로리알로, 방패 용사와 함께 거대한 드래곤과 싸우고 있었다. 분홍색 필로리알의 힘에 불안을. 용사의 모습에 향수를 느끼면서, 피트리아는 이들을 돕고자 전투 준비를 시작했다.

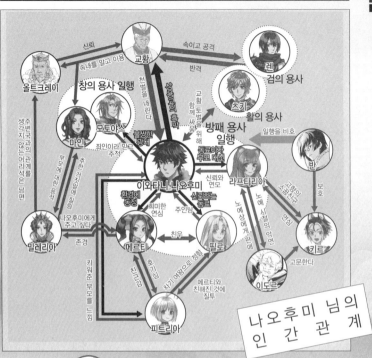

신뢰
속이고 공격
교황
반격
검의 용사
렌
올트크레이
속내를 알고 이용
천벌을 내리다
창의 용사 일행
츠기
활의 용사
교황 토벌을 위해 함께 싸움
방패 용사 일행
일행을 비호
반
생각지 않는 어리석은 남편
마인
모토야스
불쌍함 광대
죄인이라 믿고 추적
동료이자 무모 대신
이와타니 나오후미
신뢰와 연모
라프타리아
보호
부모에 대한 애석
추가 거짓말에 질림
환경에 환경
나오후미에게 주고 싶다
희미한 연심
주인님
신뢰하는 동료
노예 소꿉친구
고향의 소꿉친구
고향 시절의 악연
연심
밀레리아
존경
메르티
친우
필로
노예상에게 판매
키르
키워준 부모를 느낌
칠근감
호기심
차기 여왕으로 정착
메르티와 친해진것에 질투
고문한다
이도르
피트리아

나오후미 님의 인간관계

방패 용사 일행 의 회상

 필로는 필로리알 여왕님인 피트리아를 만나서 '차기 여왕'이 됐어. 메르짱이랑 똑같네!

 나도 피트리아 씨랑 만나서 기뻤어. 필로짱은 강하네. 나를 죽이려 한 교황도 나오후미 씨와 함께 쓰러뜨려 줬고.

 메르짱을 지키고 싶었거든! 메르짱을 노리면 언니라도 용서하지 않을 거야.

 언니, 아버님도 이번 죄를 반성해 주시면 좋겠지만……. 소동이 끝나서 정말 다행이야.

 그치만 사실은 메르짱이랑 좀 더 여행하고 싶었어~! 앞으로도 계속 친구야!

발매일 : 2014년 4월 25일(일본), 2015년 1월 29일(한국)

신장 개막! 오명을 벗은 나오후미를
새로운 시련이 기다린다!!

5

Stories
Digest

🛡 첫 용사 회의

여왕이 나라에 돌아온 덕분에 나오후미를 둘러싼 상황은 호전되어 갔다. 라프타리아와 필로는 간신히 클래스 업을 할 수 있게 되었고, 네 용사의 연대를 강화하기 위한 용사 회의가 열리게 되었다. 용사들은 강해지기 위해 무기의 강화 방법 등 서로의 지식 공유를 시도한다. 그러나 자신들에게만 적용되는 지식뿐이라 서로를 거짓말쟁이라고 부정하는 최악의 회의가 되어, 관계는 악화되고 말았다.

부정하는 마음이 방해하는 게 아닌가 생각한

나오후미는 시험 삼아 그들의 말을 믿어 본다. 그러자 지금까지 보이지 않았던 마물의 드롭 리스트가 보이게 되었다. 그들이 이야기한 강화 방법은 믿으면 전부 사용할 수 있게 되는 것으로, 누군가

클래스 업

레벨 상한을 올리고 자신의 가능성을 선택하며. 그에 따라 스테이터스가 상승하는 것. 피트리아가 준 장식깃의 힘으로 필로와 라프타리아는 스스로 가능성을 선택하지 못하는 대신 모든 스테이터스가 두 배가 되었다.

가 거짓말을 하는 것이 아님을 알 수 있었다.

여왕은 이번 소동으로 레벨업을 방해받은 것을 메꾸기 위해 용사들을 카르밀라 섬으로 초대했다. 카르밀라 섬은 10년에 한 번 활성화 시기를 맞이해 마물 토벌에서 얻는 경험치가 늘어나 있었다. 다양한 마물도 살고 있어 정말이지 레벨업에는 딱 좋은 땅이었다.

🛡 카르밀라 섬에서 발견한 것

의기양양하게 카르밀라 섬으로 떠나는 나오후미 일행. 이동하는 배에서 다른 나라의 모험자 라르크베르크, 테리스와 만난다. 처음에는 자신을 '꼬마'라 부르며 살갑게 다가서는 라르크베르크를 약간 껄끄러워했던 나오후미. 그러나 섬에 도착해 밤중에 전투를 하는 동안 라르크베르크와 테리스가 걱정해서 찾으러 왔을 무렵부터 그들에게 호감을 품게 되었다.

라르크베르크를 신용한 나오후미는 그들과 함께 사냥을 떠났다. 그때 라르크베르크가 자신의 낫으로 마물의 사체를 흡수하는 것에 놀란다. 용사가 아닌 자가 전설의 무기와 동등한 성능의 무기를 소지하고 있는 것을 처음 목격했기 때문이다. 무기도 그렇지만 그걸 다루는 라르크의 강함에도 감탄한 나오후미는 동료로 맞이하고 싶다고 바라게 되었다.

🔍 Close up 용사 회의의 수확

나오후미가 몰랐던 일이 회의에서 하나씩 밝혀진다. 토벌한 마물이 아이템과 무기를 떨구는 것이나 자신의 전설 무기와 같은 계통의 무기를 손에 잡는 것만으로도 복제할 수 있는 웨폰 카피, 광석을 사용해 무기를 강화하는 제련 등을 알게 되었다.

이제야 나오후미 님의 좋은 점을 그대로 인정해 주는 사람이 생겨서 기뻤어요. 카르밀라 섬에서 함께 레벨을 올릴 약속도 했고, 저도 기대돼요.

섬에 도착해서 5일째, 일행은 필로에게 이끌려 도착한 해저 신전에서 용각의 모래시계를 발견한다. 이 땅에도 메르로마르크와 마찬가지로 재앙의 파도가 찾아오는 것을 깨닫고 여왕에게 알린 후 전투에 대비해 모험자를 모은다. 다수의 모험자에 섞여 라르크베르크와 테리스도 전투에 참가, 나오후미 일행은 만전의 태세로 재앙의 파도를 맞이했다.

🛡 어제의 친구는 오늘의 적

이번 싸움은 바다 위에서 치러야 했다. 보스인 차원의 고래가 바닷속에서 사람들을 습격했다. 나오후미가 보스의 움직임을 잡고 라르크베르크와 테리스, 필로의 공격이 작렬. 무사히 차원의 고래를 격파했다.

안도한 것도 잠시, 살기를 느끼고 돌아서자 나오후미를 향해 무기를 들이댄 라르크베르크와 테리스가 있었다. 갑자기 나오후미를 공격하는 라르크베르크 일행. 아무래도 그들은 다른 세계에서 용사

라프타리아 언니, 필로랑 비슷할 만큼 잠수할 수 있어서, 함께 수영하면 즐거워. 그러고 보니 밤에 수영하는데 바닷속에 예쁘게 빛나는 장소가 있었어.

Close up 라르크베르크 일행과 술집에서 있었던 일

어느 밤, 나오후미가 루코르 열매를 먹자 술집이 발칵 뒤집힌다. 그것은 술통에 한 알을 넣어야 겨우 마실 수 있을 만큼 독한 열매였다. 나오후미는 아무렇지도 않게 하나둘 먹어 나간다. 대항심을 불태운 모토야스도 루코르 열매를 먹었지만, 단숨에 쓰러지고 말았다.

를 죽이기 위해 온 듯했다. 전투에 능숙한 라르크베르크와 묘책을 짜 내 맞서는 나오후미. 호각으로 싸우며 어느샌가 둘은 즐거움을 느끼게 되었다.

나오후미가 마침내 승기를 잡았을 때 글래스가 출현한다. 라르크베르크와 테리스는 글래스의 동료였던 것이다. 그러나 레벨업을 해 온 나오후미 일행은 강적이었던 글래스와도 호각으로 맞설 수 있었다. 라프타리아의 마검이 글래스를 꿰뚫고 치명상을 입혔으나 라르크베르크가 꺼낸 혼유약의 힘으로 회복하고, 더욱 강해졌다.

글래스의 방어 무시 공격이 나오후미에 명중했다고 생각한 순간 나오후미는 다크 커스 버닝으로 응전. 서로의 생명을 줄이는 듯한 가혹한 전투가 이어졌다. 그때 여왕이 술을 흩뿌리는 루코르 폭탄으로 나오후미를 지원했다. 글래스는 궁지에 몰려도 계속 응전하

Encounter / 카르밀라 섬의 보스들

카르마 도그는 몸길이 5미터 정도에 날개가 난 검은 개이다. 잡으면 오레이칼 광석, 카르마 도그 클로를 떨궜다. 지면 공격도 하는 카르마 래빗은 그 이빨과 긴 귀로 공격하며 카르마 래빗 소드를 드롭한다. 카르마 펭은 하늘을 나는 검은 펭귄 모습을 한 마물인데, 귀여운 겉모습과 더불어 다양한 효과가 있어 실전적인 페르 인형옷을 드롭했다.

Encounter / 차원의 고래

뿔이 달린 하얀 고래처럼 생기고, 몸길이가 50미터를 넘는 마물. 바닷속에서 배에 돌진해 배를 쳐올린다. 필로가 날린 스파이럴 스트라이크, 라르크베르크와 테리스가 쓰는 뇌전 대차륜에 숨통이 끊겼다.

려고 했으나, 라르크베르크가 이를
말려서 세 사람은 균열 속으로 후퇴
했다.

가까스로 이번 재앙의 파도를 극
복한 나오후미였지만 글래스 일행
의 정확한 정체도, 그들을 쓰러뜨
릴 방법도 알 수 없었다. 재앙의 파
도란 대체 무엇인가. 커지는 의문을
앞에 두고, 나오후미는 더욱 강해지
고 보다 많은 동료를 얻어야 한다고
느꼈다.

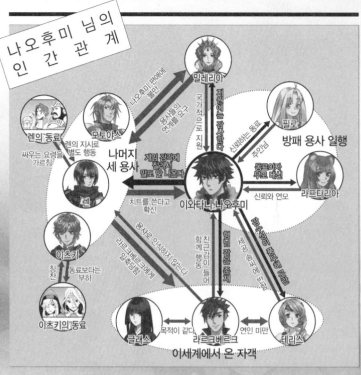

나오후미 님의
인 간 관 계

밀레리아

나오후미 편이에
몰린

국
가
적
으
로
지
원

옹서들의
연계를 요구

정보에는 감사한다

신뢰하는 동료

렌의 동료

모토야스

렌의 지시로
별도 행동

싸우는 요령을
가르침

방패 용사 일행

필로

주인님

나머지
세 용사

렌

게임 감각에
잡혀서
말도 안 나온다

치트를 쓴다고
확신

동료이자
무모 대신

라프타리아

이와타니 나오후미

신뢰와 연모

이츠키

옹서로 의식하지 않는다

함
께
행
동

형님 같은 존재

친
근
감
이
들
어

실
수
에
반
함

세
공
솜
씨
에

칭찬

동료보다는
부하

이츠키의 동료

라르크베르크에게
일축당함

목적이 같다

연인 미만

글래스

라르크베르크

테리스

이세계에서 온 자객

방
패
용
사
일
행
의
회
상

드디어 클래스 업!
클래스를 정할 수 없었던 건 아쉽지만…….
필로, 독을 뿜고 싶었는데.

저도 필로의 깃털에 간섭을 받고 말았어요.
하지만 카르밀라 섬에서 경험치를 많이 벌었으니
괜찮지 않을까요.

바다에서 잔뜩 헤엄쳐서 즐거웠어!
그랬더니 바닷속에도 그 모래시계가 있었고.

그리고 재앙의 파도도 일어났지요.
함께 모험한 두 분이 적이 된 것에는 놀랐어요.
게다가 글래스 씨의 동료였을 줄은…….

발매일 : 2014년 6월 25일(일본), 2015년 3월 24일(한국)

봉인된 짐승이 눈을 뜨고
세계를 혼란으로 이끈다……

Stories 6
Digest

🛡 배신당한 자에게 내미는 구원의 손길

카르밀라 섬에서 다시 용사 회의가 열린다. 라르크베르크의 무기가 용사의 무기처럼 소재를 흡수했던 것을 나오후미가 보고하자 그 보고를 받은 여왕은 사성용사와는 다른 칠성용사가 존재한다는 사실을 알려 주었다. 그러나 그중에서 낫을 사용하는 용사는 없으므로 라르크베르크 일행의 정체는 여전히 오리무중이었다.

방에 돌아오려던 나오후미는 이츠키의 동료 리시아가 동료들의 심부름을 하고 있는 걸 목격한다. 딱 봐도 집단 괴롭힘을 당하는 상황이지

Close up 나오후미의 상인 정신

카르밀라 섬에서 조악한 물건을 비싸게 파는 상인을 보고 상인으로서 격노한 나오후미는 액세서리 상인의 증명서를 보이며 사기를 그만두지 않으면 신고해서 다시는 장사를 못 하게 하겠다고 위협한다. 그래도 울상 짓는 상인에게 교묘한 장사 방법, 요령도 가르쳐 준다.

만, 리시아는 이츠키에게 받은 은혜가 있어서 동료로 계속 있고 싶다고 했다.

그러나 리시아는 동료들에게 이츠키가 아끼는 팔찌를 부셨다는 의심을 사고 만다. 누구든 억울한 죄를 뒤집어쓰는 상황을 놔둘 수 없던 나오후미는 '그림자' 로부터 리시아가 무죄라는 사실을 듣고는 이츠키를 힐문한다. 그러나 언제까지나 약한 리시아가 거슬렸던 이츠키는 나오후미와 리시아의 말도 듣지 않고 리시아를 쫓아내기로 한다. 나오후미는 충격을 못 이기고 바다에 투신한 리시아를 구출하고 동료가 되기를 권유한다. 신뢰하던 상대에게 배반당해 누명을 쓴 리시아를 남으로 생각할 수 없었던 것이다. 어떻게든 리시아를 단련시켜 이츠키가 다시 보게 하겠노라고 굳게 결심한다.

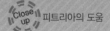 수행의 나날

여왕은 용사들을 강화하기 위해 검술의 달인인 여기사 에클레르를 용사들에게 소개한다. 또한 전투 고문으로 과거 수많은 전투에서 성과를 올린 변환무쌍류 사용자를 초빙했다. 그 정체는 예전에 나오후미가 병에서 구하고 지나치게 건강해진 노파였다. 노파는 리시아의 잠재력을 간파하고 '백 년에 하나 나오는 인재' 라 칭하며 훈련에 의욕을 보였다.

Close up 피트리아의 도움

회의 후, 나오후미는 여왕에게 주변국의 파도에 파견되는 일을 상담받는다. 약한 세 용사를 파견할 수 없기에 결과적으로 나오후미에게 일이 몰리면서 훈련도 포함해 바빠지는 것은 당연. 그때 필로의 바보털을 통해 지켜보던 피트리아가 세 용사를 중재하고, 훈련을 위해서라면 다른 파도를 처리해 주겠다고 제안해 나오후미와 합의했다.

맨날 '후에에에에….' 하는 언니를 필로가 바다에서 구했어! 주인님에게 칭찬받았다♪ 그리고 말이지, 새로운 동료가 되어 줬어!

이전에 아인 배척파 귀족인 이도르의 저택에서 구출했던 라프타리아의 고향 친구 키르도 동료에 가세하여, 용사들은 노파와 에클레르의 지도를 받으며 전력 강화 수행에 힘썼다. 그러나 나오후미 이외의 셋은 차츰 수행을 빼먹게 되었다. 나오후미의 강함을 치트라 단정하고, 그를 비호하는 국가 방침에 불만을 가진 듯했다. 그래서 여왕은 근처 각지에서 출몰하는 수수께끼의 마물을 토벌하고 1주 후에 찾아올 재앙의 파도와의 전투에 참가하면 행동의 자유를 인정하겠노라 약속한다.

리시아 씨를 맡고, 수행에 힘쓰는 등 나오후미 님은 정말 정력적이시네요. 그러고 보니 에클레르 씨는 사실 제 고향 영주님의 따님이셨어요

이걸로 나오후미를 추월할 수 있다며 의기양양하게 여행을 떠나는 세 용사. 나오후미도 에클레르와 노파를 데리고 수수께끼의 마물 토벌에 나서려 했다. 출발 직전, 나오후미는 수수께끼의 미녀와 만나 '부디 저를 쓰러뜨려 주세요.' 라는 요청을 받는다. '저는 저기에 있습니다.' 라고 말하며 동쪽 하늘을 가리킨 후, 그 미녀는 환상처럼 즉시 모습을 감추었다.

Encounter ――의 사역마
(박쥐형)

등딱지가 달린 외눈 박쥐처럼 생긴 마물. 특히 쇠약해진 인간과 마물을 노려 습격한다. 열선으로 공격하고 쓰러진 상대에게 알 같은 것을 낳아 번식한다. 의외로 어지간한 모험자보다 강하지만, 눈 부분이 약점.

🛡️ 영귀의 수수께끼

나오후미 일행은 미녀의 존재를 기억에 담아 두고 마물에 습격당한 마을로 출발하는데, 그곳에서 본 것은 박쥐와 설인의 모습을 한 「──의 사역마」들이었다. 그들을 부리는 보스 같은 존재를 조사하는 동안 리시아가 어떤 전설상의 생물을 밝혀낸다. 그것은 과거 용사에게 봉인되었을 수호수 영귀였다. 다른 용사들은 무모하게도 산만 한 크기를 자랑하는 이 마물에 맞섰던 듯, 모두 행방불명 상태였다.

전승에 따르면 영귀가 날뛰어 일부 희생을 치르면 재앙의 파도가 그친다고 한다. 희생을 강요해 세계를 구할 것인가, 아니면 눈앞의 사람들을 구하고 다시 재앙의 파도에 맞설 것인가. 나오후미는 자신을 믿어 준 동료들을 구하고 싶어서 영귀 토벌을 선택. 연합군을 이끌고 동료와 함께 과감하게 영귀에 맞선다.

고농도의 번개 브레스를 사용하는 영귀의 공격은 강력했다. 나오후미는 노파와의 수련으로 배양한 경험을 살려 그 공격을 두 번이나 받아 내고, 마지막에는 라프타리아와 필로의 공격으로 영귀의 머리 부분을 격파했다.

그러나 영귀 출현과 함께 나오후미의 시야에 나타난 모래시계는 아직 지

Encounter / 영귀

등딱지에 거대한 산과 나라 하나를 싣고 있는 거대한 거북이 수호수. 과거에 용사가 봉인했다고 한다. 다양한 사역마를 부리고 강력한 번개 브레스를 토하는 무시무시한 힘으로 도시 다섯, 요새 셋, 성 둘을 파괴했다.

Close up 영귀의 마을에서 발견된 일본어

과거의 용사가 기록했다 여겨지는 일본어. 영귀의 목적과 퇴치 방법 등이 적혀 있으나, 중요한 부분은 손상되어 읽을 수 없었다. 그러나 문자를 맞추어 보면 '일곱 번째에 봉인이 깨어지리라'가 되며, 이는 나오후미가 본 푸른 모래시계의 숫자와 일치했다.

워지지 않았다. 수상하게 생각한 나오후미는 여왕에게 조사를 의뢰하고, 자신도 영귀의 등에 있는 마을을 탐색하기로 한다. 나오후미는 그곳에서 영귀를 그린 벽화에 적힌 일본어를 발견한다. 그러나 중요한 부분은 손상되어 읽을 수 없었다.

　조사를 마친 일행은 다른 용사들을 찾아 그들의 소식이 끊긴 마을을 방문한다. 중간에 들른 모험자 길드에서는 방패 용사를 모멸하고, 나아가 '다음엔 더 많은 희생자가 나온다.'고 속삭이는 소리가 들리면서, 나오후미의 불안은 점점 커져 간다.

 방패 평점 ~해방한 방패 사용감 메모~

고래 방패
★★★★☆ 3.8　　　[방어력 4.1 활용도 3.6 스킬 3.8]

 차원의 고래에서 나온 방패로, 이것 말고도 마법핵 방패 같은 게 나왔지. 이건 에어스트 계통의 「드리트 실드」를 쓸 수 있는 게 매력으로, 마침내 공중에 방패를 세 개나 내보낼 수 있게 됐어.

아우라 실드
☆☆☆☆☆ ?　　　[방어력 — 활용도 ? 스킬 ?]

 약초와 악을 방패에 넣으면 방어력보다 장비 효과가 더 높은 방패가 나오기 쉽지만, 이건 그 효과를 알 수 없었어. 아우라? 힐밍구가 쓰는 「기」와 관련된 효과 같지만……

번외편 에피소드 소개
활 용사의 암행 활동

지루한 나날을 보내던 고등학생 이츠키는 어느 날 이세계로 소환되어 활의 용사가 되었다. 정체를 숨기고 악을 처단하던 이츠키는 원래 세계에서 맛보지 못한 찬사에 도취해 간다. 어느 날, 이웃 마을의 악덕 귀족에게 괴롭힘을 당해 딸까지 인질로 잡힌 부부와 만났다. 정보 수집 후 악덕 귀족들을 혼내는 데 성공한 이츠키는 마지막에 자신의 정체를 활의 용사라고 밝힌다. 그리고 이츠키가 구한 딸, 리시아는 은혜를 느끼고 모험의 동료로 참가했다.

분쟁이 싫어
리시아를 맡긴다

모토야스

강해지고
싶다

키르

동료로
삼다

신뢰하는
동료

필로를 타고
레벨업

필로

명예를 위해 시합

렌

하
휘
기
말
싫
리
다
게

리시아의 누명을
용서할 수 없다

주인님

이와타니 나오후미

신뢰와 연모

말투에 분노

이츠키

나머지
세 용사

신병기의
자벌을 약속

신뢰와 연모

동료에게 대접

에클레르

자책하는
마음

검술 지도를
받는다

라프타리아

억지를 써서 추방

경애

동조할
수 없다

이츠키를 배반하지 않는 걸
전제로 파티에 참가

정하게
해 주겠다고
약속

연심에
얽매인
생명의 은인

방패 용사
일행

바보털을 매
개로 나오후
미와 대화로

피트리아

밀레리아

용사의
지도를 부탁

변환무쌍류
노파

수행을
받는다

리시아

축게시로 지명

메르로마르크

나오후미 님의
인 간 관 계

활 용사님의 동료였던 리시아 씨를 나오후미 님이 구해서
우리 동료가 되었어요.

바다에 뛰어든 걸 구한 건 필로거든! 엣헴!

리시아 씨는 박식하시네요.
수수께끼의 마물들을 영귀가 조종한다는 걸 알아내셨어요.

영귀, 엄청 컸지만 필로의 스파이럴 스트라이크로
해치웠어!

하지만 등딱지 위에 있는 마을에 옛날 용사님이 남긴 글이
있었고, 수수께끼가 많네요. 앤지 불안해요. 이 싸움은
아직 끝나지 않았는지도……

발매일 : 2014년 9월 25일(일본), 2015년 4월 25일(한국)

마침내 모습을 드러낸 흑막!

그 정체는 다른 세계의 용사?!

Stories
Digest

7

🛡️ 다시 움직이는 영귀

영귀가 쓰러진 후에도 사역마의 습격은 여전히 이어졌다. 그리고 나오후미는 '저를 쓰러뜨려 주세요.' 라고 말했던 수수께끼의 미녀와 재회한다. 그 이름은 오스트. 놀랍게도 인간형 영귀의 사역마라고 한다.

오스트에 의하면 현재의 폭주는 누군가가 영귀를 점거했기에 일어나는 것인 듯했다. 현재는 영귀 본래의 역할을 다할 수 없기에 무익한 희생이 나오지 않도록 용사의 힘으로 막아 달라는 것이 오스트의 바람이었다.

Encounter

영귀의 사역마
(기생혼합총괄형)

드래곤의 몸에 사자의 머리. 사마귀의 앞다리를 가진 키메라 형태. 실은 사역마들이 모여 복수의 마물에 기생하고 그 숙주가 통합된 모습. 떨어져 나간 몸에서 박쥐형 사역마가 뛰쳐나오는 성가신 특성이 있다.

Close up 수호수 영귀의 본래 역할

영귀의 본래 역할은 수호수로서 재앙의 파도의 위협에서 세계를 지키는 것. 그래서 인간과 마물의 생명 에너지를 빼앗아 세계를 지키는 결계를 생성하려 한 것이다. 그리고 또 중요한 것이 '시련의 파수꾼' 역할. 따라서 반드시 쓰러뜨려야만 한다.

그때 머리를 파괴했을 영귀가 다시 움직이기 시작하고, 나오후미는 오스트와 함께 토벌에 나선다. 부활한 영귀는 폭주해서 등딱지에 난 가시를 미사일처럼 발사해 주위를 쓸어버리는 공격을 했다. 게다가 나오후미 일행이 다시 머리를 파괴해도 금세 재생했다.

영귀는 자신을 강하게 하기 위해 대기에 녹아 있는 마력과 대지에서 방출되는 에너지를 찾고, 그 힘이 풍부한 메르로마르크 성으로 향했다. 보다 못한 피트리아도 나오후미 일행에게 협력해 거대화한 상태로 영귀에 맞선다. 그 동안 나오후미 일행은 영귀의 등 속 산으로 향해 쓰러뜨릴 방법을 조사하기로 했다.

흑막과 오스트의 정체

나오후미 일행은 전승에 따라 심장부로 이어지는 길을 탐색했다. 메르로마르크 주변국의 연합군과도 합류해 영귀의 몸 속으로 통하는 동굴에 침입한다. 한동안 나아가자 뜻밖에도 라르크베르크,

사실은 다른 필로리알들도 왔지만 피트리아만 먼저 도착한 거래~. 시간만 끌 수 있으니까 빨리 쓰러뜨릴 방법을 찾자~.

영귀의 사역마 종류와 주된 역할

종류	주된 목적, 임무
인간형(오스트)	대량 학살을 유발해 방대한 생명 에너지를 획득한다(미수).
박쥐형	인간과 소형 마물에 기생하고, 무리를 지어 생명 에너지 회수를 담당한다.
설인형	모험자가 고전할 정도로 강하며, 큰 사냥감을 찾아 배회한다.
기생혼합총괄형	대형 마물의 사체를 묘상으로 써서 군체를 만들고 다른 대형 마물을 노린다.
돌격형, 전격돌격형	주로 영귀를 공격하는 자들을 요격한다. 전격형은 접촉으로 감전시킨다.
설치형	영귀 내부의 감시 카메라 같은 역할. 공격도 가능.
수호병	중간 보스 클래스의 대형 사역마. 영귀동 중요 지점에서 침입자를 막는다.
의태형	인간으로 모습을 바꾸어 공격하거나 벽과 바닥으로 변해 침입자를 유도한다.
면역계	영귀 체내에 대량 존재해 침입자에 맞선다. 인체를 녹일 수 있다.
신예형	영귀 체내 중심 코어의 방위가 본래 역할.

테리스, 글래스 일행과 조우. 그러나 곧 도망쳐 버리고 말아 그들로 의태한 사역마와 일전을 벌이게 되었다.

일단 등딱지 위 마을의 사원으로 나오자 과거의 용사가 영귀에 대해 남겼으리라 생각되는 비문이 산산조각 나 있었다. 그것을 모아 맞춰 보자 어렴풋이 「머리 심장 동(同)」이라는 문자를 읽을 수 있었다. 나오후미는 그걸 보고 머리와 심장을 동시에 파괴하면 쓰러뜨릴 수 있는 게 아닐까 추측한다.

영귀동으로 돌아간 일행은 연합군과 함께 심장부를 노리고 긴 길을 나아간다. 바닥으로 의태한 마물을 격파하여 바야흐로 영귀의 심장부에 도달했다. 피트리아와 타이밍을 맞추어 머리와 심장을 파괴하고, 연합군의 마법 부대를 통해 심장을 봉인해 영귀는 간신히 침묵. 코어 룸으로 가는 길이 열렸다.

도착한 곳에 있던 것은 영귀를 점거한 남자 쿄. 거기에는 세 용사도 붙잡혀 있었다. 영귀를 흉포하게 만든 것은 용사들의 무기 에너지였다. 영귀만이 아니라 용사들의 에너지도 이용하는 쿄 앞에서 나오후미는 궁지에 몰린다.

위기에서 구해 준 것은 뜻밖에도 라르크베르크 일행이었다. 쿄는 라르크베르크의 세계에서 온, 권속기라 불리는 전설 무기 소유자 중 한 명인 듯했다. 라르크베르크 일행은 다른 세계의 수호수를 조작한다는

Encounter / 쿄

탁한 눈에 음험하고 음습한 분위기를 가진 인물. 이세계의 전설 무기인 책의 권속기를 다룬다. 책의 페이지가 불새 형태가 되어 공격하는 「문식 1장 · 불새」나 사역마를 활성화하는 「확장문식 6장 · 활성」 등 공격 방법이 다채롭다.

라르크 씨 일행이 다른 세계에서 온 용사라는 사실에는 놀랐어요. 다른 세계에서도 용사끼리 다투는 거군요……. 쿄라는 사람이 나쁜 건 명백하지만요

쿄의 지독한 짓을 단죄하기 위해 왔다고 한다. 함께 싸우게 된 나오후미 일행이었지만 쿄가 만든 중력장에 고전을 금치 못했다. 그때 오스트가 힘을 빌려주어 나오후미에게 실전되었을 터인 마법 『알 레벌레이션 아우라』를 영창하게 해 아군 전원을 강화한다. 실전된 마법을 아는 오스트의 정체, 그것은 영귀 자체였던 것이다.

🛡 이세계에서 이세계로

그러나 오스트도 쿄에게 붙들리고 만다. 다시 궁지에 처했지만 뜻밖에도 리시아가 당당히 쿄에게 맞서고, 잠재된 능력을 개화한 활약으로 세 용사를 해방하는 데 성공한다. 그때 오스트의 목소리가 나오후미의 머릿속에 울리더니, 방패가 영귀의 마음 방패로 변화한다. '저를 쓰러뜨려 주세요.' 오스트의 소원에 주저하는 나오후미. 영귀의 죽음은 곧 오스트의 죽음을 의미한다. 그러나 그 안타까운 소원을 들어주기 위해 결의한 나오후미가 방패에서 방출한 에너지 블러스트로 코어를 파괴하면

Close UP 게임 감각이던 세 용사의 말로

나오후미를 뛰어넘을 아이템을 찾아서 영귀에 맞선 세 용사. 압도적으로 강한 영귀 앞에서 렌은 동료가 죽는데도 공격을 계속하고, 모토야스는 동료들이 도망치고 만다. 이츠키는 동료와 사이가 틀어져 포박당했다. 결국 셋은 쿄에게 사로잡혔다.

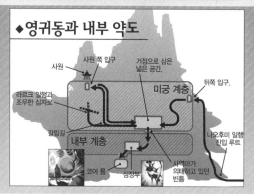

◆영귀동과 내부 약도

서, 마침내 영귀와의 사투가 끝을 고했다.

한편, 쿄는 영귀에서 탈취한 에너지를 가지고 자신의 세계로 도주했다. 나오후미가 뒤쫓지만 세계의 수호자인 사성무기의 용사에게는 다른 세계로 이동할 수 없다는 제약이 있어 막히고 만다. 오스트는 자신이 사라지기 전 특례를 신청해 나오후미의 이세계 이동을 가능케 했다.

쿄에게서 영귀의 에너지만 탈환하면 재앙의 파도가 오기까지 시간을 버는 결계를 칠 수 있다. 그것은 오스트가 자신의 목숨을 걸고 이루려 했던 것이다. 나오후미 일행은 그 뜻을 잇고 반드시 쿄를 쓰러뜨리겠노라 굳게 결의하고 이세계로 향한다.

🛡️ 방패 평점 ~해방한 방패 사용감 메모~

고래 마법핵 방패 (각성)
★★★★☆ **4.1** [방어력 4.6 활용도 4.6 스킬 3.2]

고래 마법핵 방패를 강화한 속성 방패로, 영귀의 사역마들이 잘 쓰는 열선 공격을 완화시켜 주지. 영귀동 탐색 때는 특히나 유용했는데, 강력한 의태 사역마를 상대할 때도 중요했어.

영귀의 마음 방패 (각성)
★★★★☆ **4.5** [방어력 5.0 활용도 4.0 스킬 4.4]

스펙과 활용도 모두 파격적으로 뛰어나지만 그 이상으로 영귀의 마음, 즉 오스트가 깃들어 있다는 사실이 내게는 가장 중요해. 이 방패로 반드시 쿄를 해치우겠어……!

번외편 에피소드 소개
혼유약을 찾아서

글래스는 자신이 가진 에너지의 크기에 따라 강함이 결정되는 성질을 갖고 있었다. 적대하는 세계에 그 에너지를 이끌어 내는 「혼유약」이 있다는 걸 알고 동료인 라르크베르크, 테리스와 함께 이세계로 발을 옮겼다. 거기에서 쿄가 그 세계의 수호수를 조작해 세계를 멸망시키려 한다는 것이 발각된다. 그의 만행은 자신들의 세계를 파괴하는 결과로 이어질지도 모른다. 그리하여 글래스 일행은 쿄를 막기 위해 움직이기로 했다.

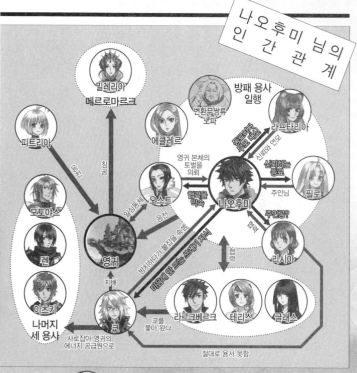

나오후미 님의
인 간 관 계

밀레리아
메르로마르크

피트리아

에클레르

방패 용사
일행

변환무쌍류
보파

라프탈리아

모토야스

렌

이츠키

나머지
세 용사

이용
친공
영귀 본체의
토벌을 의뢰

임시동체

오스트

협력을
약속

응전

영귀

방치하다가 불길을 솟냄

지배

마을에 함 드는 쓰기기 저석

쿄

코를
쫓아 왔다

사로잡아 영귀의
에너지 공급원으로

종명이의
목모 대리

신뢰의 연모

신뢰하는
동료

나오후미

주인님

주인공?

협력

협력

라르크베르크

테리스

글래스

필로

리시아

절대로 용서 못함

방
패
용
사
일
행
의
회
상

역시 영귀는 살아 있었군요. 영귀의 사역마인 오스트 씨가
아군이 되어 주어서 든든해요.

피트리아도 도와줬어. 그리고 영귀 안에 들어갔더니
겨우 범인을 알았어.

라르크 씨와 같은 세계의 주민인 쿄 씨로군요.
라르크 씨 일행도 함께 싸워 줘서 안심했어요.

영귀 언니는 죽어 버렸지만…….
눈매가 나쁜 책 사람에게 벌을 줘야 해!

그래서 라르크 씨네 세계에 가게 되었죠.
반드시 물리치겠어요……!

발매일 : 2014년 11월 25일(일본), 2015년 6월 24일(한국)

오스트가 남긴 뜻을 이루기 위해서 나오후미는 또 다른 이세계로 간다

Stories Digest 8

🛡 무한미궁에서의 탈출

쿄를 쫓아서 이세계에 간 나오후미. 라프타리아와 필로도 함께 갔으나 쿄의 덫에 걸려 뿔뿔이 흩어지면서 감옥 안에 리시아와 둘만 남았다. 게다가 레벨은 1이 되고 장비도 일부만 남기고 사용 불가 상태. 감옥에서 나와 보니 그곳은 마물밖에 없는 낯선 토지여서, 나오후미와 리시아는 난감해했다.

그때, 캇파 요괴처럼 생긴 마물에게 습격당할 때 키즈나라는 이름의 소녀가 도와준다. 키즈나는 이 세계의 사성무기인 수렵구의 용사였다. 모토야스처럼 나오후미와는 다른 일본에서 이

Close up 나오후미가 있는 세계와 키즈나가 있는 세계의 차이점

이세계에서는 스테이터스가 리셋되어 장비 중인 아이템이 제대로 기능하지 않는다. 아이템 효과도 달라서, 마력 회복에 사용하던 대지의 결정을 나오후미가 사용하자 경험치 획득 효과로 바뀌었다. 한편 마력수는 키즈나에게 무기 경험치 획득 아이템이 되었다.

세계에 소환된 듯했다. 그리고 글래스, 라르크베르크 등과 모험하다가 사이가 나쁜 나라에 붙들려 탈출할 수 없는 감옥――무한미궁에 투옥된 것이었다.

키즈나는 탈출 방법을 찾지 못했지만 대형 마물이 바깥 세계로 나온 적이 있다고 했다. 그 말에서 힌트를 얻은 나오후미는 한 가지 방법을 떠올린다. 그것은 급격히 성장하는 바이오 플랜트를 이용해 공간을 왜곡하는 방법이었다. 나오후미의 예상은 멋지게 맞아떨어져 세 사람은 무사히 무한미궁을 탈출한다.

그러나 탈옥한 곳은 키즈나를 붙잡았던 나라이고, 안심할 수 있는 토지로 이동하려면 이 나라에 있는 용각의 모래시계에 키즈나가 접촉해 전이 스킬을 발동할 수밖에 없다. 나오후미는 길거리에서 혼유약을 팔아 돈을 벌어 일행의 준비를 도왔다. 그리고 용각의 모래시계가 있는 수도의 모험자 길드로 향해 경비가 두터운 곳을 막무가내로 강행 돌파. 무사히 키즈나가 원래 있던 나라로 돌아올 수 있었다.

후에에에에……. 쿄라는 사람을 용서할 수 없어서 쫓아왔는데 여기가 어딘지 전혀 모르겠어요……. 일단 키즈나 씨는 좋은 사람인 것 같지만…….

POINT

혼인(魂人)-스피릿-

레벨이 없고 모든 스테이터스가 가진 에너지의 크기로 강함이 결정되는 종족. 에너지가 다하면 자연적으로 회복되길 기다려야만 했으나, 나오후미 세계의 혼유약이 스피릿의 회복과 강화에 도움을 준다는 사실을 알았다.

Close up 수렵구의 용사
카자야마 키즈나의 능력

수렵구 용사인 키즈나는 마물과의 전투에 특화되어 글래스 일행이 고전하는 상대를 일격으로 처리할 정도의 공격력과 기량이 있다. 무기의 제약 때문에 인간을 직접 공격할 수 없지만, 상대가 받는 대미지를 한 번에 두 배로 만드는 이의배침 같은 스킬로 동료의 공격을 보조할 수 있다.

🛡 적대 관계의 해소

나라의 중진들은 키즈나의 귀환을 기뻐하지만 이세계의 성무기 용사인 나오후미를 보는 표정은 험악했다. 라르크베르크 일행이 나오후미의 목숨을 노리고 세계를 넘어간 것처럼, 이세계 용사의 존재는 이 세계의 멸망을 의미하기 때문이다. 왕의 말로는 재앙의 파도란 다른 세계와의 충돌 융합 현상이라고 한다.

재앙의 파도가 발생했을 때 사성을 잃으면 그 세계는 멸망하고, 다른 이세계가 유지되는 구조이다. 그렇기에 라르크 일행은 사성용사들을 죽이려 한 것이다.

그러나 키즈나는 '전설만 믿고 살아남기 위해서 남을 없애려 하다니 한심하다.'며 그 방침을 부정하고, 모두가 살 길을 찾자고 사람들을 설득한다.

나오후미와 키즈나는 쿄를 쓰러뜨리기 위해 라프타리아와 글래스 일행을 찾기로 한다. 키즈나는 수색을 도와줄 사람으로 배의 권속기 용사인 에스노바르트를 호출한다. 배의 용사는 맡아 주고 있던 키즈나와 글래스의 식신 크리스를 데리고 나타났다. 그의 제안으로 나오후미 역시 라프타리아를 찾는 데 도움이 될 식신을 갖게 되었다. 그리하여 라프타리아의 머리카락을 매개로, '라프~'라고 우는 귀여운 너구리 식신 라프짱이 탄생한다.

키즈나가 있는 세계의 세력 판도

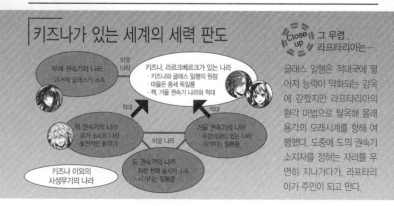

Close up 그 무렵, 라프타리아는…

글래스 일행은 적대국에 떨어져 능력이 약화되는 감옥에 갇혔지만 라프타리아의 환각 마법으로 탈옥해 몰래 용각의 모래시계를 향해 여행했다. 도중에 도의 권속기 소지자를 정하는 자리를 우연히 지나가다가, 라프타리아가 주인이 되고 만다.

🛡 동료들과의 재회

나오후미 일행은 라프짱과 크리스가 가리키는 방향을 목표로 헤어진 동료들을 찾는 여행에 나선다. 그리고 이웃 나라의 마을에서 볼거리로 붙들려 있던 필로를 발견하는데, 이세계에 온 영향인지 필로는 필로리 알이 아니라 노래가 특기인 허밍 페어리라는 작은 새 모양의 마물이 되어 있었다. 일행은 필로를 볼거리로 전시하던 주인을 누에의 방패에 있는 야공성(夜恐聲)으로 격퇴하고 필로를 구출하는 데 성공한다.

라프짱의 안내에 따라 여행을 계속하던 나오후미 일행은 마침내 라프타리아와 재회한다. 라르크베르크, 글래스, 테리스도 행동을 함께해서, 키즈나 역시 동료와의 재회에 안도했다. 그런데 놀랍게도 라프타리아는 이세계에서 왔으면서도 도(刀)의 권속기에 선택되어 용사가 되어 있었고, 그 때문에 권속기를 바라는 마술사에게서 쫓기고 있었다. 마술

Encounter / 쓰레기 2호

도의 권속기를 노렸던 자칭 천재 마술사. 사성수 중 하나인 백호를 복제한 마물을 부려 적을 습격한다. 무영창으로 여러 마법을 순식간에 같이 사용할 수도 있으나, 위력은 약해진다. 빗발 같은 연속 마법 공격이 특기였다.

나오후미는 좋은 녀석이야. 함께 여행해서 봐서 알았지만, 낯간지러운 걸 피하려고 나쁜 녀석인 척하곤 했다. 나는 정말 마음에 들어.

사는 이 세계의 수호수인 백호를 복제한 마물을 사역해 나오후미 일행을 습격했다. 나오후미는 마술사를 '쓰레기 2호'라고 멋대로 명명하고 응전한다. 키즈나의 필살기인 혈화선이 복제 백호에게 맹위를 떨치고, 또한 나오후미와 키즈나의 어시스트로 위력이 증가한 라프타리아의 도가 쓰레기 2호를 해치웠다.

라르크베르크 일행도 키즈나의 설득을 받아들여 나오후미와 함께 싸워 쿄를 토벌할 것을 맹세한다. 사실 키즈나가 있는 이 나라의 통치자는 라르크베르크로. 마을에서는 키즈나의 귀환을 축하하는 축제가 열리고 있었다. 재회를 기뻐하는 일행은 축제로 떠들썩한 마을로 나가서 잠시 동료들과의 시간을 즐겼다.

언니네도 만났으니 일단 안심이야. 주인님이 필로를 열심히 찾아와 줘서 정말 기뻤어~. 앞으로는 노래로 주인님을 도울래!

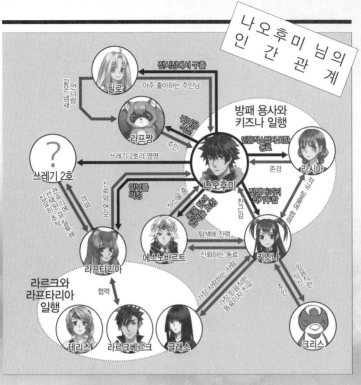

나오후미 님의
인 간 관 계

전시장에서 구출

필로

같은 언니랑 냄새

아주 좋아하는 주인님

귀여운 신상품

라프짱

주인

쓰레기 2호라 명명

?

쓰레기 2호

신뢰와 연모

껍피

장신구 전속으로 하된기에 추적 철저해

라프타리아

협력

라르크와
라프타리아
일행

테리스

라르크베르크

글래스

방패 용사와
키즈나 일행

믿음직스럽지 못한
동료

리시아

존경

나오후미

의부를
걱정

식사를 줌

전생자끼리
의기투합

친근감

에스노바르트

탐색에 친력

신뢰하는 동료

키즈나

가장 사랑하는 사람

가장 믿음직한
동료이자 친우

크리스

믿음직한 식신

주인

가장 사랑하는 사람

방
패
용
사

일
행
의

회
상

리시아와 나오후미가 무한미궁에 나타났을 땐 놀랐어.
덕분에 겨우 탈출할 수 있어서 고마울 따름이야.

후에에에엣……! 무슨 말씀을.
키즈나 씨야말로 저희를 나라에 맞아 주시고
함께 동료를 찾아주셔서 감사해요.

나도 글래스 일행이랑 만나고 싶었는걸.
식신인 라프짱은 믿음직하지? 하지만 라프타리아 씨가
도의 권속기 소지자가 되었을 줄이야.

도를 노린 마술사에게 쫓겨서 큰일이었어요.
키즈나 씨의 필살기가 작렬했죠.
저, 저는 무서워서 보지 못했지만요.

발매일 : 2015년 1월 23일(일본), 2015년 8월 27일(한국)

쿄와의 싸움도 막바지로 돌입……! 나오후미는 다른 세계의 용사들과 결전에 임한다

 불길한 쿄의 발명품

나오후미 일행이 머물고 있는 라르크베르크의 나라는 영귀 사건으로 쿄가 소속된 나라에 이의를 제기하지만, 상대는 이를 무시하고 전쟁으로 발전한다. 나오후미 일행은 쿄와의 결전에 대비해 라르크베르크의 나라에 발생한 재앙의 파도 전투에 협력하거나 수행하며 자신을 연마했다.

그때 갑작스러운 야습이 있었다. 나오후미 일행을 습격한 것은 요모기라는 이름을 가진 쿄의 수하였다. 그는 쿄가 발명했다는 검을 써서 강

Close up 라르크베르크의 나라가 처한 상황

키즈나와 절친한 상인 알트레제의 말에 따르면, 키즈나를 제외한 이 세계의 사성용사도 게임 감각으로 지내는 듯 재앙의 파도도 내팽개치고 있었다. 권속기 용사도 라르크베르크의 나라와 그 동맹에 속한 자를 제외하면 각지의 패권 다툼에 힘을 쏟는 상황. 각국 수뇌부도 파도를 너무 낙관해 경험치 등의 메리트에만 신경 쓰고 있었다. 현재 키즈나의 동료들은 뿔뿔이 흩어졌고, 아이템 드롭 등을 미끼로 모험자들을 유도해 파도에 대처하고 있다.

력한 공격을 했다. 그러나 나오후미는 그 무기의 이상함을 눈치챈다. 폭주하는 그 검을 버리라고 하지만 검에서 생겨난 덩굴이 요모기의 손을 놓지 않는다. 마물만을 공격하는 키즈나의 스킬로 교묘하게 검만을 떼어내는 도중 예상대로 검이 자폭한다. 요모기는 동요해 나오후미 일행에 붙들린다.

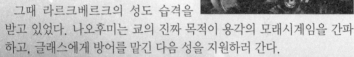

개조된 추종자들

그때 라르크베르크의 성도 습격을 받고 있었다. 나오후미는 쿄의 진짜 목적이 용각의 모래시계임을 간파하고, 글래스에게 방어를 맡긴 다음 성을 지원하러 간다.

라르크베르크가 싸우는 상대는 곳곳에 짐승의 신체 부위가 붙은 이형의 인간들. 그런데 어디선가 본 듯한 얼굴이라고 생각했더니, 쓰레기 2호의 추종자들이었다. 그들은 쿄에게 '나오후미를 죽이면 주인을 살려주겠다'는 말을 듣고 능력을 강화하는 개조를 받고 있었다. 추종자의 대표 격인 츠구미도 요모기의 검과 비슷한 무기로 싸우고 있었다. 나오후미는 경이적인 힘으로 덤벼드는 그들에게 라스 실드로 맞선다. 그러나 갑자기 츠구미가 괴로워하기 시작했다. 무기가 소지자의 에너지를 흡수해 폭주한 것이다. 무기에서 들려온 쿄의 목소리가, 츠구미가 실패했을 때를 위해 설치한 자폭 공격임을 밝힌다. 이에 나오후미는 폭발

Encounter 요모기

쿄가 발명한, 숙주의 에너지를 흡수해 폭주하는 검을 쓴다. 번개를 두른 참격을 날리거나 지면에 검을 꽂아 불길을 일으키는 등 다채로운 공격이 가능. 쿄와는 오래 알고 지냈으며 착한 녀석이라고 믿고 있었다.

이 세계에 온 뒤로는 강한 사람이 무지 많아~. 그치만 라프짱과 함께 노래해서 주인님을 도울 거야. 필로, 열심히 할래~!

직전의 무기를 다급하게 방패에 흡수
해 내부에서 폭발시킨다. 나오후미는
체내에서 작렬하는 듯한 아픔을 간신
히 견디고 폭발이 새어 나가는 것을 막
았다. 상황을 지켜본 츠구미의 동료들
도 전의를 상실해 성에서의 전투는 종
결되었다.

한편 예상대로 용각의 모래시계에도
쿄의 앞잡이들이 쳐들어왔다. 전이 스
킬의 전송지로 적국에 있는 용각의 모
래시계를 등록하여 대량으로 병사를
투입하려 한 것이다. 성에서 항복한 츠
구미의 동료가 용각의 모래시계에서 싸우는 동료들을 설득해 동시다발
적인 야습 사건은 막을 내렸다.

🛡 연구실에서의 결전

나오후미 일행은 쿄를 타도하고자 숨겨진 연구 시설로 향한다. 도착
한 저택에는 쓰레기 2호가 연구했다는 백호와 현무 등 수호수의 복제와
개조되어 흉포해진 사람 등이 있었다. 함정이 깔린 저택을 나아가자 거
울 권속기의 용사인 알버트의 동료들이 개조된 모습으로 덤벼들었다.
이들도 알버트를 인질로 잡혀 쿄에게 나오후미를 공격하도록 명령받았
던 것이다.

Encounter / 괴물로 개조된 츠구미 일행

각각 신체가 사성수와 조
합되었다. 예를 들어 주
작의 부분을 가진 자는
불을 다루는 등의 능력을
이어받는다. 츠구미는 아
무것도 모르고 폭주하는
창을 들고서 교황의 복제
무기와 같은 공격을 퍼부
었다.

Close up / 나오후미 일행의 새 장비

결전을 위해, 사성수를 소재로 해
서 나오후미와 키즈나의 동료인 로
미나가 제작한 장비로 파티를 강화
했다. 야만인의 갑옷을 강화한 바르
바로이 아머를 시작으로, 라프타리
아는 백호의 무녀복, 주작의 소태도,
백호의 태도를 장비. 필로는 필로의
잠옷, 리시아는 선녀의 흉갑을 장비
하고 쿄에게 도전했다.

그들을 제압하고 계속해서 나아간 나오후미 일행이 목격한 것은 거대한 수조 안에 있는 호문쿨루스들. 이미 쓰레기 2호와 알버트도 포르말린에 절여져 있었다. 그리고 그 자리에 쿄가 모습을 드러낸다. 마침내 승부를 가릴 때가 왔다. 요모기도 쿄의 악독한 본성을 깨달아 나오후미 일행과 함께 싸울 것을 결의한다.

사리사욕을 위해 남의 불행만을 만들어 내는 사람에게는 지지 않아요 오스트 씨를 위해서도 반드시 쓰러뜨려. 이 비극을 멈춰 보이겠어요……!

쿄의 능력 비례 공격에 고전하는 동안 스테이터스가 낮은 리시아만이 아무렇지도 않게 서 있었다. 리시아의 활약으로 전황은 뒤집혔지만 궁지에 몰린 쿄는 비장의 수를 사용한다. 무려 재앙의 파도를 일으켜서 키즈나와 라르크베르크 일행을 전선에서 이탈시킨 것이다.

그러나 재앙의 파도가 발생한 동안 나오후미 일행은 본래 세계와 이 세계의 레벨이 더해져 파워 업했다. 나오후미는 끝장을 보기 위해 오스트와 함께 사용했던 「알 레벨레이션 아우라」 재현을 시도한다. 그때 분노의

 Close up 쓰레기 2호와 쿄의 신기한 공통점

자신이 가진 기술의 자부심만을 논하고 강함과 권력에 고집한다. 때때로 막무가내 식의 행동을 하는 점이나 그들을 흠모하는 광신적 추종자를 가지는 점이 똑같은 둘. 무엇보다도 권속기를 억지로 따르게 하는 것에서 나오후미는 작위적인 무언가를 희미하게 느꼈다.

 Close up 라프타리아에게서 떨어지지 않는 권속기

본래 세계에 돌아갈 때, 라프타리아는 도의 권속기를 키즈나 일행에게 반환하려 했다. 그러나 글래스와 테리스가 불러도 도는 라프타리아에게서 한사코 떨어지려 하지 않았다. 복잡한 사정도 있는 듯했으나, 아마도 쿄의 만행에 책임을 지고 나오후미가 온 세계에서 함께 싸우려 하는 듯했다.

힘이 마법을 변화시켜 「알 새크리파이스 아우라」가 발동. 나오후미, 라프타리아, 필로는 생명력이 깎이는 대신 능력이 크게 증가해 쿄를 몰아붙인다. 최후에는 영귀의 마음 방패에서 쏜 에너지 블러스트로 쿄의 숨통을 끊었다. 도망치려는 그 영혼도 리시아가 던진 부적에서 나온 소울이터의 먹이가 되어, 나오후미 일행은 마침내 오스트의 복수를 했다. 영귀 에너지의 회수도 끝난 나오후미 일행은 이 세계에 존재할 수 있는 기한이 다 되어 갔다. 그리하여 함께 싸웠던 키즈나 일행과의 작별을 아쉬워하면서, 본래 세계로 돌아오게 되었다.

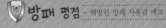

방패 평점 ~헤방한 방패 사용감 메모~

마룡의 방패
★★★★★ 4.7 　[방어력 4.8 활용도 4.8 스킬 4.6]

스킬도 포함해 만능 방패지만, 대장장이인 로미나가 준 수수께끼의 소재와 내 용액이 반응해 나온 방패라 이것저것 수상해. 용을 싫어하는 필로도 싫어하는 눈치고, 피트리아도 격노할지 모르겠군.

라스 실드 IV (각성)
★★★☆☆ 3.1 　[방어력 4.4 활용도 1.0 스킬 4.0]

타워 실드만 한 크기와 강력한 저주 때문에 별로 쓰고 싶지 않은 물건이야. 쿄와의 싸움에서는 명창하려 했던 마법도 멋대로 바뀌고, 찜찜해서 견딜 수가 없어.

짧은 시간이었지만 정말로 길었던 것 같아요. 간신히 오스트 씨의 마음에 보답할 수 있어서 감개무량하네요. 앞으로도 계속 나오후미 님과 함께할게요.

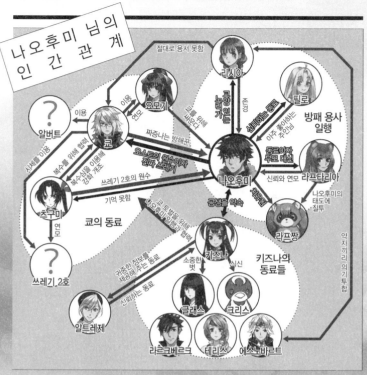

나오후미 님의
인간관계

절대로 용서 못함

리시아

? 알버트
이용

요모기
이용
연모

존경
고향 놀러 가고싶은
필로

방패 용사
일행

이용
짜증나는 방해꾼

쿄
복수를 위해 협력
복수심을 이용해 강함 개조

온스트의 원수이자
진짜 스파이

동료이자
무로 대신
라프타리아

신뢰와 연모

나오후미의
태도에
질투

라프짱

쓰레기 2호의 원수

츠구미
기억 못함

쿄의 동료
공생을 약속

연모

? 쓰레기 2호

귀중한 정보를
제공해 주는 동료

신뢰하는 동료

알트레제

키즈나

식신

소중한
벗

키즈나의
동료들

글래스

크리스

라르크베르크
테리스
에스노바르트

약자끼리의 기투합

쿄 씨가 보낸 요모기 씨와 츠구미 씨에게 습격당했지만
그분들도 이용당한 것이라 안타까워요.

동료를 무기랑 같이 폭발시키다니 너무 비겁해~!
주인님도 악랄하지만 그런 짓은 절대로 안 하는데!

나오후미 님은 동료를 아끼시니까요.
쿄 씨는 강한 상대였지만 리시아 씨의 활약과
나오후미 님의 마법으로 무사히 쓰러뜨릴 수 있었어요.

거북이 언니의 복수도 했고 영귀의 에너지도 회수해서
일이 끝났어. 원래 세계로 돌아갈 수 있어서 다행이야~.

만화판
『방패 용사 성공담』 시리즈

© Aiya Kyu 2014
© Aneko Yusagi 2014

만화 : 아이야 큐
원작 : 아네코 유사기
캐릭터 원안 : 미나미 세이라

2014년부터 일본 월간 코믹 플래퍼에서 연재 중인 공식 만화. 현재(2020년 6월 1일 기준) 노엔코믹스 레이블에서 한국어판 10권이 출간 중!!

실력파 만화가 아이야 큐 선생님이 그리는 나오후미 일행의 활약은 물론, 만화에서 처음으로 모습이 밝혀지는 캐릭터, 마물, 방패도 다수 있어서 눈을 뗄 수가 없다.

정보량이 많은 '방패 용사' 세계관을 훌륭하게 재현해 원작 팬들도 납득할 수 있는 만화판의 재미를 만끽해 봅시다!

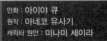

↑어떤 의미로 감정이 풍부한 나오후미. 리프타리아와 만나 인연을 만들고 용사로서 강해져 가는 과정이 꼼꼼하게 묘사된다.

Character File

캐릭터 파일

나는 소환된 용사。 다른 용사와 비교하면…… 가장 약하지만!

복 수 심 에 불 타 고 , 때 로 는 야 비 한 면 도 보 이 는 용 사

이와타니 나오후미

프로필

종족 : 인간 　　**직함** : 방패의 용사
사용 무기 : 방패 　　**마법 적성** : 회복, 지원
주요 스킬 : 셀프 커스 버닝 – 분노의 불길로 대상을 불사른다.
　　　　　　블러드 새크리파이스 – 자신을 상처 입혀 상대를 덫에 빠뜨린다.
주요 마법 : 츠바이트 아우라 – 동료에게 힘을 부여하는 강화 부여 마법.

용사로 소환되고……
왕녀에게 당한 지독한 배신

오타쿠 취미가 있어 다양한 게임과 애니메이션, 라이트노벨이 친숙한 대학교 2학년생. 도서관에서 책을 읽다가 「사성무기서」를 접하고, 이를 읽는 도중에 이세계로 소환되어 사성용사인 방패 용사가 되었다. 처음엔 오타쿠답게 이세계에 용사로 소환된 자신의 상황에 열광했었다. 그러나 첫 동료가

사성무기서를 읽다가 세상이 새하얗게 되었다고 생각한 순간. 메르로마르크 성의 제단에 서 있었다.

 야만인의 갑옷

나오후미가 처음으로 무기상에서 제작한 갑옷. 마물의 사체가 주된 소재로 사나운 눈매와 어울려 야만인처럼 보인다.

TOPICS 조금 특이한 여성관?

원래는 평범하게 여자에 관심이 있었으나, 마인의 배신을 경험하고 나서 여자를 불신하게 되었다. 또한 자신이 받는 호의에 둔감한 구석이 있어, 라프타리아와 필로에게는 남자가 아닌 아버지 같은 애정을 준다.

된 마인에게 배신당해 강간범 누명을 쓰고 돈과 장비를 빼앗기는 수모를 겪은 뒤 누구도 믿지 않고 마음을 닫고 말았다.

자신의 검이 되는 라프타리아와의 만남

방패 용사이기에 상상을 초월한 방어력이 있으나 공격력은 0. 그러나 재앙의 파도를 극복해야만 하므로 대신 공격을 맡을 노예를 부려야 했다. 그래서 노예상에게 아인 소녀 라프타리아를 구입해 노예 계약을 맺었다. 이후에도 다양한 인물과 파티를 맺으나, 나오후미는 공격에 거의 참가하지 않고 방어의 중추가 되며, 회복 등의 후방 지원을 담당한다.

냉혹하고 야비한 면과 동료를 챙기는 면을 겸비

상대의 약점을 잡으려는 상인을 협박하거나 덤비는 도적을 잡아 금품을 뜯

TOPICS 동물에게 사랑받는 체질

타인을 심하게 경계하지만, 동물에게는 사랑받는 나오후미. 아인인 라프타리아, 마물인 필로와 에스노바르트가 잘 따른다. 본래 세계에 있을 때도 학교에서 동물 사육을 하는 동안 닭이 자신만 따랐던 추억이 있다.

배방당하기 전

Character Design 표정

본래는 밝은 표정도 보이고 서글서글한 청년이지만, 마인에게 배신당한 이후 어둡고 생기가 없는 눈을 하고 칙칙한 표정만 짓게 되었다.

는 등 용사답지 않게 윤리적인 상식에서 벗어난 행동을 하는 경우가 있다. 또한 자신에게 굴욕을 준 국왕 올트크레이와 마인에게 '쓰레기', '빗치'라는 이름을 붙여 앙갚음하고는 굴욕에 허덕이는 표정을 즐거운 듯 보는 악랄한 측면도 있다. 그러나 동료라 인정한 자를 생각하는 마음이 강하고 커스 시리즈 스킬을 발동하면서도 증오에 먹히지 않는 것은 라프타리아와 필로에게 두터운 정이 있기 때문이다.

장인과 상인의 재능이 개화

온라인 게임에서는 금전을 버는 데 열중하는 타입이었기에 이세계에서도 우수한 장사꾼의 재능을 종종 드러낸다. 또한 집중력이 좋고 노력을 아까워하지 않는 성격이라 마법과 액세서리 가공 등의 기술은 독학으로 마스터했다.

TOPICS 나오후미의 온라인 게임 경력

나오후미는 온라인 게임에서 길드를 운영해 대규모 전투에 참가하는 걸 즐겼다. 어떤 게임에서는 서버 3위 길드의 회계 겸 길드 운영진 중 한 명이었던 적이 있다. 재앙의 파도가 왔을 때는 싸움에서 그 지식을 활용한다.

방패로 얻은 기능계 스킬

방패는 나오후미에게 다채로운 제작 기술 스킬을 주었다. 채집한 약초로 약을 조합하는 스킬은 초반 자금 마련에 큰 도움이 되었다. 또한 나오후미가 약을 환자에게 먹이면 약 효과 상승 스킬이 적용되기에 행상하는 동안에는 '기적을 일으키는 신조의 마차'로 사람들에게서 숭배받았다. 또한 보석을 가공해 액세서리를 만드는 기술은 정인(聖人)인 테리스에게 명공이라 불릴 정도의 실력. 그리고 보석을 채굴하는 스킬도 갖추고 있다. 나아가 물건의 진가와 가치를 파악하는 감식 스킬도 습득해서 삼용교회에서 받은 성수의 품질이 떨어짐을 간파했다. 방패는 나오후미에게 요리 스킬도 부여했다. 그냥 고기를 구워도 '가게를 차려도 될 레벨'이라며 주위에서 감탄할 정도.

※만화판 4권에서.

※만화판 6권에서

※만화판 10권에서

전설의 방패

나오후미와 함께하는 방패는 흡수한 소재로 모습을 바꾸어 다양한 힘을 주는 단짝 같은 존재. 그러나 나오후미는 무기를 들고 싸울 수 없는 속박 같은 것이라고 성가시게 여기는 존재이기도 하다.

커스 시리즈는 매우 강력하지만, 나오후미 일행에게 과도한 저주를 주는 양날의 검.

라르크의 방어력 증폭 기술에는 취약하다. 대미지 증폭 비례 공격 같은

오스트의 유품이라 할 방패가 나오후미의 정신을 성장시켰다.

TOPICS 커스 시리즈 (분노)

드래곤 좀비와의 전투에서 필로가 잡아먹혔을 때 생겨난 나오후미의 분노가 커스 시리즈를 해방해 분노의 방패를 출현시켰다. 그 후 드래곤 좀비의 몸에서 나온 용의 핵석을 통해 분노의 방패가 그로우 업. 분노의 방패 II 가 되었다. 그리고 교황과의 싸움에서 궁지에 몰렸을 때, 렌을 이용해서 용의 핵석에 깃든 드래곤의 분노를 폭발시킨 결과, 라스 실드로 변화했다.

Raphtalia's Assessment 라프타리아의 평가

제 목숨의 은인이고 믿음직한 주인님이세요. 괴로운 일을 겪으신 탓에 조금 삐뚤어진 구석도 있지만 정말로 자상하시고 멋진 분이세요. 하지만…… 조금 둔하다고 할까, 여자의 감정을 잘 모르실 때가 있어서 곤란해요.

Mirellia's Assessment 밀레리아의 평가

그의 격정에 간담이 서늘하던 때도 있었지만, 쓰레기와 빗치를 벌한 뒤로는 협조적이어서 다행이에요. 메르티도 나쁘게 생각하지는 않는 듯하니 장래가 기대되네요. 다만 경쟁이 심할 것 같아서 그 아이도 고생이 많겠군요.

야만인의 갑옷 +1

무기상 아저씨가 야만인의 갑옷을 가공한 명품. 드래곤 좀비의 핵을 박아서 커스 시리즈와 호응할 수 있게 되었다.

이세계 전이 전

원래 세계에 있을 적엔 약간 오타쿠 같기는 해도 평범하게 대학생다운 차림을 하고 지냈다.

바르바로이 아머

키즈나가 있는 이세계의 무기 장인 로미나가 야만인의 갑옷을 베이스로 제작한 명품 갑옷. 사성수의 힘과 용제의 '저주'의 힘을 숨기고 있다.

갑주

키즈나가 있는 이세계에서 야만인의 갑옷이 제 능력을 발휘하지 못해 구입한 갑주. 기능이 뛰어나진 않으나 현지에 녹아들 수 있는 메리트가 크다.

저는 나오후미 님의 검.
그곳이 지옥이라도
따라가겠어요.

나오후미의 검이자, 끝없이 연모하는 노예 소녀

라프타리아

프로필

종족 : 아인(라쿤 종)　　**직함** : 노예, 도(刀) 권속기 소지자

사용 무기 : 도검　　**마법 적성** : 빛, 어둠

주요 스킬 : 팔극진 천명검 – 음양을 모방한 마법진의 형태를 한 검기를 날린다.
　　　　　　순도 하일문자 – 적의 앞을 순식간에 지나치며 일도양단한다.

주요 마법 : 패스트 하이딩 – 마법의 나뭇잎으로 모습을 감춘다.

노예로 팔리고
나오후미의 밑에서 검사로 성장

너구리 같은 귀와 꼬리가 있는 라쿤 종 아인 소녀. 재앙의 파도에서 나타난 마물에 살던 마을과 가족을 잃었다. 그 뒤로 한때는 마을의 부흥을 꿈꾸었으나 병사들에게 약탈당하고 노예 신세가 된다. 아인을 차별하는 귀족에게 팔려 고문을 받은 후, 나오후미에게 팔려 노예 계약을 맺었다. 한동안

은 나오후미를 경계했으나 무기와 식사를 받고 함께 여행하는 동안 '살아갈 방법을 가르쳐 주었다'며 그를 흠모하게 되었다. 나오후미의 지원을 받아 마을을 습격했던 검둥개 마물을 격

병에 걸린 노예로 다 죽어가던 것을 나오후미가 살렸다.

성장 후의 모습

라쿤 종에는 미남 미녀가 없다는 것이 이 세계의 통설인데, 어째서인지 라프타리아는 미인으로 성장했다.

파하면서 과거의 상처를 극복하고, 다시금 나오후미에게 충성을 맹세한다.

나오후미에게 주인을 향한 충성심을 넘어선 감정을 갖다

충성심이 강하고, 나오후미를 깊게 신뢰한다. 결투에서 나오후미가 모토야스에게 패해 노예 계약이 해소됐을 때도 자진해서 노예로 돌아가거나, 강한 저주에 침식당하면서도 분노에 먹히려는 나오후미를 구하는 등, 자신의

TOPICS 재앙의 파도에 가족을 잃다

라프타리아에게는 마을에서 신뢰받는 부모님이 있었다. 아버지는 라쿤 종치고는 외모가 준수하고, 빛의 마법을 사용했다. 또한 라프타리아는 마을에서 수생계 수인인 사디나라는 인물과 친해서, 그녀를 친언니처럼 따르고 살았다.

※만화판 1권에서

어린 시절

나오후미와 만났을 때의 라프타리아는 겉으로 봐서 열 살 정도의 소녀였다. 아인은 어렸을 때 레벨을 올리면 육체가 급속도로 성장한다. 라프타리아는 식욕이 왕성한 시기를 거쳐, 재앙의 파도에 맞서 싸울 시기에는 어른의 육체 수준까지 성장해 있었다.

목숨을 걸고 곁에 있으려 한다. 그 마음은 단순한 노예의 차원을 넘어, 갑자기 알몸으로 나타나는 등 대담한 행동을 보이기도 한다. 그러나 애석하게도 당사자는 매우 둔감해서 라프타리아가 답답해하는 일도 많다.

친구 리파나에 대한 마음

아인을 고문하는 귀족의 저택에서 백골이 되어 발견된 라프타리아의 가장 소중한 친구, 리파나. 라프타리아는 그 유골을 거두어 폐허가 된 고향으로 가져가서 자신의 부모님이 잠든 절벽 위 작은 무덤에 매장해 주었다.

※만화판 9권에서

검과 마법을 쓰는 공격의 핵심 전력이 되다

싸울 때는 공격할 수 없는 나오후미 대신 검을 잡고 활약하며, 또한 빛과

무기 성능에 의존하지 않고 검술도 연마해, 영귀와의 싸움에서는 필로와 함께 영귀의 목을 쳤다.

라프타리아의 검

처음에는 어린 몸에 맞춘 숏소드를 사용했던 라프타리아. 성장에 맞추어 마법철로 된 검을 구입한 다음부터는 검에 집중하게 되어 다양한 검을 쓰고 있다.

무기 상에서 받은 마력의 날을 가진 검도 무난하게 다루어, 렌과 마인과의 전투에서 압승했다.

어둠의 마법을 환각 마법으로 써서 적을 농락하는 변칙적인 전법도 사용하는 공격수다. 타고난 직감과 잦은 싸움과 수련으로 단련한 검술은 다른 세계의 권속기 소지자인 라르크베르크 일행에게도 밀리지 않을 만큼 강하다. 그 소질 덕택인지 도의 권속기의 눈에 들어 소지자가 되었다. 환각 마법도 안정적으로 쓸 수 있어 모습을 감추고 적의 뒤를 잡거나 허를 찔러 공격하는 등 무자비한 전법을 사용한다.

🔴 무녀 복장

키즈나의 이세계에서 입게 된 무녀 복장. 어째서인지 나오후미가 굉장히 집착하는 모습을 보여 라프타리아의 마음이 복잡하다.

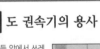
고양이 귀 무녀는 드물지 않지만, 너구리 귀 무녀도 의외로 귀엽다.

TOPICS 도 권속기의 용사

구경꾼들 앞에서 쓰레기 2호가 도를 바위에서 뽑으려 한 순간, 도가 빛이 되어 라프타리아의 앞에 날아가 자신의 모습을 드러냈다. 도 스스로 라프타리아를 선택했기 때문에, 글래스와 테리스가 뭐라고 해도 라프타리아의 손에서 떨어지려고 하지 않는다.

Naohumi's Assessment
나오후미의 평가

내가 지금까지 있었던 전투를 극복할 수 있었던 건 다 라프타리아 덕이야. 다른 여자와 비교해도 라프타리아는 함께 있을 때 마음이 편한데, 어쩌면 딸 같은 아이라서 그런 걸까. 내게는 라프타리아를 행복하게 해 줄 의무가 있다고 생각해.

라프타리아의 분신?!
귀엽지만 매우 듬직한 식신

처음 이세계와는 다른 이세계에서, 라프타리아가 있는 곳을 알아내기 위해 에스노바르트가 라프타리아의 머리카락과 나오후미의 피를 매개체로 삼아 생성한 식신. '라프~!' 하고 우는 귀여운 아기 너구리 같은 모습을 하고 있다. 빛과 어둠 마법에 적성이 있고, 환각 마법을 사용한다. 나오후미는 라프짱을 굉장히 좋아해서 언제나 함께 다니는데, 이걸 보는 라프타리아의 심정은 복잡하다.

라프타리아의 머리카락에서 태어난 식신

라프
짱

Naohumi's Assessment
나오후미의 평가

라프짱은 정말 좋아! 애교가 있는 외모에 복슬복슬한 촉감. 붙임성도 좋고 은근슬쩍 분위기를 잘 파악할 정도로 똑똑하고. 어째서인지 주변에 기가 센 녀석이 많다 보니까, 나는 라프짱에겐 치유받는 일이 많단 말이지.

주인님의 분노, 미움은
필로가 다 먹어 치울게.

천 진 난 만 한 먹 보, 천 사 처 럼 생 긴 마 물

필   로

종족 : 필로리알   **직함:** 필로리알 퀸 후계자

사용 무기 : 글러브, 발에 장착한 클로   **마법 적성 :** 바람

주요 스킬 : 스파이럴 스트라이크 – 날개를 상하로 퍼덕이며 돌진해 적을 꿰뚫는다.

　　　　　　하이퀵 – 모습이 흐릿하게 보일 정도로 빠르게 이동한다.

주요 마법 : 츠바이트 토네이도 – 손에서 회오리바람을 만들어 상대에게 날린다.

알에서 부화한 소녀 모습의 마물

나오후미가 노예상에게 구입한 '마물 알 뽑기'에서 부화한 필로리알 소녀. 갓 태어났을 때는 그냥 필로리알 암컷으로 사람의 말을 하지는 못했다. 전설의 용사인 나오후미가 키워서 그런지 보통 필로리알과는 다른 과정을 거쳐 놀라운 속도로 성장해 최종적으로는 날개가 난 인간 모습이 되었다. 태

피트리아가 갑자기 메르티를 인질로 잡고 시련을 내리자, 그녀와 격전을 벌인다.

필로가 입는 마법의 옷

TOPICS

필로의 옷은 필로 자신의 마력을 실로 바꾼 것이라 변신해도 파괴되지 않는 특별제작품. 제작할 때는 마법상과 함께 동물까지 가서 실을 만드는 데 필요한 보석을 채굴해 왔다.

인간형

다른 필로리알과 가장 큰 차이점은 인간 모습이 될 수 있다는 것. 용사가 키운 영향이겠지만, 자세한 사정은 알 수 없다.

인형옷

인형옷을 좋아해서 카르밀라 섬에서 입수한 필로리알 인형옷도 입는다. 본래 모습으로 돌아가면 될 텐데…….

어나 처음 본 것이 나오후미였기 때문인지 나오후미를 '주인님'이라고 부르며 잘 따른다. 종종 나오후미를 두고 라프타리아를 라이벌로 보기도 한다. 천진난만하고 순진하지만 때때로 폭언을 한다. 먹보라서 키메라의 고기나 썩은 드래곤의 사체도 먹는다.

본인도 깜짝?! 차기 퀸 후보가 되다

전설의 필로리알인 피트리아가 필로리알 퀸 후보로 점찍고 있어, 시련을 거쳐 퀸 1순위 계승권을 얻었다. 그 증거로 머리의 귀여운 바보털이 생겼다. 클래스 업 때는 이 바보털이 간섭하는 바람에 필로 스스로 미래를 선택할 수 없었다.

천사에서 필로리알까지 다양한 모습을 구사해 싸운다

전투에서는 높은 공격력과 재빠른 민첩함을 살려 어태커로 활약한다. 자신의 모습을 필로리알, 필로리알 퀸, 인간 형태로 바꿀 수 있어서 상대와 상황에 따라 나누어 사용한다. 인간 모습은 천사라면 껌뻑 죽는 모토야스에게 사랑받고 있다.

TOPICS

이세계에서 보인 필로의 특기

쿄를 쫓아 이세계로 건너간 필로는 허밍 페어리라 불리는 마물로 변화했다. 필로리알과의 차이는 하늘을 날 수 있는 점. 또한 동료의 전투력을 끌어올리거나 회복하는 노래가 특기.

필로리알이지만 일반적인 필로리알 종과는 성장 방식과 체격이 많이 다르다.

Naohumi's Assessment

나오후미의 평가

먹보에 천진난만하고 순수한 필로. 가끔 얼빠진 언동도 보이지만, 우리의 중요한 전력이지. 드래곤 좀비에 먹혔을 때는 정말로 초조했어. 나를 어미 새처럼 따르니까 책임지고 지켜줘야겠지.

TOPICS 마차를 좋아하는 필로리알

필로리알은 마차를 끄는 걸 좋아해서 길거리에서도 말 대신 마차를 끄는 마물로 요긴하게 이용된다. 필로 역시 마차를 끄는 걸 아주 좋아하며, 나오후미 일행의 주된 이동 수단이다. 그러나 승차감은……

※만화판 9권에서

허밍 페어리

키즈나가 있는 이세계에 건너가자 어째서인지 매처럼 생긴 허밍 페어리로 변화하고, 특수한 힘을 가진 노래를 터득했다.

본래 모습

보통 필로리알로도 될 수 있지만 본래는 크고 복스럽게 생긴 새. 사실 살이 찐 게 아니라 털이 풍성한 것.

후후후…… 멍청한 남자. 감쪽같이 속다니…… 내일이 기대되는걸.

벌을 받아도 반성하지 않는 못난 성격은 낫지 않는다

메르로마르크 제1왕녀로 왕위 계승권 제2위. 마인이라는 모험자명으로 활동하며 나오후미의 유일한 동료로 함께 모험을 나섰다. 그러나 나오후미의 전 재산과 장비를 훔쳐 도망친 후 강간 미수 누명을 씌워 나오후미가 인간 불신에 빠지게 한 원흉. 그 후 모토야스의 동료로 활동했다. 자기밖에 모르

빗치/걸레로 개명되어 분노로 얼굴을 일그러뜨린 이 모습이야말로 그녀의 본모습이리라.

천 성 적 으 로 자 기 만 아 는 오 만 방 자 왕 녀

빗치 / 걸레

(마르티 S. 메르로마르크 / 마인 스피아)

프로필

종족 : 인간 　　　　**직함:** 왕녀

마법 적성 : 불, 바람

주요 마법 : 츠바이트 파이어 스콜 – 불의 비를 내리는 범위 마법.

　　　　　　츠바이트 파이어 – 손에서 불을 발사한다.

　　　　　　츠바이트 헬파이어 – 거대한 지옥불을 발사한다.

고 오만하며 타인을 함정에 빠뜨리는 것을 매우 좋아하는 최악의 성격으로, 여왕이 전혀 신뢰하지 않기 때문에 왕위 계승권도 여동생보다 낮다. 여왕이 귀환한 뒤에 악행이 발각되어 왕권을 박탈당하고, 본명을 빗치, 모험자 이름을 걸레로 개명당하면서 그동안 낭비한 국비를 변상하는 의무를 지게 된다. 그러나 노예문이 새겨졌는데도 거짓말을 계속하는 그녀에게 반성하는 기색은 조금도 없다.

TOPICS 수많은 악행의 동기

나오후미가 가진 걸 모두 훔치고 강간범 누명을 씌운 그녀는 그 후에도 멋대로 세금을 정하거나 메르티 암살 계획에 가담하는 등 무수한 악행을 저질렀다. 성격이 삐뚤어진 원인이나 이유는 딱히 없어서, 타고난 성격인 듯하다.

모험자

용사 파티에 들어가기 위해서 처음에는 간소한 모험자 차림을 하고 있었다.

Naohumi's Assessment
나오후미의 평가

최악, 저질, 빌어먹을 악녀! 이 녀석 때문에 내가 얼마나 험한 꼴을 당했는지 모른다. 본심을 말하자면 죽여도 시원치 않아. 앞으로는 평생 내가 붙여 준, 본인에게 딱 맞는 빗치와 걸레라는 이름으로 살라고!

호화 장비

신분이 드러난 후로는 신참 모험가답지 않게 호화로운 장비를 두르게 되었다. 전부 나오후미가 산 것이다.

역시 이세계는 최고야!
그애를 본 순간부터 내 마음이
얼마나 환해졌는지 모른다니까!

사성용사 중 창의 용사로 소환된 21세 대학생. 여자를 아주 좋아하고 미녀라면 가리지 않고 유혹하려고 드는 성격. 나오후미가 누명을 쓴 사건에서는 빗치의 고발을 의심하지 않고 단죄하려고 했고, 라프타리아가 노예로 혹사당하고 있다는 헛소문을 들었을 때는 결투를 신청하는 등 나오후미와의 관계가 나쁘다. 생각하는 것이 단순하고 예쁜 여자의 말이라면 무조건 믿기 때문에 같은 파티 여자들에게 마음껏 이용당하고 있지만, 본인은 그 사실을 깨닫지 못하고 있다. 꾸준한 수행을 게을리하다가 파도의 적에 참패한 후, 렌과 이츠키와 함께 몰래 영귀를 토벌하러 갔다가 패배한다. 그 동료였던 여자들은 상황이 불리해진 걸 깨닫자 모토야스를 내버리고 줄행랑을 쳤다.

단순하고 경박한, 여자만 챙기는 창의 용사

키타무라 모토야스

프로필

종족 : 인간 　　　　**직함** : 창의 용사
사용 무기 : 창
주요 스킬 : 유성창 – 에너지로 된 창을 적에게 꽂는 원거리 범위 공격.
　　　　　　대풍차 – 창을 돌려 주위를 단번에 쓸어버린다.
　　　　　　에어스트 자벨린 – 빛나는 창을 투척한다.

전설의 창

나오후미의 방패처럼 모토야스의 창도 흡수한 소재에 따라 변화한다. 왼쪽 창은 모토야스가 선호하는 운철의 창.

TOPICS 일편단심 필로 사랑

처음 봤을 때부터 필로에게 홀딱 빠졌다. 원래 세계의 게임 『마계대지』의 프레온이라는 캐릭터를 좋아해, 외모가 닮은 필로를 이상형으로 생각하며 따라다닌다. 그러나 당사자에게는 심하게 미움받고 있다.

용사 장비

자신이 조달한 장비도 있지만 사슬 갑옷은 본래 나오후미의 것이었는데, 마인이 훔쳐서 모토야스에게 선물했다.

Naohumi's Assessment
나오후미의 평가

시끄럽고 지긋지긋해. 빗치의 말을 철썩같이 믿고 나를 강간마라고 부른 원한은 잊지 못해. 게다가 라프타리아한테도 그랬지만. 필로의 용모가 마음에 든다고 스토킹을 하니까 더욱 짜증이 나. 필로, 더 차도 돼.

모토야스의 동료들

※만화판 1권에서

모토야스의 동료 엘레나, 레스티, 라이노. 주된 역할은 싸우는 모토야스를 마법으로 원호하고 성원을 보내는 것. 라이노는 모토야스가 나중에 동료로 받은 여자인데, 빗치와 다른 여자들에게 속아 수상한 가게에 팔렸다.

나는 몰려다니는 걸 안 좋아해.
못 따라오는 녀석은
그냥 두고 갈 거야.

싸울 때도 항상 단독행동
인간 관계가 많이 서툴다

사성용사 중 검의 용사로 소환된 16세 고등학생. 고독한 늑대인 척하지만 사실은 사교성이 떨어져서 단독행동을 할 뿐이다. 나오후미를 대할 때도 비교적 상식적으로, 나오후미에 대한 일방적 박해에 의문을 느끼거나, 자신이 방치한 드래곤의 사체 때문에 2차 피해가 발생했을 때는 솔직하게 사죄하기도 했다. 한편 헤엄을 못 치는 것이나 에클레르와의 결투에서 패배한 걸 인정하지 못하는 등 자존심이 너무 강하다. 꾸준한 수행을 싫어하고 무기 강화법과 관련해서 나오후미의 제안도 제대로 받아들이지 않았기에 파도에서 적에게 패배했다. 그 뒤로 레벨을 올리기 위해 모토야스와 이츠키 일행과 함께 영귀를 토벌하러 갔으나, 파티는 전멸하고 본인은 쿄에게 사로잡힌다.

자 존 심 이 강 하 고 , 고 독 한 늑 대 를 연 출 하 는 검 의 용 사

아마키 렌

프로필

종족 : 인간 　　　　**직함** : 검의 용사
사용 무기 : 검
주요 스킬 : 유성검 – 검에서 별을 쏘는 원거리 범위 공격.
　　　　　　헌드레드 소드 – 상공에 검을 여럿 출현시켜 적에게 쏜다.
　　　　　　뇌명검 – 번개를 두르고 빛나는 검으로 공격한다.

전설의 검

최초의 '전설 무기'.
형태 디자인이 사성무
기 중에서 가장 전설
의 무기답다.

나쁜 녀석은 아니다?

처음부터 의심하거나 공격적이던 다른 두 용사에 비해 렌만은 나오후미의 이야기를 들으려 했다. 본래 세계에서 소환됐을 때 살인범에게서 소꿉친구를 지키려다 죽은 사정도 그렇고, 의외로 좋은 녀석일지도 모른다.

나오후미의 평가

똑같이 망할 녀석이지만 이 녀석은 다른 두 놈보다 1mg 정도는 낮지. 내 이야기를 조금은 들었고 다소 솔직한 부분도 있고. 하지만 이 세계를 게임이라고 생각하고 각오가 부족했던 점은 다른 녀석들과 마찬가지야.

용사 장비

길드에서 의뢰를 수행해 번 돈을 쏟아부었으리라 생각되는 흑색 기조의 갑옷이 고독을 좋아하는 렌답다.

렌의 동료들

※만화판 1권에서

용사 소환 때부터 렌의 동료로서 여행에 따라왔던 자들. 그러나 단독행동을 좋아하는 렌의 방침상 늘 별개로 행동하며 독자적으로 레벨을 올렸다고 한다. 나오후미에게도 비교적 성실하게 대응했었다.

이건 살짝 따끔한 맛을 보여 줄 필요가 있겠네요.

17세 고등학생. 학원에서 집으로 돌아가는 길에 덤프카에 치였는데, 정신이 들고 보니 이세계에 소환되어 있었다. 정의를 관철하고 악을 타도하는 자신에게 취하는 타입이지만, 눈에 띄는 것은 좋아하지 않는다. '눈에 띄지 않지만 사실은 굉장하다'는 자신을 연출하기 위해 정체를 감추고 각지의 악당을 벌했다. 그래서 나오후미는 일본식 암행어사 일화에서 나온 '부쇼군'이라는 별명을 붙였다. 독선적이고 시야가 좁은 것이 결점. 민중을 위해서 압정을 벌이는 어느 나라의 왕을 레지스탕스와 함께 제압했으나 결과적으로는 민중을 더욱 괴롭혔다. 또한 동료와 함께 리시아를 깔보고, 리시아가 활약하자 팔찌를 망가뜨렸다는 누명을 씌워 쫓아내는 제멋대로인 면도 있다.

정의를 집행하는 자신에게 도취하고 싶은 활의 용사

카와스미 이츠키

프로필

종족 : 인간 　　　　**직함** : 활의 용사
사용 무기 : 활
주요 스킬 : 애로우 레인 – 위력이 강하고 별똥별 같은 화살을 쏜다.
　　　　　　　이글 피어싱 샷 – 독수리 모양을 한 에너지 화살을 쏜다.
　　　　　　　선더 샷 – 번개를 담은 빛의 화살을 날린다.

정의감에 도취한 도련님

정의의 사자 행세를 좋아해서 나오후미에게 '부쇼군'이라고 불리는 이츠키. 정의감이 넘쳐 어느 나라의 왕을 응징했지만 그 후에 레지스탕스가 세금을 올려 민중을 괴롭게 한 것은 알 바 아닌 듯하다.

전설의 활

사성무기 중 유일한 원거리 무기로 에너지 화살을 쏜다. 보편적이면서도 이색적인 것이 이츠키답다.

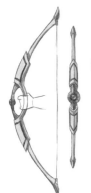

용사 장비

활잡이답게 금속 구성이 적은 장비. 동료를 전선에 세우고 싸우는 것이 이츠키의 스타일.

Character file / 카와스미 이츠키

이츠키의 동료들

※만화판 1권에서

'이츠키 님 친위대'를 자칭할 정도로 이츠키를 숭배한다. 그러나 동료들 사이에 서열이 있어서, 최하층인 리시아를 동료로 치지 않는 지저분한 면도 있다. 특히 갑옷을 입은 자는 나오후미도 깔보며, 라르크는 그들을 '범죄자 예비군'이라고 평가했다.

나오후미의 평가

Naohumi's Assessment

나대고 싶은 자신의 욕구를 채우려고 정체를 숨기면서 악당을 잡고 다니다니. 취미 참 고약한 녀석이군. 게다가 무시하던 리시아를 쫓아내면서 '리시아를 생각해서'라고 지껄이고 말이야. 정말로 역겨운 변명이었어.

저한테…… 힘은 없지만, 절대로 당신을 용서하지 않을 거예요!

괴롭힘을 당하던 처지에서 재능을 개화한 천재로

납치된 리시아를 이츠키가 구한 이후로 그를 흠모해 이츠키의 파티로 들어간 몰락 귀족의 딸. 그러나 전투 능력이 뒤떨어져서 이츠키와 동료들에게 무시당하다가, 급기야 누명을 뒤집어쓰고 파티에서 해고된다. 이에 이를 남 일처럼 여기지 못한 나오후미가 강하게 키우겠다 결심하고 파티에 들어오게끔 했다. 기억력이 좋고 박식하며 두뇌 회전도 빠르다. 더군다나 어떤 마법이든 사용할 수 있다. 하지만 레벨에 비해 스테이터스가 모자란 것이 단점. 늘 안절부절못하며 '후에에에에'가 말버릇이지만, 정의감이 강하고 비열한 적에게는 당당한 태도를 보이며, 평소에는 드러나지 않는 높은 전투력을 발휘한다. 본인은 무기류를 잘 다루지 못한다고 생각하고 있었으나,

마음이 여리고 박복한 소녀, 위기 때는 최강으로 각성

리시아 아이비레드

프로필

종족 : 인간   **직함**: 귀족
사용 무기 : 세검, 부적   **마법 적성**: ALL
주요 스킬 : 점(변환무쌍류) – 방어력이 높을수록 대미지도 올라가는 공격.
주요 마법 : 패스트 파워 – 상대의 힘을 강화하는 마법을 부여한다.
               패스트 워터 샷 – 적에게 물을 뿜는다.

부적 등을 투척하는 재능이 있다는 사실이 키즈나가 있는 다른 세계에서 판명되었다. 비록 파티에서 추방당했지만, 그 뒤에도 이츠키를 동경하는 마음은 여전하다.

TOPICS

숨겨진 재능

변환무쌍류 전승자인 노파가 '다음 후계자에 어울린다'고 말할 정도로 비범한 소질을 가졌다. 외부에서 기를 모아 자신에게 비축하는 능력이 뛰어나서, 스테이터스가 낮아도 외부에서 기를 보충해서 강해진다.

※만화판 12권에서

여행 복장

힘이 약한 리시아다운 경장. 그런데도 이츠키의 동료였을 적에는 전위를 맡고 있었다.

카르밀라 섬에서 입수한 페클 인형옷을 좋아한다. 어둡고 폐쇄된 공간이 안정되는 듯하다.

Naohumi's Assessment
나오후미의 평가

툭하면 '후에에에에' 하고 얼빠진 소리나 하고, 스테이터스가 전부 낮으니까, '강하게 만들어 주겠다'고 말하고도 실은 좀 걱정했지. 하지만 쿄하고 싸울 때 변하는 걸 보고 놀랐어. 속으로는 주인공이라고 부르지.

일본풍 복장

키즈나가 있는 세계에서는 나오후미와 함께 일본풍 복장을 입었지만 잘 어울린다.

내 이름은
제2왕녀가 아냐!
메르티라구!

메르로마르크의 제2왕녀. 제1왕녀인 마인(빗치)의 동생이지만 왕위 계승권이 1위인 우수한 소녀. 언니와 달리 매우 근면하고 어머니인 여왕을 닮아 전설 등에도 흥미를 보이며, 왕족으로서 품행에도 신경 쓰고 있다. 여왕의 외교 순방을 따라 각지를 여행했으나, 아버지와 언니가 방패 용사를 부당하게 차별하지 못하게 하려고 메르로마르크에 귀환한다. 그때 마침 나오후미 일행과 만나고, 그 와중에 삼용교로부터 목숨을 위협받는 바람에 한때는 나오후미 일행과 행동을 함께하게 된다. 처음에는 무리해서 어른스럽게 행동하지만 나오후미와 만나고 나서부터는 본래의 성격이 드러나 감정이 풍부한 행동을 보이게 되었다. 필로리알을 매우 좋아하는 까닭에 드래곤으로

언 니 와 하 나 도 안 닮 은 성 실 한 왕 녀 님

메르티 메르로마르크

프로필

종족 : 인간   **직함** : 왕녀

마법 적성 : 물, 흙

주요 마법 : 츠바이트 아쿠아 샷 – 커다란 물 덩어리를 고속으로 발사한다.
　　　　　　 츠바이트 아쿠아 슬래시 – 물 구슬을 만들어 물의 칼날을 날린다.
　　　　　　 츠바이트 스콜 – 비구름을 출현시켜 비를 내리게 한다.

부터 지키려고 용감하게 맞선 적도 있다. 그런 취미도 있다 보니, 필로와는 소중한 친구가 되었다.

TOPICS 언니와의 갈등

자기만 알고 오만방자한 언니 마인 때문에 골머리를 앓은 메르티. 방패 용사를 핍박하고 친동생인 자신에게도 살의를 보내는 것을 알고서는 언니를 더더욱 경멸한다. 나오후미가 자신과 언니를 동일시했을 때는 '모욕이야.'라며 격분했을 정도.

짧게나마 고락을 함께한 필로와 친해지고, 여행 마지막에는 울고 말았다.

Naohumi's Assessment
나오후미의 평가

빗치의 여동생을 어떻게 믿겠냐고 생각했었는데, 여왕을 닮아서 총명하고 공정한 사람이야. 차기 여왕다운 그릇이라 할 수 있지. 다만 히스테릭해서 나한테만 막말을 하고 이상하게 대드는 구석이 마음에 걸려.

Character Design 왕녀의 약식 복장

왕족답게 호화롭지만, 모친과 오래 여행하면서 생긴 습관인지 움직이기 편한 옷을 골라 입는 듯하다.

피트리아는 피트리아를 키워 준 용사의 부탁 때문에 싸우는 것뿐이야.

용사와의 약속을 지키며 사는 전설의 필로리알

전 세계에 있는 필로리알을 통괄하는 필로리알 퀸. 일반적인 필로리알의 수명으로 치면 수십 세대만큼을 살아 온 전설의 필로리알로, 수많은 필로리알을 거느리고 있다. 인간이 발길이 닿은 적이 없는 숲속 깊은 곳에서 지내는 듯하며, 인간이나 다른 마물을 간섭하지 않으면서 살아 오다가 새로운 필로리알 퀸 후보로 필로를 주목하고 나오후미 일행과 접촉을 시도했다. 피트리아 역시 옛날에 사성용사의 손에 키워진 필로리알로, 그 용사가 남긴 의지를 지키기 위해 인간과 관계가 없는 땅에서 일어난 파도에 대처하며, 필로를 키운 나오후미의 마음을 믿고 협력하고 있다. 전투 시에는 필로리알 퀸의 형태가 되는데, 영귀와도 호각으로 맞붙

영 귀 와 호 각 , 최 강 의 필 로 리 알 퀸

피트리아

프로필

종족 : 필로리알　　　　　　　　　**직함**: 필로리알 퀸

마법 적성 : 알 수 없음

주요 스킬 : 알 수 없는 공격 스킬 – 마차를 고대 전차로 바꾸는 공격?

주요 마법 : 하이퀵 – 빠르게 이동한다.

　　　　　　　안티 츠바이트 토네이도 – 츠바이트 토네이도를 없애는 방해 마법.

을 만큼 덩치가 커진다. 그리고 민첩
한 움직임과 강한 각력을 살린 공격
으로 상대를 농락한다.

 옛 용사와 한 약속

피트리아는 자신을 키워 준 용사에게 용
사와 함께 이 세상을 지키겠다고 약속한
바 있다. 그렇기에 사성용사들이 힘을 합
치지 않을 때는 기존의 용사들을 죽이고
새로운 용사
를 소환하는
것도 주저하
지 않는다.

필로리알의 여왕

필로와 마찬가지로 본래 모습
은 복스럽게 생긴 새. 그러나 체
고는 10m를 넘는다.

인간형

머리에 있는 바보털
세 가닥이 여왕의 증거
이며, 피트리아의 차밍
포인트이기도 하다.

전투 경험도 풍부하고 바람 마법을 즐겨 사
용하는 듯하나 실력의 한계는 미지수로, 필
로를 한 손으로 가볍게 상대했다.

Naofumi's Assessment
나오후미의 평가

피트리아는 강해. 제대로 붙으면 내
방패를 가지고도 질 것 같거든. 하지
만 위협하는 뒷면에는 순수한 어린
애 같은 면모도 있는 것 같군. 필로
리알이라서 그런지 때때로 필로처럼
멍청한 느낌도 들고.

알았다……, 영지 사람들을 위해서라도, 나는 이 중임에 온 힘을 쏟을 생각이다.

메르로마르크의 기사. 나라 안에서 다섯 손가락 안에 든다는 실력을 인정받아 나오후미 일행의 검술 사범이 되었다. 라프타리아의 고향 르롤로나 마을이 있던 세이아엣트령 영주의 딸이기도 하다. 영지에서 아인을 노리고 노예사냥을 한 자들을 벌했다는 이유로 투옥되었으나, 여왕이 돌아온 후에 무죄 방면되었다. 성실하고 정직하며 정정당당함을 판에 박은 듯한 성격으로, 나오후미가 종종 보이는 악랄한 행동에 화가 나서 머리를 싸매는 일이 많다. 그러나 지금은 조금씩 그 언동을 이해하기 시작하면서 생각을 조금씩 고치고 있다. 검술은 상당히 공격적으로, 그 내면에 잠든 격한 기질이 엿보인다.

언제나 반듯하고 근면한 미모의 여기사

에클레르 세이아엣트

프로필

종족 : 인간　　　　**직함**: 기사
사용 무기 : 검　　　**직함**: 빛, 지원
주요 스킬 : 마법검 – 검기의 응용기. 마법 에너지를 검에 두른다.
　　　　　　　마원(魔円) 찌르기 – 마력을 담은 빛을 검에 머금고 적을 찌른다.
주요 마법 : 방어용 빛 마법 – 한순간 빛의 방패를 출현시킨다.

TOPICS 옛 세이아엣트 영주의 딸로서 갖는 생각

정의감과 책임감이 강한 에클레르는 영지에 있었던 라프타리아의 마을을 지키지 못한 것을 후회하고 있다. 또한 아인에 편견이 없으며, 라프타리아와 처음 만났을 때는 그녀에게 머리를 숙여 사죄했다. 그 뒤로는 친하게 지내고 있다.

※만화판 12권에서

검의 기량은 초일류로 용사의 스테이터스 보정을 받는 렌을 상대했다.

Character Design 갑옷 차림

에클레르의 전투복. 풀 플레이트지만, 그 중량에도 재빠른 공격을 행한다.

Naofumi's Assessment

나오후미의 평가

에클레르는 정통파 스타일 같지. 용사의 스킬을 사용하는 렌을 검술로 쓰러뜨렸을 때는 놀랐어. 정의에 과하게 집착하는 부분은 성가시지만 방패니 아인이니 차별하는 머저리들 보다는 낫지.

Character Design 군복

평소에도 항상 정장을 착용하는 부분은 강직한 에클레르답다. 이 차림으로 운동도 한다.

엄격하게 가르치는 전투 고문

메르로마르크 여왕이 용사들의 전투 고문으로 초 빙한 변환무쌍류 전승자 할멈. 오랫동안 병석에 누 워 있었으나 아들이 나오후미에게 산 약을 마시고 쾌차……를 넘어 전성기의 힘을 되찾고 수행을 거 듭해 강해졌다. 나오후미에게 은혜를 입었다 생각 해 용사와 동료들의 변환무쌍류 전수 및 훈련을 맡 았고, 리시아를 발견한 후 기꺼이 후계자 육성에 힘 쓴다. 아들도 동행했으나 존재감은 약하다

変幻無双流の
老師様で
ございます

※만화판 12권에서

※만화판 12권에서

TOPICS 변환무쌍류

수수께끼가 많은 유파인 변환무쌍류는 뭐 든지 무기로 활용해 적을 격멸하는 만능 전투술. 습득하려면 '기(氣)'라는 개념을 다뤄야만 하며, 궁극의 경지에 이르려면 특수 한 재능이 필요 한 듯하다.

※만화판 12권에서

상식이 안 통하는, 나이를 초월한 무적 노파

엘라슬라
라그라록

프로필

종족 : 인간　　　　**직함 :** 변환무쌍류 전승자
주요 스킬 : 초승달 – 걷어찬 곳이 초승달 모양
　　　　　 으로 파이고 폭발을 일으킨다.
　　　　 선풍 – 바람을 만든다.
　　　　 만월 – 마법의 진공 구슬을 쓴다.

라프타리아의 고향 친구

라프타리아가 고향에서 어렸을 적 부터 친구로 지낸 와누이 종 아인. 메르로마르크를 덮친 첫 파도 때 붙잡혀 라프타리아와 함께 노예가 되었다. 나오후미 일행이 저택 지 하에 갇힌 키르를 구출해 준 이후 로 동료가 되었다.

키　르

좋았어!
그럼 형씨의 기대에
부응해 줘야지!

나오후미의 첫 번째 은인
무기와 방어구를 전담

입은 험해도 성격은 좋은 일류 무기상

엘하르트

프로필

종족 : 인간　　　　**직함**: 대장장이

메르로마르크 성 도시에서 무기상을 운영하는 남성. 누명을 쓰고 박해받던 나오후미에게 재고 처분 명목으로 최소한의 장비를 주는 등 도움을 준 몇 안 되는 아군. 나오후미도 그를 신용하여 누명을 벗고 명예를 회복한 후에도 좋은 관계를 유지하고 있다. 입은 험하지만 성격은 좋은 아저씨로, 무기와 장비를 제작하는 솜씨는 확실하다. 나오후미는 곳곳에서 입수한 소재를 그에게 맡겨서 다양한 장비와 동료 용 무기를 만들고 있다.

나오후미를 돕다가 전설 무기의 힘을 아는 귀중한 일반인이 된 아저씨.

 작업복

RPG 팬이 생각하는 대장장이의 이미지를 그대로 재현한 듯한 아저씨. 그러나 고집이나 완고한 면은 없고, 제법 유연한 사고방식의 소유자.

용사님의 깊으신 안목에 제가 다 짜릿하군요! 네!

정체 모를 수상함 MAX 의 노예상

베 로 커 스

프로필

종족 : 인간 **직함** : 상인

비합법 장사에도 손대는 남자.
거래할 때 방심하면 목숨이 위험

메르로마르크 성 도시에서 몰래 노예 거래를 하는 수수께끼의 남자. 표면상으로는 마물 상점을 경영하며 실제로 마물도 취급하고 있다. 누명 때문에 동료를 얻지 못해 자포자기하던 나오후미에게 노예를 권했다. 라프타리아와 필로를 나오후미에게 인계한 장본인이지만 그 자신은 그녀들이 크게 성장하리라고는 생각하지 못했다. 나오후미가 교섭할 때 보이는 비정함과 상인 정신을 아주 좋아해 이것저것 편의를 봐 준다. 그러나 말투가 매우 짜증스럽기에 나오후미는 거북해한다. 상품인 노예는 잘 간수하려고 하는 주의.

노예상이 나오후미를 돕지 않았다면 세계는 멸망했을지도 모른다.

수상한 남자

턱시도가 기분 나쁜 느낌을 키운다. 친척들도 비슷하게 생긴 듯하다.

마법상

※만화판 3권에서

메르로마르크 성 밑 도시에서 마법서 등을 판매하는 여성. 파도가 닥쳤을 때 나오후미가 손자를 구해준 것을 고맙게 생각하여 초급 마법서를 선물했다. 변신하는 필로를 위한 옷을 제작할 때도 재료 채취에 동행하는 등 협력했다.

히크발

※만화판 3권에서

나오후미가 행상 하던 시절 마차로 이웃 마을까지 실어다 준 액세서리 상인 남성. 모험자용 액세서리를 취급하며 나오후미의 상인 정신에 반해 기술을 가르쳐 주거나 유통 루트 알선 등을 했다. 상인 조합에서는 상당한 권력이 있다.

지원병들

※만화판 4권에서

파도가 닥쳤을 때 나오후미와 함께 싸우고 싶다고 지원한 기사단의 하급 병사들. 중심인 에이크는 류트 마을 출신. 나오후미는 출세 목적인가 의심했지만 동료가 되고 싶다면 돈을 준비해 오라는 억지에도 따르는 걸 보고 신용했다.

반 라이히노트

※만화판 5권에서

나오후미가 '싹싹한 귀족'이라고 부르는 남자 귀족. 세이아엣트의 전 영주가 살아 있을 무렵 친했고 아인 우대 사상에 공감해 메르티를 데리고 도망치던 일행을 숨겨 주었다. 나오후미의 액세서리가 바가지 가격인 걸 알면서도 구입한 적도 있다.

이도르 레이비아

※만화판 6권에서

아인 노예를 사서 고문하는 취미가 있는 아인 배척파 귀족. 라프타리아와 키르도 이 남자에게 팔렸었다. 나오후미를 붙잡기 위해 반과 메르티를 납치했으나 나오후미 일행에 의해 궁지에 몰려 금기로 봉인된 마물을 해방하고 자멸.

Naohumi's Assessment
나오후미의 평가

삼용교가 실각하기 전부터 메르로마르크에는 무기상 아저씨부터 해서 의외로 신세를 진 사람이 많단 말이지. 다음에 또 약국이나 의복점에도 들러 볼까.

저는……이 나라는 이미 이와타니 님께 의지하는 길 말고 다른 길이 없습니다.

지 성 을 무 기 로 삼 고 외 교 로
나 라 를 지 키 는 정 통 여 왕

밀레리아

Q . 메르로마르크

여왕정 국가인 메르로마르크에서 최고의 권력을 지닌 정통 여왕. 겉으로는 젊어 보이지만 두뇌가 명석하고 국제적으로 넓은 시야를 가져 탁월한 교섭 스킬로 각국에 맞서는 그녀는 '메르로마르크의 암여우'라고도 불린다. 나오후미가 소환되었을 때는 전쟁을 회피하기 위해 외교에 전념하고 있다가 대처가 늦어졌다. 나라를 위해서라면 딸이라도 이용하는 비정함을 가졌지만 죄를 범한 남편과 딸의 목숨까지는 빼앗지 않도록 나오후미와 교섭할 정도로 가족을 아끼는 면도 있다. 자신의 나라에 귀환한 뒤에는 나오후미를 금전과 대우 등에서 백업하며, 파도가 발생했을 때는 스스로 군을 지휘해 전투에 참가한다. 인간 지상주의 국가의 왕이지만 아인과 수인에 편견은 없다.

프로필

종족 : 인간   **직함** : 여왕

마법 적성 : 불, 물

주요 마법 : 드라이파 아이시클 프리즌 – 얼음으로 만든 우리에 적을 가둔다.
드라이파 헬파이어 – 거대한 지옥불 구슬을 쏜다.
아이시클 소드 – 얼음검을 만든다.

TOPICS **비범한 외교 수완**

올트크레이와 삼용교가 용사 소환은 한 나라에 한 명이라는 협정을 깨고 사성용사 전원을 소환하는 바람에 국가 간 전쟁으로 발전하려 했던 사태를, 각국을 순방하고 교섭술을 구사해 분위기를 누그러뜨려서 전쟁을 잘 회피했다.

똑똑하고 능력이 좋은 건 인정하지만 완전히 신용하긴 어렵군. 이것저것 편의를 봐 주고는 있지만 결국은 나라를 위해서고. 하지만 뭐, 빗치와 쓰레기에 대한 분노는 진짜인 것 같으니까 그건 믿어 줄게.

여왕의 드레스
여왕답게 화려하게 치장된 드레스를 입고, 위엄이 넘친다. 미모도 박력에 일조하고 있다.

※만화판 12권에서

그 림 자

여왕을 섬기는 유능한 밀정

주로 왕족의 신변을 경호하고 그 활동을 지원하는 메르로마르크 왕가의 비밀 경호 부대. 왕족으로 변장해서 대역을 맡는 경우도 있다. 여왕의 대역을 맡은 이후로 나오후미 앞에 자주 나타나게 된 그림자는 어째서인지 말투가 사극풍이라서 금방 가짜인 걸 알 수 있다. 아무래도 조직 내부가 단결되지 않은 듯 여왕파와 삼용교파 등의 파벌이 존재하는 듯하다.

처음 봤을 때부터 뭔가 저지를 줄 알았다! 이 악마 자식!

과거에는 현왕, 지금은 퇴물

메르로마르크의 왕이지만 여왕정인 이 나라에서는 여왕 부재 시의 대리 통치권자에 지나지 않는다. 여왕이 없는 동안 멋대로 사성용사를 소환하는 폭거를 저지르고 방패 용사인 나오후미만을 박해했다. 여왕 귀환 후는 그 악행이 드러나 이름을 '쓰레기'로 고치게 되었다. 지금은 그저 퇴물이지만 과거에는 '지혜의 현왕'으로 유명한 영걸이었던 듯하다. 그 증거로, 현재도 지적 유희에서는 여왕조차 그에게 당하지 못한다고 한다.

삐딱한 사상을 믿고 폭주하는 대리 국왕

쓰 레 기
(올트크레이 메르로마르크 32세)

프로필

종족 : 인간 　　　 **직함** : 국왕
사용 무기 : 불명

국왕의 로브
메르로마르크의 풍족함을 드러내는 중후한 복장으로 몸을 감싸, 외견만은 국왕다운 풍격이 넘친다.

TOPICS

방패 용사를 향한 악의

국교인 삼용교에서 방패 용사는 악마의 화신이다. 그 탓인지 그는 처음부터 방패 용사만을 미워해 지원금에 차이를 두거나 딸이 뒤집어씌운 누명을 간단히 믿어 나오후미를 질책하거나 불리한 결투를 인정하거나 했다.

Naohumi's Assessment 나오후미의 평가

멋대로 사람을 소환해 놓고 박해하는 구제불능 국왕이다. 죽을 때까지 용서 못해. 데릴사위라서 여왕에게 머리를 못 드는 꼴은 엄청 웃기지. 방패 용사에 사적인 원한이 있는 모양이지만 알 게 뭐야!

권저 방패의 악마부터, 하늘의 심판을 받으십시오.

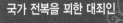
국가 전복을 꾀한 대죄인

교리에 반하는 방패 용사, 각지에서 신앙심을 무너뜨리는 검, 창, 활의 용사들을 없애고 삼용교회의 위신을 세우고자 획책했다. 왕녀들까지도 죽이고 교회가 옹호하는 자를 왕위에 세우려 한 메르로마르크 소동의 주모자. 광신적인 신도들을 이끌고 그들의 원호 마법을 구사하며 싸웠다. 최후에는 나오후미가 발동한 블러드 새크리파이스에 목숨을 잃었다.

광신도들을 이끄는 악랄한 교회의 권위자

비스카 T. 발마스

프로필

종족 : 인간 **직함** : 삼용교 교황
사용 무기 : 불명
주요 스킬 : 브류나크 – 적을 꿰뚫는 강력한 창 스킬
미라주 애로우 – 환영 분신을 만들어 적을 혼란시키는 활 스킬
주요 마법 : 고등 집단 합성 의식 마법 「심판」 – 신도의 마력을 모아 강력한 번개를 떨어뜨린다.
고등 집단 합성 의식 마법 「성벽」 – 신도의 마력을 모아 단단한 방어막을 펼친다.

사성 무기의 복제품

TOPICS

수백 년 전에 유실된 「사성무기의 복제품」을 써서 용사들의 목숨을 노린 교황. 이 무기는 어떤 사성무기로도 변화할 수 있는 무기로, 사용하려면 대량의 마력이 필요하기에 신도들이 날마다 목숨을 걸고 마력을 주입했다.

Naofumi's Assessment
나오후미의 평가

교회에서 성수를 받았을 때는 온화하고 공정한 인물로 보였는데…… 교회의 위신을 위해 나라를 엉망으로 만든 대악당일 줄이야. 광신적인 인간은 무섭군.

부탁드려요. 부디, 저를 어서 해치워 주세요.

인간으로 보이지만 영귀의 혼이 인간 형태를 한, 영귀의 사역마라 불리는 마물의 일종. 영귀가 봉인된 국가에서 왕의 애첩으로 지내며 무수한 목숨을 노리고 있었다. 동시에 오스트 자신은 영귀의 설명서 겸 비상 브레이크 같은 역할도 맡고 있었다. 영귀가 쿄에게 지배당해 폭주하자 수호수를 막을 수 있는 가능성을 가진 나오후미의 앞에 나타나 영귀 토벌을 애원했다.

식견이 넓고 말투가 고풍스러우며, 왕의 애첩이어서 밀레리아와도 면식이 있었다. 본래는 예의 바르고 성실한 인물. 전투에서는 실전된 마법을 구사해 나오후미에게 협력. 또한 강력한 마법을 전수하는 등 폭넓게 활약했다. 쿄와의 결전에서 사실은 영귀 자체였다는 사실이 판명됐고, 나오후미의 공격으로 영귀의 핵이 활동을 정지하자 오스트도 함께 숨을 거두었다.

슬픈 운명을 가진, 아름다운 영귀의 사역마

오스트 호라이

프로필

종족 : 인간 **직함**: 애첩

마법 적성 : 흙, 지원

주요 마법 : 금강력 - 아군에게 힘을 부여하는 지원 마법.

중력장, 초중력 - 불투명한 검은 구체로 상대의 중력을 증가시킨다.

TOPICS 영귀의 사역마 활동

영귀는 본래 세계를 구하기 위해 많은 생물의 혼을 필요로 한다. 그 사역마인 오스트도 혼을 수집하는 역할을 맡고 있었다. 그녀는 영귀가 봉인된 땅에 있는 나라의 왕에게 접근해서 나라를 부패하게 하고 사람들의 목숨을 빼앗으려 했었다.

자신의 생명이 사라질 것을 알면서도 폭주를 막기 위해 나오후미를 도와 영귀의 핵에 결정타를 먹였다.

 중국풍 의상

영귀가 봉인된 나라는 중국 분위기가 나는 나라로, 오스트도 그 국가 특유의 차이나 드레스를 입었다.

Naohumi's Assessment 나오후미의 평가

악녀처럼 생겨서 처음엔 경계했지만 함께 싸우는 동안 매우 번듯한 인물인 걸 알았어. 자신의 목숨을 바쳐 세계를 지키려 하다니, 나는 그런 생각을 이해할 수 없지만…… 소중한 동료였어.

무식하게 덩치가 큰
방위 병기

수호수 중 하나로 봉래산을 짊어진 거대 거북이 마물. 생물의 목숨을 빼앗고 그 혼으로 세계를 재앙의 파도에서 지키는 결계를 생성한다. 옛날에 용사가 봉인했으나 다른 세계에서 나타난 쿄에게 점거당한다.

영 귀

 산을 짊어진 거북

등에 올라간 산에 사람들이 생활했던 마을이 몇 군데 있을 만큼 덩치가 큰 영귀.

핵의 파괴는 오스트의 심장이 파괴되는 것과 같은 의미로, 오스트는 격통을 참으면서도 폭주가 멈춘 걸 기뻐했다.

 영귀의 사역마

오스트 같은 인간형이나 날개를 가진 박쥐형, 커다란 설인형, 가시 모양을 한 돌격형 등 다양한 타입의 사역마가 있다. 그들은 결계 생성에 필요한 생물의 혼을 모으기 위해 인간과 마물을 습격한다.

※ 만화판 12권에서

진짜로 죽일 생각도 없으면서,
나오후미도 성격이 참…….

나오후미와 다른 일본에서, 다른 이세계로

나오후미와는 다른 일본에서 게임을 통해 이세계에 소환된 소녀. 나오후미가 소환된 이세계와는 다른 세계에서, 그 세계의 사성무기인 수렵구의 용사가 되었다. 무기의 제약 때문에 사람에 대한 살상 능력은 없는 거나 다름없지만, 마물 상대로는 강한 공격력을 발휘한다. 또한 용사에 걸맞은 실력이 있어 어떤 마물도 확실히 해치울 수 있다. 적대하는 나라에서 몇 년 동안 마법으로 만든 감옥 「무한미궁」에 붙잡혀 있었다가, 쿄를 쫓아온 나오후미 일행과 만났다. 자신들의 세계를 구하기 위해 이세계의 용사를 희생해야 한다는 전설에 의문을 가지고, 다른 방법이 없을지 알아보자고 해서 글래스 일행과 나오후미 일행의 적대 관계를 해소했다.

대 인 살 상 력 0, 인 망 좋 은 수 렵 구 의 용 사

카자야마 키즈나

프로필

종족 : 인간   **직함**: 수렵구의 용사

사용 무기 : 수렵구

주요 스킬 : 이의배침 – 루어를 명중시켜 다음 공격 효과를 2배로 만든다.

혈화선 – 생물의 약점인 구조의 이음매를 갈라 육체를 분단한다.

인품이 좋아 인망이 있어서 많은 동료와 신뢰 관계를 가지고 있다. 그러나 취미인 낚시와 관련해서는 눈빛이 달라지고, 지나치게 열중하는 나머지 글래스가 타박하기도 한다. 또한 조심스러운 부분은 나오후미와 의견이 맞는다. 겉으로는 초등학생 같지만 사실은 엄연한 18세.

전설 무기의 제약으로 인간을 공격할 수 없으나 전투 스킬은 압도적이다. 글래스와의 연계 공격은 매우 강력.

고딕+일본풍

키즈나가 소환된 곳은 서양풍 나라여서 양장. 친구인 글래스가 선물한 일본풍 하오리를 소중히 걸치고 있다.

소환되기 직전, 키즈나는 전용 포드에 들어가 플레이하는 VR 게임을 자매들과 함께 시작했으나, 로드된 게임은 공표된 것과 전혀 딴판이었다. 내용은 소환된 이세계와 같은 세계관이었던 듯하다.

나오후미의 평가
Naohumi's Assessment

초등학생인가 생각했더니 나이도 나랑 엇비슷한 18세 가짜 로리…… 그만 생각하자. 어떤 마물이라도 격파할 만큼 강한 것을 보니까, 키즈나가 내가 간 세계의 용사였다면 하는 생각이 든다. 게다가 신뢰할 수 있는 동료들과 함께 지내는 것도 조금 부럽군.

TOPICS 수렵구의 변형 종류

접근전에서는 참치 해체용 회칼, 원거리에서는 낚싯대를 자주 쓴다. 특히 낚싯대는 모습을 감추는 스킬 「전은폐수(全隱蔽狩)」를 쓰거나 로프 대신 사용하는 등 용도가 다채롭다. 활, 슬링샷, 창으로도 변형할 수 있다.

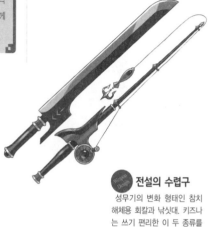

전설의 수렵구

성무기의 변화 형태인 참치 해체용 회칼과 낚싯대. 키즈나는 쓰기 편리한 이 두 종류를 특히 애용한다.

키즈나의 귀여운 식신

키즈나와 글래스가 함께 만든 펭귄 같은 모습의 식신. 대인 공격을 할 수 없는 키즈나의 보디가드 역할을 맡기고자 다양한 마물의 소재를 매개체로 만들어졌다. 헤어진 글래스 일행의 행방을 찾을 때도 능력을 발휘했다.

크리스

라르크베르크와 키즈나와 마찬가지로 이세계의 전설 무기 소지자. 부채를 사용해 공격한다. 자신들이 사는 세계의 수명을 늘리기 위해 사성용사를 죽이려고 나오후미가 있는 세계에 쳐들어왔다. 그러나 친구인 키즈나의 설득으로 나오후미 일행과 공동 전선을 편다. 혼인(魂人)이라 불리는 종족으로,

TOPICS 키즈나와 글래스의 과거

같은 유파의 선배 제자들이 멀리하던 글래스는, 권속기 소유자가 되자마자 일문에서 쫓겨났다. 그렇게 외톨이가 된 글래스는 어느 날 지나가던 키즈나와 의기투합한다. 그 이후, 두 사람은 여행을 함께하는 사이가 되었다.

그럼…… 시작해 볼까요? 파도의 싸움을!

부채를 휘둘러 춤추듯 적을 일소하는 일본풍 미인

글래스

프로필

종족 : 혼인   **직함**: 부채의 권속기 소지자

사용 무기 : 부채

주요 스킬 : 윤무 파형·귀갑 깨기 – 철선을 내밀어 빛의 화살을 쏜다.

윤무 무형·달 포개기 – 부채 둘을 아래로 휘둘러 적에게 다단 베기가 쏟아지는 고화력 공격.

윤무 제0식·역식 설월화 – 철선을 휘둘러 폭풍을 발생시킨다.

생명력과 마력이 통합되어 있다. 그렇기에 레벨과 상관없이 마력을 증폭할 수 있으나 마력을 소비하면 생명력도 감소해 약체화되고 만다. 생명력은 자연적인 회복을 기다릴 수밖에 없었으나 나오후미가 있는 세계의 혼유약을 마시면 회복되고, 일시적이지만 제한 없이 파워 업하는 것도 판명되었다. 진지하고 정의감이 강한 쿨뷰티이지만, 키즈나와 얽히면 평정을 잃는다.

실력이 엄청나서 나오후미를 제외한 다른 세용사는 손가락 한 번 대지 못했다.

쿄의 만행을 막기 위해 마법으로 변장하고 영귀에 잠입한 모습. 서양식 복장에 머리 형태도 바뀌었다.

전설의 부채

권속기는 부채. 참격, 타격 같은 직접 공격은 물론이고 원거리 공격의 발생장치로도 쓸 수 있다.

기모노 차림

일본풍 나라 출신인 글래스는 늘 기모노 차림. 미모와 머리 형태는 마치 일본 인형 같다. 전투에도 방해가 되지 않는 듯하다.

이것 참……. 설마 꼬마가
진짜 방패 용사일 줄은 몰랐는데.

이세계의 낫의 권속기 소지자. 신분
은 젊지만 한 나라를 통치하는 왕. 그
러나 신분의 고귀함을 느끼게 하지 않
고, 누구에게나 털털하고 솔직하게 다
가선다. 어른스러운 귀족 같은 면모
와 함께 때때로 보이는 어린애처럼 순
진한 면모가 사람을 끌리게 해 인망도
높다. 방패 용사인 나오후미를 쓰러프

카르밀라 섬으로 가는 배에서 나오후미와 만나 금방 친해졌다.

신 기 하 게 끌 리 는 털 털 한 매 력 남

라르크베르크 시클

프로필

종족 : 인간 **직함** : 낫의 용사, 왕 **사용 무기** : 낫

주요 스킬 : 비천 대차륜 – 수레바퀴 모양의 에너지 낫을 던지는 원거리 스킬. 테리스의 「휘석·폭뢰
우」와 결합하면 번개를 머금은 합성기 「뇌전대차륜」으로 변화한다.

기겸 · 수폭 – 적의 방어력에 비례해 공격력이 상승한다.

제1형태·바람 쓸기 – 폭풍을 휘감은 횡베기를 날린다.

전설의 낫
무기로 쓰기엔 실용
적이지 못한 낫의 권
속기를 능숙능란하게
사용한다.

방어력에 높을수록 큰 대미지
를 주는 스킬로 방어 특화인 나
오후미를 고전시켰다.

간소한 장비
평소 도저히 왕으로는 보이지
않게 모험자 같은 모습을 하고
있다. 갑갑한 걸 싫어하는 라르
크답다.

나오후미의 평가
Naohumi's Assessment

처음엔 황당한 녀석이라고 생각했
지만 같이 지내면서 처음으로 동료
로 삼고 싶어졌지. 예전에 싸웠을 때
도 즐거웠고, 신기한 매력이 있군.

리기 위해 다른 세계로 건너와 한 번
은 적대했었던 사이. 그러나 나오후
미가 키즈나가 있는 세계로 갔을 때는
키즈나의 설득도 있어 함께 쿄에게 맞
서 싸웠다. 밝히는 면도 있어 온천에
서는 여탕을 엿보러 간 적도 있다.

TOPICS **나오후미가 이세계에서
처음 사귄 친구**

성격이 좋아 첫 대면
에서 나오후미를 '꼬
마' 라고 부른 라르크
베르크. 나오후미는 처
음에 껄끄럽게 여겼지
만, 그 인간성에 친근
함을 느끼고 마침내
형처럼 생각하기 시작했다. 나오후미는 종종
장난을 섞어서 그를 '도련님' 이라고 부른다.

보석이 환희에 가득 차 있어.
이런 걸작을 만들어 주시다니……

키즈나가 있는 이세계의 주민으로 보석이 힘을 얻어 인간이 된 종족인 정인(晶人) 여성. 이마에 박힌 푸른 보석이 특징. 진지하고 예의 바르며 온화한 성격이지만 보석을 너무 사랑한 나머지 보석이 화제가 되면 사람이 바뀐 듯 흥분한다.

보석과 의사소통해서 마법을 발동할

정체를 숨기려고 니오후미가 있는 세계에서는 서클릿으로 이마의 보석을 감췄다.

라르크와의 콤비네이션이 뛰어난 술사

테리스 알렉산드라이트

프로필

종족 : 정인   **직함**: 보석 마법사

사용 무기 : 보석   **마법 적성**: 보석 마법

주요 마법 : 휘석·홍옥염 - 적만을 불사르는 정화의 불길을 쏜다.

휘석·분수 - 대상의 방어력을 낮추는 회피 불능 마법.

휘석·마비우 - 마법의 나비를 대상에게 날려 맴돌게 해 움직임을 봉한다.

수 있다. 전투에서는 강력한 보석 마법을 공수 양면으로 활용하고, 라르크의 곁에서 낮에 번개와 불길 마법을 섞은 합성기도 사용한다. 라르크와는 무엇이든 터놓고 이야기할 수 있고 서로 신뢰하는 관계이지만, 아직 연인 관계에서는 한 발짝 못 미치는 단계인 듯하다.

TOPICS 세공사로서 나오후미를 숭배한다

카르밀라 섬에서 보석 세공을 나오후미에게 의뢰했을 때 그 완성품이 너무 훌륭했기에 나오후미를 명공으로 숭배하게 된 테리스. 그러나 라르크베르크는 나오후미가 만든 팔찌에 매료된 테리스를 씁쓸하게 지켜보고 있다.

모험자 복장

모험자답게 편한 가죽 갑옷을 입었다. 손목에 찬 팔찌와 이마에 있는 서클릿이 특징.

일본풍 복장

원래 세계에서는 일본 전통복 같은 차림이다. 하카마의 무늬가 보석 같은 게 그녀답다.

나오후미의 평가

그냥 조용한 여자라고 생각했는데 별생각 없이 세공한 팔찌에 울 정도로 감동해서 솔직히 곤란했다. 조금 기쁘긴 했지만 말이지, 라르크와는 찰떡 궁합이라 천생연분이지 좋을 대로 하라고!

이 모습이 대화하기 더 편하시겠습니까?

키즈나 파티의 일원으로 배의 권속기 소지자. 평소에는 고대 도서관의 관장을 맡고 있다. 눈이 갸름한 미소년이지만, 그 정체는 덩치가 큰 토끼 마물. 권속기로 용맥을 이용해서 고속으로 이동하거나 점술, 식신 생성 같은 보조 수단으로 키즈나 일행을 돕고 있다. 키즈나가 행방불명이 되

고대 도서관의 주인

에스노바르트

프로필

종족 : 도서토
직함 : 배 권속기의 소지자
사용 무기 : 배 ⠀⠀⠀ **마법 적성** : 지원

◀배의 권속기. 열 명 정도는 타고 이동할 수 있다.

TOPICS 고대 도서관과 도서토

에스노바르트가 관장을 맡은 고대 도서관에는 세계를 파악할 단서가 되는 오래된 서적이 모여 있다. 도서토는 고대 도서관에서 서식할 수 있는 마물로, 에스노바르트는 과거 전설의 도서토에게서 이름을 계승했다.

사서의 로브
두꺼운 로브 차림에 자기 키보다 큰 석장을 들었다. 호화로운 장식에서 현자 같은 분위기가 풍긴다.

진짜 모습
두 발로 선 토끼 마물. 목에 두른 타이가 귀엽다.

었을 때는 수색하면서 크리스를 돌봐
주었다.

실전에서는 활약하지 못하지만 모두
를 지키고 싶다는 마음은 강하고, 비
슷한 처지에서 분투하는 리시아를 존
경하고 있다.

Naohumi's Assessment 나오후미의 평가

이 녀석이 없었다면 라프짱이 태어나
지 못했을 테니까. 그 점에선 감사하고
있어. 자기 스테이터스가 낮다고 편하
게 지내는 녀석이라고 생각했지만, 쿄
의 연구소에서 몸을 날려 적의 주의를
끌어주었지. 의외로 근성이 있는 남자
라고 다시 봤어.

알트레제

싹싹한 상인이자 정보통

뭐든지 거래하는 수완가. 키즈나가
신뢰하는 동료이자 흠 잡을 데 없는
미남. 신용을 사는 방법을 잘 안다.
나오후미의 말로는 '인간으로는 신뢰
할 수 없으나 상인으로는 신뢰할 수
있는 타입'. 현재는 정보를 주된 상품
으로 다루기에 근처 국가들의 사정에
해박하다.

로 미 나

호탕한 대장장이

키즈나와 절친한 정인 종족의 여자
대장장이. 마뜩잖은 손님은 쫓아내는
장인으로, 솜씨는 확실하다. 나오후
미가 다칠 수도 있는 바르바로이 아
머를 만들어서 인체 실험을 겸해 착
용시키는 대담한 면도 있다.

정의는 무슨.
유치하게시리!
약한 네놈들이 악이고
내가 정의, 인거야.

 자신의 연구에 몰두하는 편협한 발명
가. 목적을 위해서라면 타인은 어떻게
되어도 좋다는 자기 멋대로의 철학을
가졌다. 어차피 멸망할 세계니까 상관
없다며 나오후미 일행의 세계에 숨어
들어 수호인 영귀를 조종해 폭주시
켰다.

 주로 병기 발명을 하며, 가지고 돌아

 **영귀를 이용한
마지막 계략**

 여러 기술을 연구하던 쿄는 자신이 죽을 때
를 대비해서 영귀가 모은 결계 생성용 에너지
를 써서 자신의 클론을 만들고 있었다. 그러
나 마지막 싸움에서 혼 상태로 라프타리아에
게 격파당해, 클론에 혼을 옮길 수 없었다.

자 기 밖 에 모 르 는 매 드 사 이 언 티 스 트

쿄 에스니나

프로필

종족 : 인간   **직함**: 책의 권속기 소지자

사용 무기 : 책

주요 스킬 : 라이브러리아 - 대상을 공간 속에 가두는 공격을 퍼붓는다.

　　　　　제8장·천벌 - 대상을 추적하는 번개를 발사한다.

　　　　　금단의 서·묵시록 - 깃털이 춤추며 방어와 공격을 동시에 한다.

온 영귀의 에너지를 이용해 수인과 자폭 병기를 개발. 그것들을 요모기 일행이 가지고 가도록 이끌었다. 계략을 거듭하는 것치고는 생각이 얕고 마음대로 되지 않으면 이성이 끊어지는 타입. 적에게 몰리자 재앙의 파도를 일으켰다. 권속기에도 미움 받고 있었지만 어떤 힘을 사용해 강제로 따르게 하고 있었던 듯하다.

영귀의 에너지를 써서 재앙의 파도를 일으켰다.

스팀펑크 복장

Character Design

쿄가 있던 나라는 스팀펑크 세계관을 재현한 나라인 듯. 발명가인 쿄에게 잘 어울린다.

책의 권속기

Nielsen Design

키즈나가 있는 세계에 전해지는 권속기로, 페이지에 수록된 스킬을 발동할 수 있다. 스킬은 마법 같은 효과가 많고 의외로 공격적.

Naohumi's Assessment

나오후미의 평가

이놈도 그렇고 쓰레기 2호도 그렇고 세 용사도 그렇고. 이기적이고 힘과 권력에 집착하고 똑똑한 척하는 녀석밖에 없단 말이지…… 정말 마음에 안 들어.

자, 내가 너희에게
천벌을 내리겠다!
덤벼라!

쿄의 동료로 소꿉친구이기도 한 여성. 정의감이 강하고 결심하면 일직선으로 내달리는 저돌 맹진형. 과거에 쿄가 구해 준 이후 연모하게 되어 그를 다치게 한 나오후미 일행을 악인이라 믿으며 천벌을 내리러 왔다.

패배해 포박된 후 나오후미 일행에게 쿄의 악행을 듣고 자신의 눈으로 확인하려 한다. 결과적으로 쿄의 본성과 자신이 따돌림당하고 있었음을 알고 습격의 죄를 씻고자 쿄 토벌에 힘을 빌려준다.

마음먹으면 일직선, 이세계의 폭주 소녀

요모기 에마르

프로필

종족 : 인간   **직함** : 검사

사용 무기 : 도검

주요 스킬 : 뇌명검…번개를 머금은 빛의 칼로 공격한다.
　　　　　　용점투기…잔상을 남긴 검의 궤적에 맞춰 벤다.

여검사

요모기의 나라는 쿄를 중심으로 기술 혁신이 일어났으나, 본래는 근대 직전의 일본 같은 분위기였기에, 그 시대의 무사 같은 차림이다.

 ### 쿄가 직접 만든 무기

쿄가 영귀에서 채취한 에너지를 사용해 만든 무기. 소지자의 마력 등을 흡수해 경이적인 힘을 주지만 얼마간 사용하면 폭주해서 폭발한다. 요모기는 허락받지 않고 챙겨 온 듯하지만, 쿄의 계략이었을 가능성이 크다.

츠 구 미

▶**쓰레기 2호의 동료 1**
수호수 주작과 합성된 동료.
주작의 스킬을 쓴다.

◀**쓰레기 2호의 동료 2**
수호수 현무와 합성되어
반인반수가 되고 말았다.

복수심을 이용당한 비운의 여성

쓰레기 2호의 동료이자 소꿉친구.
쓰레기 2호가 죽은 후 쿄에게 복수심
을 이용당해 적국의 선봉에서 라르크
의 성을 습격했다. 쿄에게 수인으로
개조되고 요모기의 것과 같은 무기
를 받아 자폭하기 직전에 나오후미가
구했다. 쓰레기 2호의 행동엔 질렸지
만, 그래도 좋아하고 있었다.

● **중일 혼합**
중국+일본을 섞은 분위
기. 쿄에게 백호로 합성되
어 수인으로 변신한다.

쓰레기 2호

천재 술사로 불리던 쓰레기 2호는
도의 권속기 선정에 도전하나 실패
한다. 그리고 권속기에게 선택받은
라프타리아를 도둑으로 몰아 자신
의 여자들과 함께 추적해 죽이고 빼
앗으려 했다. 나오후미 일행에게 패
배해 죽은 뒤에는 쿄에게 시체를 이
용당했다.

알버트

키즈나가 있는 이세계의 권속기인
거울의 용사. 쿄에 의해 혼이 절반
넘게 결여된 상태에서 권속기와 연
결되어 조종당하고 있었다.

『창 용사의 새출발』 시리즈

우여곡절 끝에 필로리알 말고는 사랑할 수 없는 안타까운 남자가 된 창의 용사 키타무라 모토야스. 싸움에서 중상을 입고 죽는가 생각했던 그가 눈을 뜨자, 그곳은 처음에 소환되었을 때와 완전히 같은 상황&지금까지 성장한 능력치 그대로…… 그렇다. 놀랍게도 전설의 창에는 '시간 역행'의 힘이 있었던 것이다!

그리하여 모토야스는 다시 용사로서 싸울 것을 결의한다. 사랑하는 필로가 환하게 웃는 얼굴을 보기 위하여——.

『방패 용사 성공담』의 외전인 공식 스핀오프 소설. 다시 시작하는 창 용사의 이세계 모험담에 주목하라!!

『창 용사의 새출발』 1~2권
글:아네코 유사기 / 그림:미나미 세이라

→ 크게 다치고 사경을 헤매던 '창의 용사' 키타무라 모토야스가 정신을 차린 곳은 처음으로 소환된 때와 장소였다?!

→ 독자들의 이해를 돕기 위한 작중 해설도 충실하다.

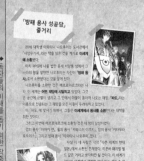

『방패 용사 성공담』 줄거리

20세 대학생 이와타니 나오후미가 도서관에서 '사성무기서'라는 책을 읽은 것을 계기로 이세계에 소환된다.

마치 RPG의 내용 같은 중세 서양풍 생활속의 그 나라의 왕을 알현한 나오후미는 자신이 '방패 용사'로서 소환되었다는 것을 알게 된다.

나오후미를 소환한 것은 메르로마르크라는 나라. 이 세계는 어떤 때문에 위협받고 있었다. 그것은 이 세계에 규칙적으로 생기는 다른 차원에 존재가 쏟아져 나오는 재앙 '파도'라는 이름으로 불렸으며 그 재앙을 없애기 위해 용사들이 소환된 것이었다. 이 '파도'로 맞서기 위하여, 그동안 이세계에서 용사를 소환했던 대전을 치른 것이다.

그리고 이와에 메르로마르크로 소환된 것은 네 명의 청소년이었다. 검의 용사 '아마키 렌', 활의 용사 '카와스미 이츠키', 창의 용사 '키타무라 모토야스', 그리고 방패 용사 '이와타니 나오후미'였다.

사실 이 네 사람은 각각 '다른 세계의 현대 일본'에서 소환된 존재였다. 이른바 패러렐 월드 같은 거라고 생각하면 될 것이다. 이 세계가 다가오는 세계대로 전반 부분은 게임 속 세계라며 유사하다기에, 용사들은 빨리 본격적인 공동 전선을 만들어 이세계를 생각하면서 협력을 결의한다.

이렇게 해서 그들은 메르로마르크 정보에서 구해낼 동료를 얻고, 세계를 구하기 시작한 듯한?

World Guide

월드 가이드

방패 용사가 활약하는 무대는 수수께끼와 신비로 가득한 이세계

이 챕터에서는 『방패 용사 성공담』의 세계관을 종합적으로 해설해 본다. 이 책에서 다루는 단행본 9권까지의 범위에서는 아직 알려지지 않은 부분도 많으나, 나오후미가 소환된 이세계가 어떤 곳인지 이해하는 데 도움이 되었으면 한다.

세계의 개요

본작의 무대는 쉽게 말해 판타지 RPG 같은 세계라 할 수 있다. 나오후미가 소환된 메르로마르크는 중세 유럽에 있었던 듯한 왕후귀족이 지배하는 봉건 국가로, 문명 레벨도 이와 비슷하다.

한편 불덩이를 날리거나 상처를 순식간에 치료하는 「마법」이 존재하며, 싸움은 물론 일상생활에서도 폭넓게 이용되고 있다. 야산에는 무서운 마물이 날뛰고 그 토벌을 생업으로 하는 모험자라는 직업도 있는 환상적인 세계이기도 하다.

그리고 인간을 시작으로 하는 각종 생물의 능력 및 상태는 「스테이터스」는 경험치(EXP)나 레벨(Lv), 생명력(HP) 등의 각종 수치로 나타나며, 다양한 스킬 개념도 존재한다.

무엇보다 특징적인 것은 일정 시기마다 발생해 이세계의 마물이 대거 쳐들어오는 「재앙의 파도」라 불리는 재해와 이에 대

▲이 세계에서는 누구나 쓸 수 있는 마법의 일종인 「스테이터스 마법」, 게임 같은 화면으로 자신의 레벨과 스테이터스를 볼 수 있다.

메르로마르크 국내 지도

1~9권 수록 범위 내에서 판명된 메르로마르크의 지리. 메르로마르크가 있는 대륙의 정확한 크기는 물론이고 메르로마르크가 어디쯤에 있는지도 명확하지 않다. 이야기의 전반에서는 남쪽에 바다가 있고, 나머지 세 방향에는 국경을 넘어 다양한 외국이 존재한다는 사실이 밝혀진 정도다.

처하기 위해 다른 세계에서 소환되는 네 용사가 격돌한다는 점이리라. 네 용사는 제각기 방패, 검, 창, 활, 이렇게 네 개의 무구를 가지고 파도에 맞선다. 무한대로 성장할 수 있는 강력한 무구지만, 용사로 소환된 이세계인만이 사용할 수 있다고 한다. 이 세계의 법칙은 게임 같은 시스템인 셈이다.

그러나 이 세계의 모든 것이 밝혀진 것은 아니다. 문화와 풍속, 사회 정세, 지리 등은 물론 파도와 성무기에도 수수께끼가 많다. 그래서 나오후미는 스스로 각지를 돌아다니고 파도에 대처해 나가면서 세계의 지식을 구했다.

이세계의 언어

이 세계에서 언어는 본래 있던 세계와 다르지만, 나오후미 일행은 전설 무기에 붙은 번역 기능 덕분에 언어를 이해할 수 있다. 그러나 이 혜택은 회화 한정으로, 문자는 배우지 않으면 읽을 수 없다.

여담으로 과거의 용사들이 사용했을 것으로 생각되는 일본어가 「용사 문자」로 각지에 비문 등의 형태로 남아 있다.

파도와 이세계

●재앙의 파도

「재앙의 파도」는 공간에 발생한 차원의 균열에서 강력한 마물들이 대량으로 쏟아져 나와 세계를 침공하는 현상이다. 메르로마르크만이 아니라 전 세계의 다양한 장소에 발생하여 세계를 위기로 몰아넣고 있다. 발생 시각은 각지에 존재하는 「용각의 모래시계」로 알 수 있으며, 정확한 장소는 발생할 때까지 알 수 없다. 발생 시각이 되면 용각의 모래시계에 등록된 용사들이 파도가 발생한 현장으로 순식간에 전송된다.

파도는 아주 먼 옛날부터 일정 주기로 발생했던 듯하며, 한 번 발생하면 용사에게 수습되기까지 규칙적으로 이어진다고 한다. 그 이름처럼 파도가 덮치듯 계속해서 피해를 주어 세계를 멸망시킨다고 전해지고 있다.

파도에는 수수께끼가 많지만, 나오후미는 이세계의 용사인 글래스와 라르크베르크 일행을 만나고 그들의 세계로 건너가 파도란 여러 곳이 존재하는 이세계끼리의 융합 현상이라는 사실을 알았다. 파도의 마물이 나오는 차원의 균열도 세계 융합의 힘으로 시공이 일그러지면서 생기는 것이었다.

그리고 이것은 각 세계의 생존 경쟁이기도 했다. 아득한 이전부터 세계는 융합을 반복하고 있어, 키즈나 일행의 세계는 앞

▲용각의 모래시계는 파도의 발생 시각을 알리는 용도 말고도 용사가 아닌 자의 레벨 상한(레벨 40, 100)을 돌파하는 「클래스업」 의식을 행하는 곳이다.

▼갈라진 공간에서 이세계의 마물과 적이 대량으로 나온다.

※만화판 2권에서

으로 또 세계가 융합하는 일이 생기면 세계 자체가 멸망해 버린다고 전해지고 있었다. 그리고 그 멸망을 회피하는 방법은 파도가 발생한 동안에 다른 세계의 사성무기 소지자를 죽이는 것. 이렇게 함으로써, 상대의 세계가 멸망하고 자신들의 세계가 존속된다고 한다. 그래서 자신들의 세계를 지키려고 각오한 글래스, 라르크베르크, 테리스가 마지못해 나오후미 일행을 공격한 이유였다.

▲평행세계 또는 이론물리학에서 말하는 멀티버스 이론에 가까운 이미지다.

●이세계에 넘어갔을 때의 법칙

레벨과 아이템의 효과 등은 각 세계마다 정해진 틀이 있다. 다른 세계에 갔을 경우 그 세계의 설정과 스테이터스, 레벨이 적용되고 아이템과 마물도 변질과 변환이 일어난다. 나오후미가 키즈나가 있는 세계에 건너갔을 때도 레벨을 1부터 다시 올릴 필요가 있었고, 일부 무기와 방어구는 쓸 수 없었다. 또한 필로는 허밍 페어리라는 해당 세계의 새 모습 마물로 변화했다. 아이템도 마찬가지로, 예를 들어 나오후미가 있던 이세계의 포션 아이템 「마력수」는 그 이름대로 마력을 회복하는 효과를 갖지만, 키즈나 쪽 세계의 용사에게는 경험치를 올리는

▲키즈나가 있는 세계로 이동한 나오후미 일행은 레벨과 스테이터스 변화로 혼란에 빠진다.

효과를 갖는 등 본래와 다른 효과가 생겼다.

그러나 파도가 발생해 세계가 연결된 상황에선 본래 세계와 넘어간 세계의 정보가 반영되면서 레벨이 두 세계의 합산치가 되었다.

참고로 나오후미는 특별히 키즈나가 있는 세계에 넘어간 사례로, 성무기의 용사가 다른 이세계에 건너가는 것은 원칙적으로 안 된다. 글래스처럼 세계 이동에 제한이 없는 권속기의 용사가 이세계 침공의 주력이 되는 것은 이러한 이유가 있기 때문이다.

서로 다른 일본

메르로마르크에 소환된 사성무기의 용사, 또한 다른 이세계의 용사인 키즈나도 일본 출신이었다. 이것이 우연인지 뭔가 이유가 있는지는 불명이지만, 놀랍게도 그 일본은 각각 다른 세계에 존재하는 다른 일본이었던 것이다. 언어와 문화 등의 기본적 요소는 공통되어 있지만 어떤 일본도 기술 레벨과 역사가 달랐다.

그리고 나오후미 이외의 모두의 공통점은 원래 세계에서 소환된 이세계와 닮은 세계관, 줄거리의 게임을 하고 있었다는 것. 어째서인지 나오후미만은 판타지 소설 『사성무기서』를 읽었지만……. 렌, 모토야스, 이츠키는 무기의 강화 방법과 등장하는 마물이 게임과 닮았기에 플레이 경험과 공략 정보를 참고해 행동했다. 그러나 똑같아 보여도 실제로는 이것저것 달랐기에 두 번째 파도부터 벌써 배경 지식과의 차이점 때문에 지장이 생기기 시작했다.

나오후미 이외의 용사들이 플레이한 게임

모토야스:「에메랄드 온라인」
PC 및 가정용 게임기용 RPG.

이츠키:「디멘션 웨이브」
콘솔 독점 게임.

렌:「브레이브 스타 온라인」
뇌파를 인식해 플레이하는 VRMMO.

키즈나:「디멘션 웨이브」
오락 시설의 전용 포드를 쓰는 몰입형 VRMMO.

전설의 무기와 용사

●성무기와 성무기의 용사

방패, 검, 창, 활……. 세계를 지키는 네 가지 전설 무기는 「사성무기」라 불리며, 이를 쓰는 네 사람은 「성무기의 용사」, 「사성용사」 등으로 불린다. 성무기의 용사는 이세계에서 소환된 자만이 될 수 있다. 세계가 파도의 위협을 받았을 때만 소환이 가능한, 실로 파도에 대항하기 위한 비장의 카드다.

그러나 소환 당시에는 레벨 1. 즉 스테이터스는 최저치이므로 무기를 강화하고 스스로 경험을 쌓아 강해질 필요가 있다. 특히 중요한 것이 무기의 강화이다. 전설 무기의 용사는 방패의 용사라면 방패, 검의 용사라면 검이라는 식으로 비슷한 무기밖에 다룰 수 없으나, 소재를 흡수해 새로운 무기를 만들고 언제라도 형태를 바꿔 사용할 수 있다. 소재가 되는 대상은 마물의 고기나 뼈 같은 부위에서 잡초 하나에 이르기까지 세계에 존재하는 온갖

것들이 해당된다. 덧붙여서 시판되는 무기류가 자신에게 맞는 것이라면 손에 들기만 해도 사용할 수 있는 「웨폰 카피」 기능도 있다.

새로운 무기를 구하면 다양한 스킬 획득 및 능력치 업 등의 보너스가 생겨 스테이터스로 누적된다. 또한 그 무기를 장비할 때만 쓸 수 있는 「전용 효과」가 딸린 것도 있다. 그러나 무기에 따라서는 필요 레벨 등의 조건이 있기에 용사 자신의 성장도 중요하다.

또한 성무기는 그 외에도 드롭 아이템 생성(마물을 쓰러뜨렸을 때 자동으로 만들어 무기 안에 수납), 아이템의 조합·작성(필요 소재와 레시피, 대응하는 무기를 사용) 등 편리한 기능을 갖고 있다.

【용사의 권능과 제약(일부)】

[스킬]
다양한 기술·능력을 용사 전용 능력치 「SP(키즈나가 있는 세계에서는 혼력)」를 소비해 사용할 수 있다.

[파티 등록]
원하는 자를 파티 멤버로 등록하고 편성한다. 파티 멤버에게는 마물을 잡아서 얻은 경험치가 분배되며, 파도가 일어났을 때는 용사와 함께 이동할 수 있다.

[무제한 레벨]
일반인에게 있는 레벨 상한이 없고 클래스업도 필요 없다. 이론적으로는 무한정 강해질 수 있다.

[경험치 획득 제한]
성무기의 용사끼리 일정 거리(반경 1km 전후) 이내에 있으면 경험치가 들어오지 않는다.

[사용 제한]
자신의 주무기 외 다른 무기는 사용 불가(전투용이 아닌 요리용 식칼 등은 가능). 버릴 수도 없고 용사의 몸에서 떼어 놓을 수 없다(휴대나 은폐를 위해 작게 만드는 등의 형태 변화는 가능).

※만화판 9권에서

▲해방한 무기는 스테이터스 마법 화면에서 스킬 트리로 확인할 수 있다.

●성무기의 강화 방법

사성무기에는 여러 가지 강화 방법이 있다. 하지만 제각기 비슷한 부분이 있으면서도 시스템이 달라서, 용사들의 협력을 방해하는 원인이 되기도 했다. 모든 것이 밝혀진 것은 아니지만, 그것들을 해명해 구사함으로써 용사는 얼마든지 강해질 수 있다.

다양한 방패가 가진 스테이터스 보정과 스킬 외, 다른 세 가지 전설 무기의 강화 방법을 믿고 실행해야 적용된다.

같은 무기를 계속 사용하면 위력이 상승하는 「숙련도」, 숙련도를 변환한 에너지로 숨겨진 힘을 해방하는 「에너지 부여」와 강화하는 「희소성 증가」 등.

특수한 광석으로 창을 강화하는 「제련」, 마물의 혼 파편을 무기에 흡수시켜 다양한 효과를 부여하는 「인챈트」 등.

특정 광석을 장착해 위력을 높이는 「강화」와 무기에 흡수시킨 아이템을 에너지로 써서 각종 보정치를 높이는 「아이템 인챈트」, 특정한 마물과 아이템의 힘을 부여해 스테이터스를 올리는 「직업 레벨」 등.

●권속기와 권속기의 용사

이야기 초에는 용사란 사성무기의 용사만을 가리키는 것으로 보였으나 사실은 사성무기 외에도 「권속기」라 불리는 전설의 무기가 일곱 개, 그에 대응하는 「권속기의 용사」 일곱 명이 존재하고 있었다. 나오후미 일행의 세계에서는 「칠성용사」라고 불리며, 이 용사들도 파도에 대항할 수 있고 심지어 소환되지 않은 자라도 될 수 있다고 한다. 권속기는 성무기에 준하는 강력한 무구이며, 권속기의 용사는 성무기의 용사를 보좌하는 존재인 듯하다.

이것은 키즈나 쪽 세계에서도 마찬가지. 그러나 어째서인지 권속기의 용사는 어느 세계에서도 행방불명이거나 용사끼리 싸우거나 하는 등 제대로 활동하지 않는 듯한데……

나오후미가 있는 이세계

성무기 — 방패 / 검 / 창 / 활 → 나오후미, 렌

권속기 — 건틀릿 / 지팡이 / 투척구 / 채찍 / 망치 / 손톱 / 도끼 → 모토야스, 이츠키

키즈나가 있는 이세계

성무기 — 수렵구 / 부적 / 구슬 / 둔기 → 키즈나, 라프타리아

권속기 — 도 / 부채 / 낫 / 배 / 거울 / 악기 / 책 / 작살 → 글래스, 알버트, 라르크, 에스노바르트

세계를 지키는 자들

사성무기 용사와 권속기 용사 외에도 이 세계에는 방위 시스템으로서 영귀와 봉황 같은 수호수가 봉인되어 있다. 그러나 수호수는 인류를 지키는 것이 아니라 세계를 존속하기 위해 존재하는 것으로, 용사가 파도에 대응하지 못할 경우 최후의 대항 수단으로서 인간과 마물의 생명을 에너지원으로 기능하는 병기이다.

용사이든 수호수이든 세계의 방위 시스템으로 준비된 것이지만, 나오후미의 세계에는 이와는 별도로 과거의 용사에게 세계의 수호를 부탁받은 피트리아가 용사의 손이 닿지 않는 곳에서 발생한 파도에 대처하고 있다.

방패의 힘

나오후미의 방패는 다양한 소재를 흡수해 스킬과 장비 보너스 등을 획득할 수 있는 우수한 것이다. 약 조합과 액세서리 가공 등 전투 외에도 도움이 되는 경우가 많고, 소재가 아니라 나오후미의 강한 분노에 의해 발현된 「분노의 방패」를 시작으로 하는 커스 시리즈 등 특수한 방패도 존재. 실로 심오하다. 여기에서는 특히 사용 빈도와 중요도가 높은 방패, 스킬을 소개한다.

에어스트 실드

※만화판 2권에서

「로프 실드」에 부속된 스킬. 원하는 장소에 에너지로 형성된 방패를 하나 출현시킨다. 사정 범위는 5미터 정도. 효과 시간은 15초. 방어 말고 공중에서 발판으로 삼거나 적의 움직임을 방해하는 등 응용의 폭이 넓다. 「소울 이터 실드」 부속 스킬인 「세컨드 실드」로 두 장째 방패를, 「고래 실드」 부속 스킬인 「드리트 실드」로 세 장째 방패를 출현시킬 수 있게 된다.

실드 프리즌

「파이프 실드」 부속 스킬. 방패로 사방을 뒤덮은 우리를 출현시켜 대상을 가두어 포박한다. 방어에도 쓸 수 있다.

체인지 실드

「키메라 바이퍼 실드」 부속 스킬. 스킬로 출현시킨 방패를 순식간에 다른 방패로 변화시킨다. 주로 반격을 노리고 카운터 효과가 있는 방패로 바꾸는 경우가 많다.

아이언 메이든

「분노의 방패(→라스 실드)」 부속 스킬. 콤비네이션 스킬이기에 실드 프리즌→체인지 실드→아이언 메이든 순서로 발동한다. 내부가 강철 가시투성이인 거대한 방패 우리에 적을 가두는 흉악한 스킬.

블러드 새크리파이스

「라스 실드Ⅲ」 부속 스킬. 거대한 덫을 소환해 대상을 물어 으깬다. 대가로 격한 아픔과 장기간의 스테이터스 저하 저주를 받는다.

유성방패

「운철 방패」 부속 스킬. 반경 2미터짜리 구형 방어 결계를 펼친다. 적과 공격은 통과하지 못하나 아군은 지나갈 수 있는 편리한 스킬.

포털 실드

「용각의 모래 방패」 부속 스킬. 간 적 있는 장소를 세 곳까지 등록해 전이할 수 있다. 스킬 강화로 등록 장소와 이동 인원 수가 늘어난다.

방패 용사 · 실드 리스트
Shield List

명칭	소재 · 입수 방법	장비 보너스 · 전용 효과 등
1권		
스몰 실드	—	—
오렌지 스몰 실드	오렌지 벌룬	방어력 2
옐로 스몰 실드	옐로 벌룬	방어력 2
리프 실드	약초(알에로)	채취 기능 1
피쉬 실드	물고기	낚시 기능 1
레드 스몰 실드	레드 벌룬	방어력 4
머쉬 실드	루머쉬	식물 감정 1
블루 머쉬 실드	블루 머쉬	간이 조합 레시피 1
그린 머쉬 실드	그린 머쉬	견습 조합
쁘티 메디슨 실드	조잡한 조합약	약 효과 상승
쁘티 포이즌 실드	조잡한 조합약	독 내성(소)
에그 실드	에그그 껍질	조리 1
블루 에그 실드	블루 에그그 껍질	감식 1
스카이 에그 실드	스카이 에그그 껍질	초급 조합 레시피
칼로리 실드	영양제 · 치료약	스태미나 상승(소)
에너지 실드	영양제 · 치료약	SP 증가(소)
에네르기 실드	영양제 · 치료약	스태미나 감소 내성(소)
우사레더 실드	우사피르의 가죽	민첩 3

※만화판 1권에서
리프 실드

※만화판 2권에서
파이프 실드

※만화판 2권에서
라이트메탈 실드

명칭	소재 · 입수 방법	장비 보너스 · 전용 효과 등
우사미트 실드	우사피르의 고기	해체 기능 1
숫돌 방패	숫돌	광석 감정 1, 자동연마(8시간) 소비 대
곡괭이 방패	곡괭이	채굴 기능 1
로프 실드	로프	스킬 『에어스트 실드』, 로프 사출
쌍두흑견 방패	쌍두흑견	스킬 『얼럿 실드』, 도그 바이트
라이트메탈 실드	라이트메탈	방어력 1, 마법 방어력 향상
피큐피큐 실드	피큐피큐	초급 무기 수리 기능 1
우드 실드	목재	벌목 기능 1
버터플라이 실드	버터플라이(나비 마물)	마비 내성(소)
파이프 실드	쇠 파이프	스킬 『실드 프리즌』
애니멀 니들 실드	야마아라	공격력 1, 가시 방패(소)

2권		
노예사 방패	노예문의 잉크	노예 성장 보정(소)
노예사 방패 II	노예문의 잉크	노예 스테이터스 보정(소)
노예사 방패 III	라프타리아의 피	노예 성장 보정(중)
사발 방패	제약 도구	신규 조합
비커 방패	제약 도구	액체 조합 보너스
약연 방패	제약 도구	채취 기능 2
차원의 메뚜기 방패	차원의 메뚜기	방어력 6
차원의 하급 벌 방패	차원의 하급 벌	민첩 6
차원의 시식귀 방패	차원의 시식귀	소지물 부패 방지(소)
비 니들 실드	차원의 하급 벌의 침	공격력 1, 바늘 방패(소), 벌의 독(마비)
키메라 미트 실드	키메라	요리 품질 향상
키메라 본 실드	키메라	어둠 내성(중)
키메라 레더 실드	키메라	방어력 10
키메라 바이퍼 실드	키메라	스킬 『체인지 실드』, 해독 조합 향상 독 내성(중), 뱀의 독니, 후크
마물사 방패	필로의 알 껍질	마물 성장 보정(소)
마물 알 방패	필로의 알 껍질	요리 기능 2
마물사 방패 II	필로(병아리)의 깃털	마물 스테이터스 보정(소)
마물사 방패 III	필로(성체)의 깃털	성장 보정(중)
화이트 우사피르 실드	화이트 우사피르	방어력 2
다크 야마아라 실드	다크 야마아라	민첩 2
우사피르 본 실드	우사피르의 뼈	스태미나 상승(소)
야마아라 본 실드	야마아라의 뼈	SP 상승(소)
보이스갱어(박쥐형) 실드	보이스갱어(박쥐형)	음파 내성(소), 메가폰

명칭	소재 · 입수 방법	장비 보너스 · 전용 효과 등
보이스갱어(쥐형)	보이스갱어(쥐형)	시야 방해 내성(소)/메가폰
누에 방패	누에	방어력 3, 번개 내성, 야공성, 번개 방패(극소)
수정 광석 방패	수정 광석	세공 기능 1
북 실드	약의 중급 레시피 책	마력 상승(소)
트렌트 실드	트렌트	식물 감정 2
블루 트렌트 실드	블루 트렌트	중급 조합 레시피 1
블랙 트렌트 실드	블랙 트렌트	아마추어 조합
안티 포이즌 실드	해독제	독 내성(중)→방어력 5
글리포세이트 실드	제초제	식물계로부터의 공격 5% 감소
메디슨 실드	힐 연고	약 효과 범위 확대(소)
플랜트 파이어 실드	파치파치 풀로 만든 화약	불 내성(소)
킬러 인섹트 실드α	살충제	곤충계로부터의 공격 3% 감소
철광석 방패	철광석	제련 기능 2
동광석 방패	동광석	제련 기능 1
은광석 방패	은광석	악마계로부터의 공격 2% 감소
연광석 방패	연광석	방어력 1
바이오 플랜트 실드	바이오 플랜트	식물 개조, 후크
플랜트리웨 실드	플랜트리웨	중급 조합 레시피 2
만드라고라 실드	만드라고라	식물 해석
포이즌 트리 실드	포이즌 트리	독 내성→스테이터스 업
포이즌 프로그 실드	포이즌 프로그	독 내성→스테이터스 업
포이즌 비 실드	포이즌 비	독 내성→스테이터스 업
포이즌 플라이 실드	포이즌 플라이	독 내성→스테이터스 업
비 니들 실드 Ⅱ	포이즌 비의 침	공격력 1, 가시 방패(소), 벌의 독(독)
분노의 방패	분노의 감정	스킬 『체인지 실드(공)』
		스킬 『아이언 메이든』
		셀프 커스 버닝, 완력 향상

보이스갱어 실드(박쥐형)

북 실드

분노의 방패

명칭	소재 · 입수 방법	장비 보너스 · 전용 효과 등
3권		
크림 앨리게이터 실드	크림 앨리게이터	야간 전투 기능 1. 밤눈이 좋아진다
분노의 방패 Ⅱ	부룡의 핵석	스킬 『체인지 실드(공)』, 스킬 『아이언 메이든』, 셀프 키스 버닝, 완력 향상, 용의 분노, 포효, 권속의 폭주
섀도 실드	고블린 어설트 섀도 /리저드맨 섀도	어둠 내성(소)
소울 이터 실드	차원의 소울 이터	스킬 『세컨드 실드』, 혼 내성(중), 정신 공격 내성(중), SP 상승, SP회복(미약), 소울 이트
4권		
필로리알 시리즈	피트리아의 바보털 (장식깃)	필로리알의 기초 능력 향상, 능력 보정, 성장 보정(대중소), 스테이터스 보정(대중소), 기승 시 능력 향상(대중소) 등
라스 실드 Ⅲ	부룡의 핵석에 남은 기억 (렌에게 죽은 용의 분노)	스킬 『체인지 실드(공)』 스킬 『아이언 메이든』 스킬 『블러드 새크리파이스』 다크 커스 버닝, 완력 향상, 용의 분노, 포효 권속의 폭주, 마력 공유, 분노의 옷(중)
5권		
키메라 바이퍼 실드(각성)	스테이터스 마법에서 강화	스킬 『체인지 실드』, 해독 능력 향상 독 내성(중), 뱀의 독니(대), 롱 후크
각종 아이언 실드	상점 물품을 카피	방어력 3
라운드 실드	상점 물품을 카피	방어력 4
버클러	상점 물품을 카피	민첩 2
나이트 실드	상점 물품을 카피	체력 3
동 방패	상점 물품을 카피	방어력 1
청동 방패	상점 물품을 카피	방어력 2
강철 방패	상점 물품을 카피	방어력 3
은 방패	상점 물품을 카피	마법 방어 3
가죽 방패	상점 물품을 카피	체력 2/민첩 1
마법은 방패	상점 물품을 카피	마법 방어 3
헤비 실드	상점 물품을 카피	완력 4
철갑 방패	상점 물품을 카피	방어력 3
마력 방패	상점 물품을 카피	마력 4

명칭	소재 · 입수 방법	장비 보너스 · 전용 효과 등
운철 방패	상점 물품을 카피	스킬 『유성 방패』
블루 샤크 실드	블루 샤크	수영 기능 1
샤크 바이트 실드	블루 샤크의 이빨	선상 전투 기능 1, 상어 이빨
카르마 독 파밀리아 실드	카르마 독 파밀리아	후각 향상(소), 이누루트 스테이터스 보정(소)
카르마 래빗 파밀리아 실드	카르마 래빗 파밀리아	탐지 범위(소), 우사우나 스테이터스 보정(소)
카르마 팽 실드	카르마 팽	잠수 기능 2, 낚시 기능 3 페를 스테이터스 보정(중)
카르마 팽 파밀리아 실드	카르마 팽 파밀리아	잠수 기능 1, 낚시 기능 2 페를 스테이터스 보정(소)
용각의 모래 방패	용각의 모래	스킬 『포털 실드』
소울 이터 실드(각성) +6 35/35 SR	스테이터스 마법에서 강화	스킬 『세컨드 실드』, 혼 내성(중), 정신 공격 내성(중), SP 상승, 소울 이트, SP회복(약), 드레인 무효, 벽 관통, 언데드 컨트롤
라스 실드 Ⅲ(각성) +7 50/50 SR	스테이터스 마법에서 강화	스킬 『체인지 실드(공)』, 스킬 『아이언 메이든』, 스킬 『블러드 새크리파이스』, 다크 키스 버닝, 완력 향상, 격룡의 증오, 포효, 권속의 폭주, 마력 공유, 분노의 옷(중)

6권		
고래 방패	차원의 고래	스킬 『드리프트 실드』
고래 마법핵 방패	차원의 고래	스킬 『버블 실드』, 선상 전투 기능 2
고래 뿔 방패	차원의 고래	수중 전투 기능 3
에텔 실드	마력수	마력 회복(강)
스피릿 실드	혼유약	SP 회복(강)
오라 실드	명력수	체력 3
──의 사역마(박쥐형) 방패	영귀의 사역마(박쥐형)	민첩 3
고래 마법핵 방패(각성)+6 45/45 SR	스테이터스 마법에서 강화	스킬 『버블 실드』, 선상 전투 기능 2, 물 속성, 열선방패(중), 마법 보조, 마력 회복(소), 잠수 시간 연장

7권		
영귀의 마음 방패(각성) 80/80 AT	오스트의 의지	용맥법의 가호, 그래비티 필드』, C소울 리커버리, C매직 스내치, C그래비티 샷, 생명력 향상, 마법방어(대), 번개 내성, SP드레인 무효, 마법 보조, 스펠 서포트, 특수 전용 효과 『에너지 블러스트 100%』

명칭	소재 · 입수 방법	장비 보너스 · 전용 효과 등
8권		
초보자용 소형 방패	———	방어력 3
초보자용 하얀 소형 방패	화이트 답볼	방어력 2
식신 방패	식신 소환	식신 사역, 식신 강화
누에 방패(각성) 0/35 C	스테이터스 마법에서 강화	방어력 3, 번개 내성, 야공성, 번개 방패(중)
9권		
백호 클론 방패(각성)	복제 백호	스킬 『체인 실드』, 민첩 상승(중) 충격 흡수(약), 받아 넘기기(약)』
마상 방패 C	차원의 기리메카라	기승 능력 보정(강)→방어력 30 기승 시 어둠 내성 향상, 인력거 기능 향상 4 업었을 때 능력 상승(중), 마상의 상아(회심)
백호 가죽 방패	백호	기척 감지(중), 민첩성 상승(강), 충격 흡수(중), 받아 넘기기(중), 원호 무효, 풍압 발생
백호 어금니 방패	백호	SP 30, 민첩성 상승(강), 받아 넘기기(중) 원호 무효, 풍압 발생, 백호의 어금니
백호 뼈 방패	백호	방어력 20, 참격 내성(중), 민첩 상승(소), 충격 흡수(소), 원호 무효, 풍압 발생
마룡 방패	검은 비늘과 뼈, 핵석	스킬 『어택 서포트』, 용의 비늘(대), C마탄, 전 속성 내성(중), 마력 소비 경감(약), SP 소비 경감(약)
라스 실드 Ⅳ(각성) +7 50/70 SR	용제의 핵	스킬 『체인지 실드(공)』, 스킬 『아이언메이든』, 스킬 『블러드 새크리파이스』, 스킬 『메기드 버스트』, 다크 커스 버닝S, 완력 향상, 격룡의 분노, 포효, 권속의 폭주, 마력 공유, 증오의 옷(대), 마룡의 마력 등

※만화판 10권에서

소울 이터 실드(각성) +6
35/35 SR

초보자용 소형 방패

운철 방패

종족·마물

●아인(亞人)

이 세계에는 인간 말고도 「아인」이라 불리는 인간형 종족이 있다. 인간과 닮았으나 다른 특징과 능력을 갖춘 인종의 총칭이다. 매우 엉성한 분류지만, 기본적으로 몸 어딘가에 동물의 부위를 가진 종족이다. 예를 들어 라쿤 종인 라프타리아의 경우 너구리 같은 귀와 꼬리가 있어 한눈에 보통 인간과 구분이 된다. 마찬가지로 토끼의 특징을 가진 래빗 종, 여우의 특징을 가진 폭스 종 등 다양한 아인이 있으며, 개중에는 수인이나 짐승의 모습으로 변신할 수 있는 종족도 존재한다.

아인은 어릴 때 급격히 레벨을 올리면 육체도 덩달아 급성장한다. 이야기 초반에 라프타리아가 급성장한 것도 이 때문이다. 성장하는 동안에는 평소의 몇 배나 되는 식사량이 필요하다. 이것은 마물과도 공통되는 특징이다. 그렇기에 마물에 가까운 존재로 박해받는 경우도 많으나, 인간과 섞여 전 세계에 살고 있기에 드문 존재는 아니다. 아인만 사는 나라도 몇 군데 존재한다.

이와는 별개로 키즈나 쪽 세계의 독자적인 종족으로 「정인」과 「혼인」, 「초인(엘프)」, 「드워프」 등이 존재한다.

●수인(獸人)

「늑대 인간」이나 「리저드맨」 등 아인 중에서도 짐승의 면모가 강한 인종이 「수인」으로 분류된다. 일반적 아인보다 짐승의 힘을 강하게 갖추고 있어 완력 등이 강한 경우가 많다.

●【정인(晶人/주얼)】

키즈나가 있는 세계의 아인종. 몸에 보석이 박혀 있다. 보석의 목소리를 듣고, 보석의 힘을 빌리는 「보석 마법」이 특기.

●【혼인(魂人/스피릿)】

키즈나가 있는 세계의 아인종. 유령이나 정신체에 가까운 종족으로, 몸이 반투명하다. 레벨이 존재하지 않고 생명력과 마력 등의 에너지의 총량=강함이 된다. 마법과 스킬을 사용하는 만큼 생명력이 감소해 버린다.

●마물

이 세계에는 나오후미가 원래 있던 세계와 마찬가지로 개와 고양이, 소와 말 같은 동물 외에도 「마물」로 불리는 종족이 곳곳에서 날뛰고 있다.

한마디로 마물이라고 해도 「우사피르」처럼 넓은 들판과 산에 서식하는 동물에 가까운 것부터 「쌍두흑견」처럼 인간이 오지 않는 장소에 사는 위험한 것, 「필로리알」과 「드래곤」처럼 잘 알려진 것들 등 실로 다종다양하다. 이름에 '마(魔)'가 붙은 만큼 특수 능력 등 동물과는 일선을 긋는 특징을 가진 것이 많다.

마물은 인간에게 위협이 되는 한편 사역용이나 식육용으로서 도움이 되는 경우도 있다. 가축으로 삼는 경우, 알에서부터 키우지 않으면 인간에게 길들지 않으므로 육성과 목장은 하나의 사업으로 결합되어 있다.

또한 아인과 마찬가지로 키즈나 쪽 세계의 「도서토」처럼 이세계마다 독자적 마물이 있는 듯하다.

◀사지가 없는 공 형태의 몸으로 날거나 뛰면서 물어 뜯는 등 흔히 말하는 초급 잡몹인 벌룬. 해치우면 터진다.
※만화판 1권에서

▶토끼 같이 생긴 마물이지만 토끼에겐 없는 돌진력과 이빨의 공격력을 가진 우사피르. 고기는 잘 처리하면 먹을 수 있다.

※만화판 1권에서

◀필로리알은 타조처럼 생긴 거대한 조류형 마물. 성질은 온순하며 야생이라도 인간을 공격하는 일은 거의 없다. 잡식이지만 매우 식욕이 왕성하다. 달리는 것과 수레를 끄는 걸 좋아한다는 재미있는 특징이 있어, 가축으로서도 메이저한 마물. 용사에게 키워진 개체는 킹이나 퀸이라 불리는 상위종으로 진화한다. 덩치가 둥글게 커지고 사람의 말을 할 수 있으며, 심지어 날개가 달린 인간 모습으로 변신할 수도 있게 된다.

▲드래곤은 이 세계에서도 1, 2위를 다투는 강력한 마물. 영역 의식이 강하고 용맹하다. 종류가 많고 아종도 있으며, 상위종은 지능이 높다. 비교적 작고 날 수 없는 타입은 필로리알처럼 운송용과 탈것으로 사역되기도 한다.

▶사람의 발길이 닿지 않는 산속이나 던전에는 누에나 쌍두흑견 등, 숫자는 적어도 위험한 마물이 서식한다.
※만화판 3권에서

◀파도의 마물은 그때그때 전혀 다른 종류가 출현하지만, 이 세계의 존재라서 그런지 하나같이 강력하고 흉악하다.
※만화판 4권에서

마법

이 세계에서 마법은 주로 육체에 흐르는 마력을 사용해 다양한 효과 및 현상을 일으키는 술법의 총칭이다. 종류도 많고 발동 방법도 제각각. 판명된 것만 해도 불과 물 같은 자연의 요소를 마력으로 일으키는 「통상 마법」을 시작으로, 여러 사람의 마력을 결집해 위력을 높이는 「합창 마법」과 「의식 마법」 등이 있다. 참고로 레벨과 능력치를 확인하기 위한 「스테이터스 마법」도 이 세계 사람이라면 누구나 쓸 수 있는 마법 중 하나이다.

또한 키즈나가 있는 세계에서 쓰이는 「보석 마법」과 「부적」 등 각 세계 독자적인 마법도 존재한다.

습득하려면 마법 문자로 적힌 마법서를 읽을 필요가 있다. 마법을 담고 있는 수정 구슬을 사용하면 간단히 익히는 것도 가능하지만 비싼 데다가 그다지 강력한 마법을 익힐 수는 없다. 또한 적성 유무가 있어 누구라도 마법을 쓸 수 있는 것은 아닌 데다가, 그 적성도 불·물·흙·바람·빛·어둠처럼 각종 속성으로 나뉘어 있다. 한 사람이 가진 마법 속성이 하나뿐인 것은 아니며, 리시아처럼 모든 속성에 적성을 가진 자도 있다.

【통상 마법】

정석적인 불, 물, 흙, 바람 등의 자연적 요소를 사용한 공격 마법이나 회복 마법,

원호 마법. 발동에는 마력 소비와 주문 영창이 필요하다.

단계가 있어, 주문 영창의 접두어로 하위부터 「패스트」, 「츠바이트」, 「드라이파」가 붙는다(축약할 경우도 있다). 최상위인 「드라이파」는 원칙적으로 용사 말고는 여왕이나 오스트 등 용사에 필적하는 클래스의 상급자만 쓸 수 있는 듯하다.

또한 대상의 수나 범위를 선택할 수 있는 마법도 많고, 그 경우는 「패스트」나 「츠바이트」 등의 앞에 추가 접두어 「알」이 붙는다. (예: 알 츠바이트 아쿠아 샷)

그런 마법을 방해하거나 효과를 없애는 마법도 존재하며, 영창 시에는 접두어 「안티」가 붙는다.

【합창 마법】

여러 사용자가 마력을 합해 동시에 영창함으로써 발동하는 마법. 같은 마법일 경우 범위와 출력을 확대하고, 다른 마법일 경우는 효과가 합해진 특수 마법이 된다. 영창자가 많을수록 위력이 증가하고, 또한 기술과 스킬을 조합해 「합성 스킬」로 만드는 것도 가능.

【의식 마법】

합창 마법의 발전형으로 다수의 마력을 사용한 의식으로 발동하는 대마법. 주로 전쟁 등에서 사용된다. 교황이 사용한 고등 집단 합성 의식 마법 「심판」, 고등 집단 정화 마법 「성벽」도 여기에 해당한다.

▲교황이 쓴 「심판」. 수백 명 규모의 의식 마법으로, 하늘에서 번개를 떨어뜨렸다.

【보석 마법】

키즈나의 세계에 있는 테리스와 같은 「정인」 종족이 보석과 교신해 그 힘을 이용해 사용하는 마법. 마력 소비가 적으면서도 강력한 마법을 쓸 수 있다.

【식신 생성 의식】

에스노바르트가 사용했던 키즈나 쪽 세계 고유의 마법. 마법진을 통해 촉매가 되는 재료와 주인의 피로 사역마인 「식신」을 만들어 낸다.

마법 도구

마법은 싸움에는 물론 생활에도 폭넓게 이용된다. 메르로마르크는 과학 기술이 발달하지 않았으나 다양한 「마법 도구」가 보급되어, 마음대로 신축되는 마법의 옷이나 노예를 주인에게 귀속시키는 특수한 잉크(「계약 마법」) 등이 일상적으로 사용되고 있다.

키즈나 쪽 세계에 있는 「부적」이라 불리는 아이템도 상대에게 던지면 마법이 발동하는 마법 도구이다.

※만화판 1권에서

9권까지 등장한 주요 마법

힐: 생명력 향상.	
파워: 근력 향상.	
아우라: 모든 능력 향상.	
가드: 방어력 향상.	
스피드: 속도 향상.	
스피드 다운: 속도 저하.	

라이트: 빛을 낸다.
라이트 실드: 빛의 방패를 출현시킨다.
하이딩: 대상의 모습을 감춘다.
미라주: 대상을 현혹한다.
안티 바인드: 시계를 빼앗는 마법의 효과를 없앤다.

홀리: 성스러운 힘으로 공격.

윙 블로우: 주먹만 한 공기 덩어리를 사출.
윈드: 돌풍을 일으킨다.
에어 샷: 압축한 공기탄으로 공격.
윈드 커터: 바람 칼날로 공격한다.
윙 커터: 진공 칼날을 날려 공격한다.
토네이도: 회오리바람을 일으켜 대상을 날려 버린다.

스콜: 비구름을 만들어 비를 내리게 한다.
워터 샷: 물을 날려 공격한다.
아쿠아 샷: 물 덩어리를 날려 공격한다.
아쿠아 슬래시: 물의 칼날을 사출해 공격.

파이어: 불을 만든다.
파이어 애로우: 불의 화살로 공격.
파이어 블래스트: 폭발하는 불로 공격한다.
헬파이어: 강력한 화염구로 공격한다.
파이어 스콜: 불길의 비를 내려 공격한다.

어스 해머: 흙덩이를 날려 공격한다.
어스 홀: 지면에 구멍을 뚫는다.
다이아 미사일: 단단하고 예리한 다이아몬드를 날려 공격한다.
아이시클 니들: 얼음의 바늘을 사출.
아이시클 프리즌: 얼음 감옥으로 구속.
아이시클 프로즌: 얼려서 움직임을 봉한다.

World Guide

지역 안내
메르로마르크

사성용사를 소환한 메르로마르크는 중세 유럽풍 봉건 국가다. 이 세계에서 네 번째 대국이며 정치 형태는 왕정제를 채택하고 있다. 나오후미는 처음에 쓰레기(올트크레이)가 지배자라고 생각했지만 실제로는 여자 왕족이 왕권을 계승하는 국가로, 최고 권력자는 여왕 밀레리아. 올트크레이는 여왕이 나라를 비울 때의 왕권 대리에 지나지 않았다.

광대한 국토에는 비옥한 평원과 함께 산지, 삼림이 있고, 남쪽에는 바다도 있어 자원도 풍부하다. 인구도 많아 작중에 등장한 곳 말고도 여러 도시와 마을이 곳곳에 있다. 왕성 앞 도시의 주변은 라판 마을과 류트 마을처럼 왕가의 직할지가 많은 한편, 변경 중심의 세이아엣트령과 카르밀라 섬 등 크고 작은 귀족령도 많이 존재하는 듯하다.

국력만큼 군사력도 갖추고 있으나, 강력한 마물이 출몰하는 지역도 존재하고 도적과 산적 등이 횡행하기도 해서 전 국토의 치안이 좋다고는 할 수 없다. 특히 처음 파도로 큰 피해를 본 탓도 있어 국내 질서는 혼란스러운 상황이다.

한편 「그림자」라 불리는 밀정 집단이 있어 왕족의 호위와 첩보를 담당한다. 여왕은 자신이 나라를 비운 동안에 그림자를 써서 국내를 감시하고 나오후미를 지원 하고 있었다.

종교는 검, 창, 활의 용사를 신앙하는 「삼용교」를 국교로 삼았으나, 이는 용사 암살과 국가 전복 음모를 꾀한 교황이 죽은 뒤에는 사이비 종교로 찍혀 해체되었다. 현재는 사성용사를 고르게 신앙하는 「사성교」가 국교이다.

본래 인간 지상주의가 강해서 아인을 향한 차별 의식이 강했으나, 지금은 현 여왕의 방침으로 융화를 꾀하고 있다.

◀카르밀라 섬에 파도가 발생했을 때는 여왕이 직접 해군을 이끌고 용사들을 지원했다.

※만화판 10권에서

※만화판 7권에서

▶국경 부근의 요처에는 성채가 세워져 방비와 관세 징수를 위해 병사들이 주둔하고 있다. 또한 국경을 넘으면 경보가 울리는 마법 장치가 설치되어 있다.

※만화판 1권에서

▲메르로마르크 국토 중앙 평원에 위치한 수도. 평소에는 「성 앞 도시」라고 불린다.

●성 앞 도시

메르로마르크의 수도는 왕족이 거주하는 성을 중심으로 시가지가 조성되고 다시 그 주위를 성벽이 에워싸는 형태의 흔히 말하는 성곽 도시이다. 거리는 석조 건물이 많고 주요 거리는 벽돌로 정비된, 말과 필로리알이 끄는 수레가 오가는 중세 유럽 스타일이다.

도시의 인구나 면적 등 자세한 정보는 불명확하지만, 큰 나라의 수도인 만큼 주민도 많고 각지에서 모인 여행자와 상인의 모습도 보인다. 상업 규모도 커서 다양한 가게가 줄지어 있고, 무기부터 생활용품까지 찾을 수 있다.

【왕성】

왕족이 사는 궁전으로 한층 높은 성벽을 치고 몇 층에 걸친 구조를 갖춘 강고한 성채이기도 하다. 행정부터 군사까지 모든 것을 관장하는 메르로마르크의 중심이다. 왕족의 거처 외에 알현실과 집무실, 병영과 훈련실, 무기고, 소재고, 보물고, 도서관 등 다양한 시설을 포함하고 있다.

※만화판 1권에서

【교회】

삼용교의 본부. 전국 교회 조직의 총본

※만화판 2권에서

산이자 최고위 성직자인 교황의 본거지. 검과 창과 활을 포갠 형태의 심벌이 곳곳에 장식된 장엄한 건물 안에는 용각의 모래시계도 있는데, 이는 교회에서 관리하고 있다. 성수와 부적을 수여하거나 모험자의 클래스업 관리 등도 담당한다.

▲검, 창, 활을 넣은 삼용교의 액세서리.

【무기상】

성 앞 도시 한쪽에 있는 무기상. 나오후미가 「무기상 아저씨」라 부르는 엘하르트가 경영한다. 삼용교가 국교인 영향으로 방패는 별로 없지만, 그 밖에도 다양한 무기와 방어구를 취급하고 소재를 가져오면 전용 무기와 방어구를 만들어 주기도 한다. 엘하르트는 실력이 좋은 무기장인이다.

【여관】

모험자와 행상인 등이 머무는 숙소. 처음 나오후미가 묵은 곳은 비교적 싼 모험자용 여관으로, 숙박비는 1인 1박에 동화 30닢 정도. 말을 맡길 수 있는 작은 건물도 있고, 주점이 딸린 곳도 많다.

【노예상】

표면적으로는 마물을 판매하는 마물상의 가게이지만 메인 상품은 아인과 수인 매매. 이 세계에서 노예 거래는 불법이 아니지만 역시 이목이 나빠서인지 점포는 뒷골목에 있다. 공간이 제법 넓고, 서커스 텐트 같은 가게 안에는 상품(노예) 우

※만화판 1권에서

리가 안쪽까지 있다. 메르로마르크는 인간 지상주의 국가로 아인을 향한 차별 의식이 강해서 특히나 아인 거래가 많은 듯하다. 노예를 구입할 때의 노예문 등록도 대신해 주고 있다.

※만화판 2권에서

▲마물은 알 단계부터 키워야 길들일 수 있어서, 주로 알 상태로 거래된다. 서비스 상품인 「마물 알 뽑기」에서는 은화 100닢으로 한 번, 정체를 알 수 없는 알을 살 수 있다. 운이 좋으면 금화 20닢 가치가 있는 기룡 등 비싼 마물이 나오기도 한다.

【약방】

약초와 약을 사고 파는 곳. 조합 도구도 취급한다. 점주는 언제나 떨떠름한 표정을 짓는 초로의 남성인데, 나오후미가 고생하던 초기에 약초를 사 주거나 오래되었다고는 해도 조합 도구를 주는 등 자상한 인물. 류트 마을에 친척이 있어, 파도가 닥쳤을 때 나오후미가 도와준 답례로 중급 레시피 책을 주었다. 발이 넓어서 액세서리 상인과도 아는 사이였다.

中級の調合レシピ本だ

※만화판 3권에서

【마법상】

큰길에 있는, 시내에서도 1~2위를 다투는 규모의 점포를 갖춘 가게. 주된 상품은 마법을 익히는 데 필요한 서적이기에 얼핏 보면 서점 같지만, 카운터 안쪽엔 수정 구슬이 있고 지팡이 등의 상품도 취급한다. 점주는 포동포동한 중년 여성. 나름대로 마법의 솜씨가 있고 희망하면 마법 적성 진단도 해 준다.

【양장점】

천 등의 소재를 가져가면 주문에 맞춰 옷을 제작해 준다. 가게 주인은 머리에 스카프를 두른 젊은 여성. 주인은 솜씨가 좋은 장인으로, 필로의 마법옷을 잘 만들어 주었다.

【정식점】

도시 사람들이 편하게 드나드는 대중적
식당. 몇 가지 정식 메뉴 말고도 아이가
좋아하는 것을 모은 어린이 런치도 판다.

화폐와 경제

시끌벅적한 성 앞 도시는 물론이고 나오후미가 행상하며 돌아다
닌 각지에서도 금, 은, 동으로 된 화폐가 유통된다. 거래만이 아니
라 세금도 화폐로 내는 것을 보면 화폐 경제가 발달한 듯하다.

작중에 등장한 다양한 것들의 가치를 보면, 예를 들어 나오후미
가 무기상에서 처음으로 구입한 사슬 갑옷이 은화 120닢. 노예상
의 가게에서 라프타리아를 구입한 금액은 은화 31닢(은화 한 닢
은 수수료)이었다. 마물상에서 필로리알 성체를 구입하는 경우는
은화 200닢 정도가 시세라고 한다. 참고로 훗날 나오후미가 성장
한 라프타리아와 함께 방문했을 때 노예상은 처녀가 아니어도 금
화 20닢, 처녀라면 금화 35닢으로 사겠다고 감정했다. 기준으로는
다소 엉성하지만 무기와 마물, 노예 등은 흔히 말하는 고급 상품에
해당하는 것이리라.

※만화판 3권에서

한편 성 앞 도시 식당의 메뉴는 동화 몇 닢으로 제공되는 듯하며,
나오후미가 정식점에서 가장 싼 런치(베이컨 정식)와 라프타리아를 위한 어린이 런치를 주문했을 때
의 가격은 합해서 동화 9닢이었다. 또한 류트 마을의 여관에서는 1실 1박에 은화 한 닢이었다. 이런
모습에서, 일상생활에 필요한 물품과 서비스는 대략 동화 몇 닢에서 기껏해야 은화 몇 닢 정도라는
것을 알 수 있다.

금화 1 = 은화 100 = 동화 10000

◀금화 한 닢은 은화
100닢, 은화 한 닢은 동
화 100닢 가치가 있다.

【류트 마을】

성 앞 도시에서 가도를 따라 이동하면 나오는 마을. 은화 한 닢으로 머물 수 있는 여관이 하나 있고, 행상인도 이틀에 한 번은 머물고 있어서 편리했기에 나오후미는 모험 초기에 이 마을을 거점으로 잡고 활동했다. 근처에는 폐광 직전의 탄광이 있어 비싸게 팔리는 라이트메탈 광석을 캘 수 있다.

※만화판 1권에서

두 번째 파도가 근처에서 발생해서 마물들이 나왔을 때 나오후미가 지켜주었다. 덕분에 피해가 최소한으로 그쳐서 마을 사람들은 나오후미를 은인으로 신용하게 되었다. 파도 때 세운 공의 보상으로 모토야스가 이 마을 영주의 지위를 얻으려 했을 때도 나오후미의 활약으로 회피했으며, 그 답례로 자유로이 행상을 할 수 있는 증서와 마차를 준비해 주었다.

【라판 마을】

성 아래 마을 근교의 평야를 빠져나간 숲 너머에 있는 마을. 평범한 마을이지만 근처에 초보자 용 던전이 있는 듯하다.

【메샤스 마을】

라판 마을 남동쪽에 있는 마을. 행상으로 주위를 돌던 나오후미 일행은 지나친 병으로 쓰러진 노모를 위해 도시로 약을 사러 갔던 자식을 필로에 태워 주고, 나오후미가 직접 약을 먹여 치유했다. 이 노파가 이후 동료가 되는 변환무쌍류 전승자였다.

【라이히노트 영지】

남서쪽 국경 부근에 있는 지방령 중 하나로 아인 모험자가 많은 도시. 마을보다 조금 나은 수준의 작은 도시이다. 영주인 '싹싹한 귀족(반 라이히노트)' 은 여왕파 귀족. 여왕의 오른팔이었던 세이아엣트 영주가 주장한 아인 평등 사상에 찬동해 자신의 영지에서도 실천하고 있다. 많은 아인이 모여 따르는 듯하다.

나오후미 일행이 메르티 유괴 혐의로 쫓길 때 자신의 저택에 숨겨 주었다.

※만화판 5권에서

※만화판 6권에서

【레이비아 영지】

남서쪽 국경 부근에 있는 지방령 중 하나로, 라프타리아를 처음에 노예로 구입해 학대했던 귀족 이도르 레이비아가 영주였다. 라이히노트 영지의 이웃이지만 이쪽은 상당히 큰 도시. 이도르가 삼용교의 광신적 신자이기에 아인 차별이 특히 격하다. 성 중앙에 석비가 있고 과거의 용사가 쓰러뜨린 마물 타이런트 드래곤 렉스가 봉인되어 있었다.

※만화판 6권에서

【아이비레드 영지】

나오후미가 북쪽으로 향할 때 들렀던 마을. 몰락 귀족의 딸인 리시아의 고향이기도 하지만, 자기 배를 채우는 영주에게 지배받고 있었다. 이츠키가 영주를 징벌했지만 뒤처리를 생각하지 않았기에 난민이 생길 정도로 경제 상태가 악화되었다.

【남서부의 동굴】

성 앞 도시에서 남서 방면 산기슭에 있는 유적. 지하에 광맥이 있어 희소한 보석이 채굴된다. 나오후미 일행은 필로의 옷을 만드는 데 필요한 보석을 조달하러 갔다. 과거에 사악한 연금술사가 근거지로 삼았다는 신전 아래의 굴로 들어가면 나오는 갱도에는 보이스갱어와 누에 같은 마물이 서식하며, 가장 깊숙한 곳에는 바이오 플랜트의 씨앗이 봉인되어 있었다.

※만화판 3권에서

【레르노 마을】

성 앞 도시에서 상당히 떨어진 마을. 기근에 시달리던 중 모토야스가 가져온 기적의 씨앗에서 식물형 마물인 바이오 플랜트가 증식하면서 곤경에 처한 것을 나오후미가 해결해 주어, 마을 사람들은 나오후미를 은인으로 존경하고 있다.

※만화판 3권에서

동쪽 마을. 산을 영역으로 삼은 드래곤을 렌이 토벌했지만, 그 사체가 원인이 되어 전염병이 만연했다. 나오후미가 사체에서 태어난 드래곤 좀비를 퇴치하고 마을 사람들을 치료해서 구했다.

World Guide

【세이아엣트 영지】

메르로마르크 남쪽의 바다에 인접한 변경 지역. 한때 여왕의 오른팔이기도 했던 에클레르의 아버지가 통치했다. 아인과의 융화 정책을 진행했지만 첫 파도에서 파괴되고, 영주도 그때 사망했다.

【르롤로나 마을】

세이아엣트 영지 내에 있는 바닷가 마을. 라프타리아의 고향으로 아인 보호구로 취급되었기에 주민 대부분이 아인. 농업과 어업 중심의 한가한 마을이었으나 파도 때 괴멸하고, 살아남은 마을 사람도 노예사냥에 걸려 팔려 나갔다.

【항구 마을 로라】

남쪽 해안에 있는 항구 마을로, 어업은 물론 메르로마르크의 해상 교역을 담당하는 거점. 작은 배에서 커다란 범선까지 몇 척이나 정박할 수 있는 항구를 갖고 있으며, 카르밀라 섬으로 가는 정기선도 이곳에서 출발한다.

【카르밀라 섬】

메르로마르크 남쪽 해안의 항구 마을에서 배로 하루 거리에 있는 섬. 카르밀라 섬이라는 것은 통칭으로, 종식 명칭은 카르밀라 제도(諸島)라 한다. 본섬인 화산섬과 주변의 크고 작은 섬들로 이루어진 군도이다. 파도는 약하고 썰물 때는 본섬에서 걸어서 건널 수 있는 섬도 많으나, 섬과 섬의 이동은 기본적으로 소형선을 이용한다. 사공이 여럿 있으며, 부탁하면 특정 섬까지 실어다 준다.

기후는 온화하며 화산 덕분에 곳곳에 온천이 나는 것도 한몫해 휴양지로도 상당히 유명하다. 또한 온천에는 강한 저주를 치유하는 효능이 있다고 한다. 나오후미 일행이 묵은 호텔은 남국 리조트풍이면서 일본식 노천 온천이 있었다.

자연이 풍요로운 토지이기도 해서 마물의 종류·양도 풍부하다. 또한 10년에 한 번 「활성화」라 불리는 현상이 일어나 얻을 수 있는 경험치가 증가하기 때문에 활성화 기간 중에는 많은 모험자와 군인이 섬을 방문한다.

섬 전체를 관리하는 영주는 하벤부르크 백작이라고 하며, 메르로마르크의 군복을 입은 중후한 초로의 남성 귀족. 섬에는 옛날 사성용사가 이 섬에서 수행했다는 전승이 있으며, 사성용사가 남긴 용사 전용 마법이 용사 문자로 새겨진 비문도 있다. 하벤부르크 백작은 사성용사와 관련

된 전승을 가진 자신의 영지를 매우 자랑스럽게 생각하는 듯, 나오후미 일행이 방문했을 때 솔선해서 섬을 안내해 주었다.

◀ 이 섬은 선주민인 페클, 우사우니, 리스카, 이누루트가 개척했다는 전설이 있다. 개척을 끝낸 그들은 새로운 토지로 떠나, 그 후 모습을 본 자는 없다. 그 이름은 용사들이 자신의 세계에서 가장 비슷하게 생긴 동물의 이름을 따서 붙였다고 한다.

※만화판 9권에서

※만화판 10권에서

▲섬 안쪽에는 스톤헨지 같은 오브제가 있고, 그 중심에 있는 렌즈형 검은 구체를 공격하면 「가르마 래빗」 등 선주민을 본뜬 듯한 마물 보스가 출현한다. 잡으면 좋은 무기와 방어구를 드롭한다.

※만화판 10권에서

▲본섬에서 가까운 해저에 수중 신전이 있으며, 그 내부에 용각의 모래시계가 있다. 나오후미는 표시된 숫자를 보고 머지않아 이 섬에 「파도」가 올 것을 알았다.

이 세계에는 메르로마르크 외에도 크고 작은 나라가 여럿 있다. 메르로마르크는 세계에서 네 번째 대국, 즉 그 이상의 대국이 있다는 뜻이다. 단 메르로마르크가 직접 국경을 맞댄 곳은 비교적 소규모의 중립국과 우호국. 기본적으로 대국끼리는 직접 국경을 맞대지 않고, 사이에 이런 나라들이 끼어 완충 지대가 되는 듯하다.

【영귀국】

메르로마르크 동쪽, 영귀가 봉인되어 있던 중국 분위기의 소국. 영귀가 움직이기 시작하면서 괴멸했다.

※만화판 13권에서

국제정세 · 세계회의

우리가 사는 세계처럼, 이 세계에서도 오랜 역사 동안 국가 사이의 분쟁이 드물지 않았던 듯하다. 현재 아인을 차별하는 메르로마르크와 아인의 국가 실트벨트는 자주 분쟁을 일으켜, 십수 년 전까지도 격한 전쟁이 일어났다고 한다.

현재 파도의 위협만 제외하면 비교적 평화로운 상태라 할 수 있으나, 그것은 어디까지나 일시적인 것으로 파도라는 세계 공통의 위협을 앞에 두고 유지되는 취약한 협력 관계라 해도 좋으리라.

그런 미묘한 국제 관계 때문에 세계의 구원자인 사성용사를 어느 나라에 소환할 것인가, 어느 나라가 소환한 용사가 세계를 구할 것인가 하는 이야기는 나라의 위신에 관련된 문제이므로, 소환을 둘러싸고 충돌이 일어나기 쉽다.

따라서 한 나라가 용사 한 명을 소환한다는 국제적 협정이 체결됐고, 이번에도 대국 포브레이에 용사 소환의 우선권이 있었다. 그러나 올트크레이와 삼용교의 폭주로 사성용사 전원이 메르로마르크에 소환됐기에 전쟁으로 발전할 긴장 상태가 찾아왔다. 그래서 여왕 밀레리아는 전쟁 회피를 위해 외교 협상에 애써야만 했다. 영귀전에서 유력 국가의 원군이 없었던 것도 세계의 불화와 메르로마르크의 고립을 나타낸 것일지도 모른다.

※만화판 13권에서

▲영귀전에서는 메르로마르크가 중심이 되어 주변 국가들을 모아 연합군을 결성, 여왕 스스로 지휘했다.

※만화판 13권에서

▲영귀와 싸울 때는 영귀가 지나간 메르로마르크 동쪽의 소국이 계속해서 파괴되어 막대한 피해를 냈다.

【실트벨트】

메르로마르크에서 나라를 두 군데 정도 사이에 두고 북동쪽에 있는 아인의 나라. 엘하르트의 말로는 '아인 절대주의에 인간이 노예인 극단적인 나라'라는 듯. 오랫동안 메르로마르크와 싸웠다. 메르로마르크와는 반대로 방패 용사를 숭배해서, 나오후미도 쫓길 때 가려고 했었다.

【실드프리덴】

메르로마르크에서 나라를 두 군데 정도 사이에 두고 남동쪽에 있는 나라. 실트벨트처럼 아인 주체의 국가지만 이쪽은 일단 인간과도 공존하고 있는 듯하다.

【포브레이】

이 세계 제일의 대국. 국왕은 뚱뚱한 추남이지만 교활한 인물. 그 국력을 바탕으로 파도에 대처하는 용사 소환을 주제로 열린 국제회의에서도 주도적인 지위인 듯하다. 수도에는 칠성용사의 존재를 확인할 수 있는 스테인드글라스가 있다. 문화적으로도 발달해서 각국 왕후귀족의 자녀가 유학을 간다. 빗치와 리시아도 이 나라의 학교에 다녔던 듯하다.

【제르토블】

용병의 나라로 불리며 모험자와 용병이 많이 모이는 나라. 수도의 무기점은 물품이 많은 듯. 모토야스 일행은 이곳에서 운철 시리즈 무기를 카피했다. 상공업이 발전해서, 나오후미를 주목한 액세서리 상인도 상회의 본거지를 이곳에 두었다.

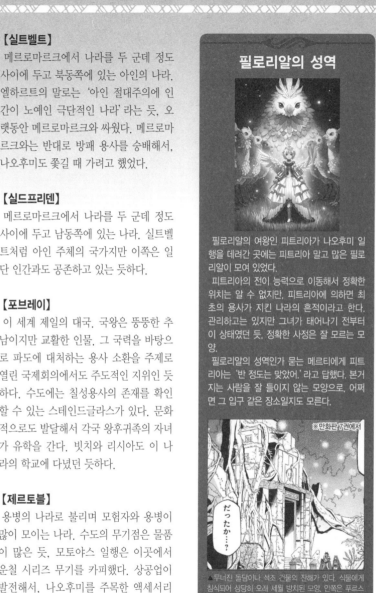

필로리알의 성역

필로리알의 여왕인 피트리아가 나오후미 일행을 데려간 곳에는 피트리아 말고 많은 필로리알이 모여 있었다.

피트리아의 전이 능력으로 이동해서 정확한 위치는 알 수 없지만, 피트리아에 의하면 최초의 용사가 지킨 나라의 흔적이라고 한다. 관리하고 있지만 그녀가 태어나기 전부터 이 상태였던 듯, 정확한 사정은 잘 모르는 모양.

필로리알의 성역인가 묻는 메르티에게 피트리아는 '반 정도는 맞았어.'라고 답했다. 본거지는 사람을 잘 들이지 않는 모양으로, 어쩌면 그 입구 같은 장소일지도 모른다.

※만화판 7권에서

だったか…?

▲ 무너진 돌담이나 석조 건물의 잔해가 있다. 식물에게 침식되어 상당히 오랜 세월 방치된 모양. 안쪽은 푸르름한 안개가 드리운 깊은 숲으로, 한 걸음 들어서면 빠져나오기도 어려울 듯하다.

지역 안내
키즈나가 있는 세계

키즈나와 글래스, 라르크베르크 일행이 있는 세계. 국가가 많이 존재하나 합종연횡하며 전쟁이 끊이질 않는다. 나오후미가 있는 세계처럼 무기의 용사와 수호수 같은 파도의 방위 시스템이 있다. 성무기는 키즈나가 가진 수렵구, 권속기는 라르크베르크가 가진 낫과 글래스가 가진 부채 등이 확인된 상태다.

전설 무기의 용사와 권속기 용사가 된 자는 파도와 마물에게서 그 나라를 지키는 것만이 아니라 전쟁에도 불려 나오는 상황이었다. 그 때문인지 용사의 무기가 가진 기능에 대한 연구가 상당히 진행되어 있다.

나오후미 쪽 세계와 마찬가지로 「용각의 모래시계」가 있어, 용사들은 한 번 방문한 모래시계 사이라면 자유로이 전이할 수 있다.

▲어째서인지 일본풍 문화인 나라가 많은 세계. 나오후미 일행도 일본식 복장으로 활동했다.

【낫 권속기의 나라 '시클'】

낫의 권속기 용사인 라르크베르크가 통치하는 나라. 중세 독일 같지만 복장은 일본과 서양이 섞인 모습. 근처에 일본풍 나라가 많아 문화가 유입된 듯하다. 이 세계의 성무기 용사로 유일하게 남아 있는 수렵구의 용사 키즈나를 데리고 있다. 수도 시내에 인접한 해안 항구 마을에는 키즈나 일행의 거점인 집과 솜씨 좋은 무기 장인 로미나의 대장간이 있다. 미궁 고대 도서관이 있는 것도 이 나라.

【미궁 고대 도서관】

어느 나라에도 소속되지 않은 도서토들의 영역. 미궁 고대 도서관 안은 마물의 성역이기도 하기에 침입은 쉽지 않다. 도서토의 족장이기도 한 에스노바르트가 관리하며 파도에 관한 고대 자료 정리 등을 하고 있다.

【부채 권속기의 나라 '센'】

낫의 권속기의 나라 시클의 이웃이자 우호국. 글래스의 출신지이기도 하며 일본풍 문화를 갖고 있다.

【거울 권속기의 나라 '미카카게'】

거울의 용사인 알버트가 있던 나라. 고대 일본 같은 분위기를 가진 나라로, 수도에 가까울수록 근세 같은 분위기로 변한다. 국내에 관문이 여럿 설치되어 통행증이 없으면 이동할 수 없다. 주민의 자유로운 이동을 제한하려고 통행하기 어렵게 만든 듯하다.

키즈나-라르크 진영과는 대립하고 있으며 키즈나를 함정에 빠뜨려 무한미궁에 가두었다. 쿄가 죽고 나서 정세를 보고 마지못해 시클과 동맹을 맺었다.

【무한미궁】

키즈나가 갇혀 있던 특수 공간으로, 파도 발생 시의 특수 소환에서도 빠져나갈 수 없는 구출 불가능한 공간. 내부에는 바다와 밀림, 초원 등이 있으며 동물과 마물 등도 서식한다. 과거의 마술사가 공간을 조작하는 마법을 구사해 만든 것으로, 성채로 만들려 했으나 공간과 마력 폭주를 일으켜 나갈 수 없는 공간이 되고 말았다고 한다.

【도 권속기의 나라 '레이블'】

쓰레기 2호와 츠구미가 있던 나라. 키즈나 일행과 대립하며, 책 권속기의 나라인 르와레와 동맹을 맺고 있다. 거울 권속기의 국가인 미카카게의 이웃 나라로 주민 대부분은 일본의 근대 초기 같은 복장을 하고 있으나, 일부는 현대 느낌이 드는 건물과 전기 등 애매하게 근대화한 듯한 구석이 있다.

천재 술사라 불리던 쓰레기 2호의 힘으로 수호수 「백호」의 클론 제작에 성공했다. 쓰레기 2호와 쿄의 죽음 이후 역시 키즈나 진영과 동맹을 맺게 되었다.

【책 권속기의 국가 '르와레'】

쿄가 소속한 일본풍 국가. 수도에서 떨어진 지방 삼림에 쿄의 연구소가 있다. 이곳은 과거에 봉인된 저택을 이용한 것으로 사람을 혼란시키는 안개가 깔린 숲이 있어 선택된 자만이 도착할 수 있다.

나오후미 일행이 동료를 찾고 있을 때, 도 권속기의 나라 레이블과 거울 권속기의 나라 미카카게 등 동맹국인 이웃 나라마저 점령해 라르크 일행과 전쟁을 벌이게 하려고 획책했었다. 쿄가 죽고는 어쩔 수 없이 시클과 강화했다.

Side Stories

사이드 스토리

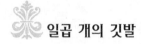 일곱 개의 깃발

성 밑 도시에 가서 새 무기와 방어구를 살까 생각하던 어느 날의 일이었다.

뭐, 앞으로 며칠은 류트 마을에서 체류할 예정이긴 했지만.

나는 마을에 찾아온 행상인에게 약을 팔고 방으로 돌아온 참이었다.

라프타리아가 짐 보따리들을 정리하고 있었다.

예전에 사 주었던 공이며 라프타리아가 처음에 착용했던 옷가지 따위를 말끔하게 개서 보따리에 집어넣고 있다.

그중에 이제는 지저분해진 어린이 런치 메뉴의 깃발이 있었다.

라프타리아는 내가 방문을 연 것을 아직 모르는 기색이다.

쓰레기로 버려야 할 지저분한 깃발을 소중하게 손에 들고,

"에헤헤."

하고, 뭔가 즐거운 듯 웃음을 흘리고 있다.

그렇군…….. 라프타리아는 어린이 런치 메뉴의 깃발이 그렇게나 좋단 말이지?

그렇다면 내 주전력인 라프타리아의 의욕을 북돋워 줄 필요가 있겠군.

안 그러면 파도를 무사히 넘길 수 있을지 불안해지니까.

"아, 나오후미 님."

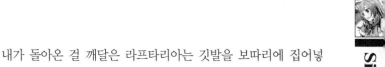

내가 돌아온 걸 깨달은 라프타리아는 깃발을 보따리에 집어넣고 태연한 척 맞이한다.

"지금 막 돌아왔어."

"어땠어요?"

"매상이 제법 괜찮았어."

평소와 다름없는 대화를 하다 보니, 문득 내 머릿속에 어떤 아이디어가 번뜩였다.

이것만 있으면 라프타리아도 즐겁게 식사하고 힘껏 싸워 줄 것이다.

류트 마을에서 약간 떨어진 산길에서 조우한 마물을 물리치고, 마침 식사 시간이 되었기에 그 마물을 해체해서 고기를 굽기로 했다.

오늘은 호쾌하게 꼬챙이에 고기를 끼워서 꼬치구이를 만든다.

"제법 노릇노릇하게 익었네요."

"그러게."

나는 미각을 잃은 상태라서 맛이 있는지 없는지 분간할 수가 없지만, 모양이나 냄새를 통해서 어렴풋이 판단할 수는 있다.

약초 중에서 향초 같은 것으로 고기의 밑간을 해 두었던 덕분에, 매콤하고 향긋한 냄새가 주위에 감돌기 시작했다.

자, 이제 슬슬 타이밍이 됐군.

나는 잘 구워진 꼬치를 하나 들고, 어젯밤에 만들어 둔 자작 깃발을 짐 보따리에서 꺼내서 꼬치의 고기에 꽂았다.

"어?!"

"자, 라프타리아, 네 몫이야."

내가 살던 세계의 국기다.

아는 국기는 여럿 있으니까, 종류는 더 늘릴 수 있을 것이다.

"저기…… 이건 뭐예요?"

"뭐긴 뭐야, 깃발이지."

뭐, 하긴 깃발을 고기에 꽂았으니 이상하다고 생각했을지도 모르지.

하지만 라프타리아는 깃발을 좋아하는 것 같으니까 이렇게 꼬치에 꽂아 주기로 한다.

음?

묘안이 하나 더 번뜩이는데?

"내 자작 깃발 가지고는 성에 안 찬다 이거지? 그럼 이 깃발을 일곱 개 모으면 성 밑 도시에 있는 그 가게에서 깃발 달린 런치 메뉴를 주문해 주지."

"아뇨, 성에 안 차는 건 아닌데……."

"그럼 마음껏 먹도록 해."

"네……."

역시 내 자작 깃발만 가지고는 성에 차지 않는 건가.

하지만 말은 그렇게 했어도, 라프타리아는 깃발을 뽑고 밝은 얼굴로 꼬치구이를 먹어 치우기 시작한다.

그리고 깃발을 하늘 높이 치켜들며 즐거워했다.

응, 역시 라프타리아는 깃발을 좋아하는군.

"자, 배도 채웠고 하니, 이제 슬슬 레벨 업을 재개해 볼까."

"네!"

그렇게 해서 우리는 저녁 무렵까지 인근 마물들을 사냥하고 동시에 약초 채취를 계속했다.

저녁 무렵, 류트 마을로 돌아온 우리는 약간 호사스러운 런치 메뉴를 주문했다.

이런저런 일로 피로가 밀려오고 있다. 맛은 느낄 수 없지만 좋은 음식을 안 먹으면 몸이 버티지 못한다는 것을, 나는 잘 알고 있었다.

라프타리아에게도 기운이 나는 걸 먹여 주지 않으면 근육이 붙지 않을 테고.

안 그래도 빼빼 마른 아이다. 항상 배가 고픈 것 같은 기색이니, 괜히 돈을 아껴 봤자 좋을 일은 없다.

"주문하신 음식 나왔습니다."

라프타리아의 눈이 술집에서 나온 런치 메뉴를 좇고 있다.

달그락하고 우리 앞에 런치 메뉴가 놓이고, 점원은 다른 손님을 응대하러 떠나갔다.

"그럼 잘 먹겠습니다."

"아, 잠깐 기다려."

"왜 그러세요?"

요즘에는 라프타리아도 테이블 매너를 익혀서 꽤 우아해진 것 같다.

음식을 손으로 집어서 먹던 시절이 거짓말처럼 느껴질 정도다.

나는 품속에서 깃발을 꺼내서 런치 메뉴에 꽂았다.

어차피 머지않아 성 밑 도시로 갈 예정이다. 그때까지 깃발을 늘려 두는 게 좋겠지.

"저기……."

즐겁게 음식을 먹으려던 라프타리아의 표정이 흐려진다.

"왜 그래?"

아하, 위생 관념 면에서 싫다는 건가? 바라는 것도 많군.

그리고 야식 시간. 라프타리아도 요즘에는 허기 때문에 자다가 깨는 일이 별로 없었는데, 오늘은 내가 약초 조합을 하는 중에 눈을 떴다.

"뭐지? 배고파서 깬 거야?"

"아아……. 네."

낮에 구워 두었던 꼬치구이를 꺼내서 깃발을 꽂으려 했을 때, 라프타리아가 내 손을 붙잡았다.

"왜 그래?"

"저기…… 이제 그만 됐어요."

"왜지? 깃발을 좋아하는 줄 알았는데."

"좋아하는지 싫어하는지를 따지자면 물론 좋아하기는 하지만, 이렇게 그냥 홱홱 던져 주시니까……."

아아, 이제 알겠다.

깃발이란 가끔 받을 때에나 기쁜 물건이지, 이렇게 매번 받으면 고마운 마음도 덜해진다는 거군.

 미처 생각하지 못했다. 본인만이 느낄 수 있는 희소가치라는 거군.

 "그렇다면 미안해."

 "네."

 그 말인즉슨, 희소가치만 발견할 수 있다면 기뻐할 수 있다는 얘기다.

 어쩌지? 노예의 정신 상태를 잘 관리해 두지 않았다간 싸움에 지장이 생길 텐데.

 이제 알겠다. 깃발은 좋아하지만, 음식에 꽂혀 있는 깃발을 좋아하는 건 아니라는 거로군.

 "그럼 앞으로는 라프타리아가 충분히 제 몫을 다했다고 판단됐을 때만 깃발을 증정하도록 하지."

 "네?"

 "돈 대신 주는 거야. 일곱 개를 모으면, 하루 휴가를 주지. 마음껏 놀다 와."

 "그런 뜻으로 거절한 게 아니었어요."

 으음……. 라프타리아도 제법 고집이 세군.

 "그럼 어떻게 해 달라는 거지?"

 "나오후미 님. 저기, 저는…… 딱히 깃발을 좋아해서 그걸 소중하게 여기고 있는 게 아니에요."

 "그랬어?"

 "뭐라고 해야 할지…… 그게 말이죠……."

Side Stories

그 깃발이 꽂혀 있던 것은 어린이 런치 메뉴. 어린아이인 라프타리아는 부모님과 함께 외식하면서 같은 음식을 먹어 본 적이 있었던 건지도 모른다.

그래서 과거를 떠올리고 추억 속 깃발에 비추어 보고 있는 걸까.

"굳이 구구절절 얘기 안 해도 돼. 알았어. 부모님과의 추억이 담겨 있는 거지?"

"저기……."

라프타리아는 어쩔 줄 몰라 이리저리 시선을 옮겨 대다가, 체념한 듯 고개를 끄덕였다.

"네. 그렇다고 쳐 두세요. 대충 비슷한 거니까요."

틀렸다는 말인가? 생각보다 더 까다로운 녀석인데.

아아, 그러고 보니 옛날 애니메이션 캐릭터 중에 머리에 깃발을 꽂고 있는 녀석이 있었지.

나는 깃발을 개조해서 머리에 장착할 수 있도록 가공, 그것을 라프타리아의 머리에 얹어 주기로 했다.

"이제 말끝에 '라니깐'을 붙이기만 하면 돼."

"저기…… 무슨 농담을 하시는 거예요?"

"*깃발을 좋아하는 캐릭터…… 이야기 속 등장인물 흉내야."

"화내는 수가 있어요. 라니깐……이라구요?"

……흐음, 냉정하게 생각해 보면 나도 좀 지나쳤던 것 같다. 솔직히 좀 구렸어. 게다가 너무 옛날 캐릭터고.

"진짜 미안해."

---

* 애니메이션 『육家네 6쌍둥이(오소마츠 군)』에 등장하는 캐릭터의 이야기.

"네."

"그럼 깃발은 처분하지."

"아뇨…… 이번 것까지만 그냥 주세요."

"으음, 알았어."

라프타리아는 나에게서 깃발을 받고는 그대로 짐 보따리 속에 집어넣는다.

"이 깃발들은 종류가 여러 가지 같은데, 어디 깃발이에요?"

"내가 살던 세계의 국기들이야."

"나라가 많나 보네요."

"각양각색의 나라들이 있으니까 말이지……."

"나오후미 님이 사시던 세계는 어떤 곳이에요?"

라프타리아의 질문에, 나는 원래 세계로 돌아가는 꿈을 가슴속에 떠올린다.

아아……. 그립다.

별 볼 일 없는 일상이라고만 생각했던 그 나날들이 이렇게 그리워질 거라고는 미처 생각도 못 했었다.

"음……. 우선 마물 같은 건 없어. 레벨 같은 개념도 없고."

"그런가요?!"

"그리고 아인은 없어. 노예 제도는 있었지만, 지금은 폐지된 상태고……."

밤늦은 시간, 나는 그렇게 라프타리아에게 고향 이야기를 해 주었다.

"그런 세계가 있었군요."

"그래, 내 세계는 그런 세계야."

"한 번이라도 좋으니 꼭 가 보고 싶어요. 그런 평화롭고 평범한 세계에."

"라프타리아가 살기에는 고될 텐데."

보나 마나 구경거리가 될 게 뻔하다. 슬픈 미래를 쉽게 상상할 수 있었다.

"그래도…… 저는 꼭 가 보고 싶어요."

"그럼 만약에 그 세계에 가게 된다면, 내 세계의 어린이 런치 메뉴를 사 주지."

"약속한 거예요!"

"좋아."

그렇게 해서, 나와 라프타리아는 이루어질지 확신할 수 없는 약속을 주고받았다.

 첫 심부름

필로의 이름은 필로!

마차를 끌면서 주인님이랑 언니랑 다양한 곳을 여행해.

오늘은…… 으음, 떠들썩한 마을의 숙소에서 주인님이 약을 만들고 있어.

곤란해하는 표정인 건 왜일까?

"흠……."

주인님이 팔짱을 끼고 신음했어.

"왜 그래~?"

"응? 아, 필로로군. 아니, 신경 쓰지 마."

"잉! 왜 그러는데! 가르쳐 줘~!"

"필로, 나오후미 님을 곤란하게 하면 안 돼요."

라프타리아 언니가 그렇게 말하면서 필로에게 주의를 줬어.

"호기심이 많을 나이란 거겠지. 할 수 없나, 가르쳐 주지. 약 재료가 떨어져서 말이지."

주인님은 책을 읽으며 약을 만들고 있었는데, 약에 쓸 재료가 부족해졌나 봐.

"내일은 전염병이 도는 마을에 가야 하잖아?"

"그렇다면 근처에서 채집하기도 시간상 어렵겠네요. 어떻게 할까요?"

"상황이 상황이니. 조금이라면 약방에서 사서 보충할 수 있겠지. 원래 이 주변엔 약방이 여러 군데 있으니까 사 가면 돼."

그런 이야기를 들으면서 필로는 찬스라고 생각했어.

주인님이 필요한 물건을 사 오면 칭찬해 줄 거야.

이전에도 라프타리아 언니가 부탁받은 물건을 사 와서 칭찬받은 적이 있었는걸.

"필로가 사 올 테니까 주인님은 기다려~."

"응? 무슨 소릴 하는 거야?"

"그래요. 필로. 당신이 심부름이라니……."

"뿌우~. 라프타리아 언니, 필로가 암것도 못한다고 생각하고 있어~!"

언니는 나이가 조금 더 많다고 늘 필로에게 이것도 안 되고 저것도 안 된다고 그래. 필로도 주인님이 갖고 싶은 걸 가져오는 정도는 할 수 있는걸.

"그런 건 아니지만 그러기에 적당한 사람과 아닌 사람이 있다고 할까……."

"할 수 있어 할 수 있어 할 수 있다구!"

필로가 그렇게 말하자 주인님은 어쩐지 싫어하는 표정을 지었어.

"아아, 정말 시끄럽네. 알았으니까 심부름 다녀와."

"앗? 나오후미 님, 필로를 보내실 거예요?"

"이대로 소란 피워도 귀찮아. 실패해도 문제가 생기지 않을 정도로 해 두지."

"와아~!"

주인님은 갈색 돈을 필로에게 줬어.

"이걸 가지고 근처 약방에 가서 루테나라는 약초를 사 와."

"응! 그럼 다녀올게~."

필로는 숙소 문을 열고 뛸 듯이 달려갔어.

"루테나~ 루테나~ ♪"

주인님에게 부탁받은 약초를 사기 위해 주변을 무시하고 약방
으로 갔어.

곧장 약방에 도착했어. 주인님이 늘 만지는 풀이랑 같은 냄새가
났으니까 알 수 있었어.

"루테나 줘!"

"루테나 말이니? 안됐지만 오늘은 다 팔려서 없구나."

"어……."

"미안하다, 꼬마야. 평소에는 있지만 요즘 잘 팔리는구나."

"그렇구나……."

그러고 보니 주인님이 가까이서 전염병이 돈다고 그랬어.

그치만 이 근처에는 약방이 여러 곳 있다고 했으니까 괜찮아.

"다른 약방이라면 아직 재고가 있지 않으려나?"

"으응~! 고마워!"

필로는 고개를 숙이고 달려갔어.

그렇게 약방을 찾아다니는데 먹음직한 냄새가 나기 시작했어.

그쪽에 갔더니 고기에 꼬치를 꽂은 음식을 파는 사람이 있었어.

"테나루, 테나루, 테나루~ ♪"

"오늘은 꼬치구이가 쌉니다~."

꼬르륵……. 필로 배고파.

필로, 포장마차에 늘어서 있는 먹을 것에 시선이 붙잡혔어.

"어서 오렴! 어서 와!"

가게 사람이 부르고 있어.

우……. 맛있는 고기 냄새……. 그치만 필로, 심부름 중인걸.

육즙이 흐르면서 촤륵 하는 소리가 나고, 좋은 냄새가 나고 숯에 기름이 흐르고~.

필로, 침이 나와서 고기에서 눈을 뗄 수 없어.

"나루, 나루, 우나루, 우냐루…… 주룩주룩."

"으, 으음……."

지나가는 사람들이 필로랑 포장마차를 교대로 보고 있어.

"하, 하나 줄까?"

"정말?"

"그, 그래, 너무 구워 버렸으니까 특별히 말이야."

"고마워~!"

필로는 포장마차에서 고기를 받아서 입에 가득 넣었어.

매콤달콤한 맛이 나서 정말 맛있어!

그치만 주인님의 밥이 더 맛있을지도.

"잘 먹네, 아가씨. 그런데 왜 마을에 온 거니? 뭔가 사러?"

"응! 주룩주룩 줘!"

"응?"

틀림없이…… 무슨 가게더라? 으……. 까먹었어. 그러니까 물어봤어.

"풀 줘!"

"아무래도 풀은 안 팔지."

"그런가~? 이상한 풀 같아. 싼 게 좋아."

"그거라면 산 쪽 마을에 가면 알 수 있지 않을까?"

"알았어. 고마워요."

필로는 가게를 나가서 산을 향해 달렸어. 본래 모습으로 변신했으니까 금방 도착할 수 있을 거야.

"누, 누군가 도와줘요!"

산을 오르는데 어딘가에서 외침이 들렸어.

"응~!"

갔더니 반투명하고 탱글탱글한 생물에게 여자애가 습격당하려고 했어.

"에잇~!"

필로가 힘을 넣어서 찼더니 반투명한 생물은 뻥 터져 버렸어.

"괜찮아~?"

"어, 아앗, 예! 그 모습은…… 신조님?"

"응! 필로야~!"

"가, 감사합니다."

"그런데 왜 여기 있어? 이런 산에 있으면 위험한데?"

가까이에 마을이 있었던 것 같은데 왜일까?

"그, 그게, 슬라임이 갑자기 마을에 나타나서 마을 사람들은 필사적으로 맞서고 있지만…… 아무래도 힘에 부쳐서……. 그래서 근처 마을에 지원을 요청하러 가기로 해서 모두 나왔는데 마물에게 쫓기고 말았어요."

"그렇구나, 그럼 필로가 힘낼게~."

필로 알거든? 힘들어하는 사람들을 도와주면 보답을 받을 수 있는 거. 주인님도 받고 있었고.

"그 대신 보답해 줘!"

"예, 예엣!"

"그럼 필로에 타."

"어, 앗, 잠깐. 와아앗━━━━━!"

필로는 여자애를 등에 태우고 달렸어.

"에잇~!"

마을에 도착했더니 마을 사람들이 필사적으로 반투명하고 큰 마물이랑 싸우고 있었어.

그래서 필로는 마물에게 날아차기를 했어.

처음엔 뿌용 하고 튕겨 나왔지만 힘을 담아서 한가운데 구체를 찼더니 터졌어.

"필로가 이겼어~!"

"아, 아직이에요!"

"어…….."

보니까 반투명한 마물이 모이고 있었어.

그치만 필로는 어쩐지 알 수 있었어.

여기 있는 건 분신이고 진짜는 근처 수풀에 숨어 있는 거야.

"여기~!"

필로는 수풀에 돌격해서 작게 움직이는 슬라임을 먹었어.

탱글탱글해서 맛있어.

그러니까 반투명한 마물은 터져서 움직이지 않게 되었어~.

"가, 감사합니다, 신조님. ……어라, 성인님은?"

"주인님은 집 보고 있어. 그것보다도 보답을 줘! 풀이 좋아~."

"풀……말인가요? 그거라면 창고에 있으니까 확인해 주세요."

마을 사람들은 창고에서 풀을 잔뜩 가져다 줬어.

"감사합니다, 신조님."

"응. 그럼 안녕~."

필로는 풀을 잔뜩 받아서 주인님 곁으로 돌아갔어~.

"다녀왔습니다~."

"늦어. 어디까지 멍하니 싸돌아다닌 거야."

주인님은 필로가 돌아오니까 주의를 줬어.

"어, 그치만~."

"이미 라프타리아에게 심부름을 시켜서 용건은 끝냈다고."

"어……."

"뭐, 나를 위해 애썼던 것 같으니 봐주지. 밥을 만들어 뒀어. 이 번뿐이야."

"와아~!"

필로는 주인님이 만들어 준 요리에 손을 뻗어서 먹기 시작했어.

응, 역시 주인님의 밥이 제일 맛있어!

"역시 실패했군요."

"뭐, 나를 돕고 싶다는 마음만은 인정해 주지."

"그렇지요. 마음은 중요한 거니까요."

"그나저나 필로 얘는 뭘 갖고 온 거지? 이거…… 질 좋은 약초 잖아."

"아, 주인님, 필로 돈 돌려줄게."

"왜 돈이 그대로 있는데……. 너, 이 약초는 산 게 아닌가? 그럼 어떻게 입수한 거지?"

"있잖아~ 뾰옹 해서, 필로가 빠앙 했어."

"음, 모르겠군. 필로가 한 일이니 도둑질한 건 아니겠지만…… 뭐, 됐어. 잘했다."

그렇게 말한 주인님은 필로를 쓰다듬어 줬어~.

필로의 심부름은 이렇게 끝났던 거야.

만약 필로가 속도광이라면……

"오늘은 북쪽 마을에 갈까. 너무 서두르지 말고서."

남서쪽 마을에서 바이오 플랜트산 채소를 매입한 우리는 기근 때문에 곤란해하는 북쪽 마을로 진로를 정했다.

"응, 알았어~."

"필로, 정말로 이야기를 들은 거죠? 나오후미 님은 서두르지 말라고 말씀하신 거예요."

……라프타리아가 불안한 듯 확인하려 물었다.

쓸데없는 짓이겠지. 필로는 사람 말을 그다지 진지하게 듣지 않는다.

그러고 보니 어울리겠다 싶어서 커다란 회중시계를 필로의 목에 걸었던 때, 묘한 기분이 들었었다.

"알았어~."

필로가 마차의 손잡이를 쥔 순간…….

나는 이전에 확인한 적이 있다. 이때 필로의 눈은 죽은 물고기의 눈처럼 된다.

그리고 어째서인지 마을 녀석들이 깃발을 올렸다가 내렸다.

"와앗――."

라프타리아가 휘익 마차 뒤쪽으로 구르더니 낙법을 취했다.

역시로군……. 나는 자기도 모르게 한숨을 토했다.

드르르륵 소리를 내며 수레바퀴가 고속으로 회전하더니 뒤쪽으로 흙먼지를 일으켰다.

앞에서는 필로가 타다닷 소리를 내며 고속으로 달리고 있었다.

마차는 이미 덜컹덜컹 흔들린다.

뒤쪽에 연결한 짐차…… 괜찮으려나?

이런 일도 있을까 싶어서 정성 들여 천을 씌우고 튼튼한 줄로 묶어 뒀다.

"필로, 부탁이니까 조금만 속도를 낮춰요!"

"어……? 그러면 시간을 단축할 수 없는데?"

"안 그래도 되니까요! 그러니까 조금 천천히!"

현재 마차 한 대와 거기에 연결된 복수의 짐차가 행상으로 오가는 가도를 폭주하고 있다.

이윽고 가도를 빠져나온 후는 산길로 접어들었다.

고개……라고 해야 하려나.

구불구불한 길이 이어지는 산길, 자칫하면 단애절벽으로 낙하한다.

"끙차끙차!"

필로가 요란한 소리를 내고 있다.

때때로 드르르르르르륵 하며 바퀴가 허공을 가르는 소리가 들려오는군.

하중이 한쪽에 쏠리는 일은 저 하늘의 별만큼 많다.

라프타리아는 필사적으로 바닥에 붙어서 떨어지지 않으려 하고 있다.

나는…… 뭐, 운전석이니까 간신히 괜찮다.

필로의 고삐를 쥐고 있고.

라프타리아도 운전석 옆에 앉으면 될 텐데 굴러떨어진 적이 있어서인지 앉으려 하질 않는다.

필로의 등에 타면 되리라 생각할지도 모르지만, 불가능하다.

"토옷~!"

내리막으로 접어든 시점에서 필로는 인간 형태로 변신해서 달리기 시작하기 때문이다.

몸이 가벼울 때가 속도가 더 빠르다고 배운 필로는 내리막에선 인간형으로 달린다.

……마차로 어떻게 드리프트를 하는 걸까.

뒤에 연결된 짐차도 함께 옆으로 이동하고 있으니 현실감이 사라져 간다.

레이싱 게임에서는 절대로 일어나지 않을 신비한 현상이겠지.

주마등처럼 스쳐 지나가는 경치를 멍하니 바라보았다.

"나, 나오후미 님! 제발, 제발 필로에게 멈추라고 명령을……!"

"그랬다가 큰 사고를 낸 걸 잊었어?"

필로에게 마차를 주고 달리게 하면 마을에서 마을, 도시에서 도시로 이동할 때 엄청나게 시간 단축을 하려고 한다. 그래서 마물 문으로 제지했더니 사건이 일어났다.

필로가 급 브레이크를 걸었을 때 마차가 앞으로 날려가 버린 것이다.

그때는 나조차 죽는가 싶었다.

나는 방패 덕분에 상처가 없었지만 라프타리아는 트라우마가 되었지. 약값도 장난이 아니었다고.

그만큼 시간은 단축할 수 있어서 속달 우편으로 이득을 볼 수 있었지만…….

"으으……. 어째서 이런 상황이 된 걸까요."

"보통 필로리알이라면 아직 괜찮았을지도 모르지만……."

평범하게 마차를 끄는 필로리알이 부럽게 느껴질 때가 있다.

그 필로리알들은 필로를 부러운 듯 보고 있지만.

우리는 요즘 메르로마르크 안을 폭주하는 신조로 유명해졌고, 흉내 내는 귀족들 사이에 경기가 열린다는 이야기를 들었다.

액세서리 상인이 도박으로 유명한 제르토블이라는 나라도 주목하고 있다고 말해 준 게 기억난다.

"음! 저기는 질러서 갈 수 있을 것 같아!"

필로가 낭떠러지를 보고 돌진했다.

"낭떠러지!"

라프타리아가 비명을 질렀다.

아……. 중력에서 해방되는 감각을 알았다. 이전에도 전신이 뒤로 밀리는 느낌은 받았지만, 지금은 너무나도 바보같이 느껴지고만다.

아, 옛 기억이 뭉게뭉게 되살아난다.

이거…… 몇 번째로 보는 주마등이었지?

이미 잊었다.

쿠웅 하고 마차 바퀴가 하나 빠지는 것과 동시에 착지한 필로가 그대로 달려 고개를 넘었다.

뒤쪽의 짐차를 확인했다.

……음. 어떻게 된 원리인지 문제가 없다.

"아윽……. 나오후미 님, 이제 행상은 그만두지 않으시겠어요?"

"별일도 다 있군. 나도 그런 생각을 하고 있었어."

수입은 굉장히 좋지만.

목숨의 위험을 몇 번 경험하면 되는 걸까.

목적지에 도착하자 필로가 회중시계를 꺼내 확인했다.

"응. 이전보다 20분 단축했어~."

인간 형태가 되어서는 기쁜 듯이 나에게 보고하는 필로. 하지만…… 지금의 우리는 그럴 상황이 아니다.

도착한 마을 녀석들도 박수를 치며 타임을 확인했다.

"축하드립니다, 성인님! 신기록이에요!"

"아아…… 그래."

어째서인지 마을에서 마을로 온 타임 레코드가 간판에 적히고 있다.

시작은 필로 같지만…… 나라 전체가 마차 레이스의 타임 어택을 시작하다니…… 어떻게 된 거냐.

룰은 정해져 있지 않다. 얼마나 빨리 목적지에 도착하는가 뿐이다. 참고로 필로는 하늘을 나는 기룡보다도 빠른 듯하다.

"……졌어요."

어째서인지 이츠키 일행이 분한 듯 나를 보고 있었다.

사용한 건…… 말이로군.

렌도 이전에 봤다. 그쪽은 그리핀이었다.

"다음엔 지지 않을 거예요."

이츠키는 나에게 그렇게 내뱉고는 달려서 사라졌다.

……여기, 이세계였지.

"축하드립니다, 성인님, 타임 어택 성공으로 상품을 2할 더 구입하실 수 있습니다."

결과적으로는 좋지만 어쩐지 납득할 수가 없다. 게다가 마차가 너덜너덜하다.

"주인님…… 마차 수리…… 이번엔 바퀴가 조금 더 빨리 돌 수 있게 하고, 그리고 차축을 조금 더 기울이고, 기름은――."

필로가 중얼중얼 전문 용어를 나열했다.

또 속도 경쟁을 할 셈이냐!

최근엔 수수께끼의 필로리알 마니아라는 트윈테일 여자아이가 맞서러 온다.

나는 무엇과 싸우고 있는 거야. 왜 이세계에 와서 비공식 레이싱을 해야만 하는 건데! 파도에 대비해야 하는 거 아니었어?!

결론―― 행상은 성공하지만 마차 수리비에 압박을 받고, 수수께끼의 레이스가 세계적으로 붐을 일으킨다.

만약 라프타리아가 계속 어린 모습이라면…

"나오후미 님."

"응? 왜 그러지?"

해제된 노예문의 재등록이 끝나고, 마물 알 뽑기 근처에서 라프타리아와 얼굴을 마주했다.

"다음엔 어디로 가나요?"

"글쎄다."

……라프타리아를 보았다. 생각해 보면 작은 여자아이다.

나를 믿어 준 답례를 하자.

"좋아, 그럼 전에 먹으러 갔던 식당에서 깃발이 붙은 어린이 런치를 먹여 주지."

"괜히 신경 쓰시지 않아도 돼요. 어제 성에서 많이 먹었으니까 괜찮은걸요."

흠……. 외모는 어리지만 경제 관념이 잘 박혀 있군.

아마도 나 때문이겠지.

"그럼 장난감을 사자."

"어째서인가요!"

"내 답례라고 생각해. 라프타리아, 너는 사명을 우선하고 싶겠지만 아직 어린 여자애잖아. 나이답게…… 노는 것도 중요하다고."

"장난감을 살 거라면 저축을 해서 좋은 장비를 사죠."

"장난감 정도는 싸다고."

성 밑 도시의 노점을 보고 라프타리아가 가지고 놀 만한 장난감을 찾았다.

이 세계의 장난감은…… 벌룬으로 만드는 공이나 돌을 쏘는 새총 정도인가?

그거 말고는 대나무 도르래 같은 것도 있는 모양이다.

음……. 공깃돌 같은 것도 발견. 여자애는 이런 걸 원하려나?

아니, 그것보다도 인형 같은 걸 사는 게 좋을지 모르겠다.

그리고 귀여운 옷을 입히는 것도 좋겠지.

문득 정신이 들자 옷을 만들어 주는 양장점에 와 있었다.

"어서 오세요."

스카프를 머리에 감고 안경을 쓴 점원이 말을 걸었다.

"음, 이 아이에게 어울릴 만한 귀여운 옷을 골라 줬으면 해. 그리고 봉제 인형 같은 것도 부탁하고 싶은데."

"나오후미 님? 장난감을 사는 게 아니었나요?"

"와아……. 귀여운 아이네요. 어떤 느낌의 옷이 좋으신가요?"

"가능하면 일본풍이 어울릴 것 같지만……."

그런 걸 알려나? 아마 무리일 테니까 양장점 안에서 고딕 로리타 같은 옷을 가리켰다. 일본풍과는 다르지만 이쪽 옷도 잘 어울리겠지.

"저런 느낌으로 귀여운 옷을 찾아 주지 않겠어?"

"저기……."

"알겠습니다. 소재가 좋으니까 아주 예뻐질 거라고 생각해요."

"나오후미 님."

"왜?"

"낭비는 금물이에요."

"무슨 소릴 하는 거야. 어린 여자애가 즐거운 걸 참으면 어떡해. 약간 정도는 낭비해야 하는 법이라고."

"하아……."

나와 점원은 라프타리아에게 어울릴 법한 옷을 골라 오랫동안 입혀 보고 만족스러운 옷을 구입했다.

리본으로 머리카락을 묶어 귀여움을 연출한다.

그 뒤에는 봉제 인형을 파는 가게를 알려 달라고 해서, 라프타리아에게 선물했다.

"좋아!"

귀여운 옷에 봉제 인형이 어울려서 라프타리아의 매력이 상승했군!

다음엔…… 사복은 이 정도면 됐겠지만, 무기는 좋은 걸 갖고 싶군.

무기상에 갔다.

"오? 형씨……와 아가씨인 모양인데, 어떻게 된 건가?"

무기상 아저씨가 나를 보고 고개를 갸웃거렸다.

"어떻게라니?"

"왜 아가씨가 한껏 멋을 냈지?"

"아아, 여자애가 멋을 부리지 못하고 매일 싸움싸움 하는 건 좋지 않겠다는 걸 깨달았어. 멋 내기는 중요하잖아?"

"저에게 이런 옷을 사서 돈을 낭비하고 계세요. 제발 주의를 주세요."

"그, 그런가. 어쩌다 심경의 변화가 일어난 거지, 형씨."

나는 아득한 시선으로 중얼거렸다.

"라프타리아의 사정은 들었으니까…… 정했다고."

"뭘?"

"뭘 말인가요?"

"내가 부모 대신이 되어 훌륭한 숙녀로 키우겠노라고."

파도를 극복하는 건 당연한 전제다. 그러나 부모를 잃은 가엾은 여자아이를 훌륭한 여성으로 키우는 것은 그보다 더 중요하다.

이게 나를 믿어 준 라프타리아에 대해 내가 할 수 있는 최대한의 보상이다.

구입한 알의 결과물에 달렸지만, 마물을 사역해 레벨을 올리고 파도를 극복하자.

라프타리아는 소중히 돌봐야지.

"무슨 말씀을 하시는 건가요!"

"무조건 안전한지를 확인하고 강력한 무기로 마무리만 하는 거야! 견실하게…… 가능하면 우사피르와 에그그로 고레벨을 노리자!"

"효율이 나빠요! 좀 더 탐욕스럽게 강한 마물과 싸워서 레벨을 올리고 장비를 갖춰야 한다고요!"

"다치면 어떡하려고! 라프타리아, 너는 나를 방패로 무슨 일이 있어도 살아남아야 해!"

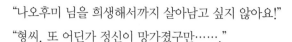

"나오후미 님을 희생해서까지 살아남고 싶지 않아요!"

"형씨. 또 어딘가 정신이 망가졌구만……."

그 후, 구입한 알에서 태어난 녀석이 필로리알이라는 중형 마물인 걸 불만스럽게 생각한 나는 즉시 라프타리아를 위해 우사피르를 구입하게 되었다.

아아, 어린아이에게 작은 동물은 잘 어울리는구나.

결론── 나오후미가 부성에 눈떠 과보호하게 된다.

만약 마인이 청초하고 나오후미를
모함하지 않는 인물이었다면…

이세계에서 이틀째, 나는 마인이라는 여자와 함께 초원에 나갔다가 무기상 아저씨에게 무기를 샀다.

그 뒤에는 숙소에 가서 약간 불안해하면서도 잠들었다.

내일은 또 모험이 시작된다!

"우웅……."

눈을 뜬 나는 기지개를 켜며 침대에서 일어나 밖을 보았다.

성 밑 도시의 도로에는 어제와 마찬가지로 사람들과 마차가 오가고 있었다.

해가 뜬 걸 보면 아홉 시 정도일까.

오늘은 어제 마인과 상담해서 가기로 했던 마을과 동굴로 출발할까.

의자에 걸쳐 둔 사슬 갑옷을 착용하고 방을 나왔다.

"안녕하세요, 용사님."

방을 나와 여관의 숙소로 가자 마인이 우아하게 아침을 먹고 있었다.

"안녕."

마주 보고 앉아 마인과 이야기를 했다.

"그래서 용사님. 여기서 한 가지 중요한 이야기를 할게요."

"어, 뭔데?"

내가 전력적으로 도움이 안 된다거나 하는 말을 들으면 정말 곤란한데.

내가 싸워도 좀처럼 마물을 쓰러뜨릴 수 없고…… 마인이 싸워 줘야만 한다.

"지금은 아직 아빠가 잠자코 계시긴 하지만, 가능하면 문제를 일으키지 않도록 부탁드려요."

"응?"

처음 듣는 소리다.

무슨 이야기인 걸까.

"역시 용사님은 모르고 계셨던 모양이네요. 아빠는 용사님을 싫어하셔요. 그러니까 트집 잡히기 전에 성 밑 도시를 나가죠."

"아빠라니?"

"그렇죠, 아직 설명하지 않았었네요. ……제 아빠는 이 나라의 임금님이세요. 그리고 제 본명은 마르티 S 메르로마르크라고 해요. 다시 한번 잘 부탁드려요."

"뭐어?!"

자기도 모르게 목소리 톤이 이상해지고 말았다.

마인의 아버지가 임금님이라고? 그럼 눈앞에 있는 마인은 왕녀님이었구나.

"너무 의식하지 마세요. 저는 용사님과 함께 세계를 구하고 싶을 뿐이니까요."

"고, 고마워."

"그리고 중요한 일인데, 용사님에게 동료가 생기지 않았던 것도 이 나라 메르로마르크가 방패 용사를 혐오하기 때문이에요."

"그, 그럴 수가……."

"너무 괘념치 마셔요. 용사님이 활약해서 멋진 분인 걸 사람들이 알게 되면 인식을 고칠 수 있어요. 그걸 위해서는 아빠가 방해하려는 걸 피하는 게 좋을 거예요. 아빠는 저에게 강하게 나올 수 없어요. 그러니까 저는 용사님의 동료가 되었던 거고요."

"진짜 고마워."

마인의 이야기에 따르면, 아무래도 방패 용사는 이 나라에서 미움받는 모양이다.

이유는 모르겠지만 그건 나중에 알게 되려나.

"그럼 나라를 나가는 건가?"

"아뇨. 이 나라에서 용사님의 활약을 인정하게끔 해야죠. 미움받는다고 도망치다니…… 패배를 인정하는 거나 다름없어요."

오오…… 마인이 빛나 보인다.

이게 왕녀님의 위엄이란 걸까…… 굉장하군.

이세계는 굉장하다. 이런 일이 일어나다니.

"하지만 나는 다른 용사 같은 지식이 없는데……."

"모험가 길드에서 초보 모험자가 싸울 수 있는 마물을 찾죠. 지금 장비라면 틀림없이 이길 수 있어요."

"고마워. 그럼 그런 건 모두 맡길게, 마인…… 아니, 마르티 왕녀님?"

"지금은 마인이면 돼요."

마인의 이야기를 들은 나는 서둘러 성 밑 도시를 떠나기로 했다.

어쩐지 처음부터 평판이 나쁘고 전투력 없는 직업이 걸린 듯하지만, 마인이 있으면 열심히 할 수 있으리라.

모험을 시작하고 2주 정도가 지났다.

마인과의 일상은 이어진다.

도중에 방패 용사의 동료가 되고 싶다는 사람이 몇 명 있었지만 그때마다 마인이 상대의 목적을 간파해 쫓아내 주었다.

아무래도 방패 용사를 바라는 나라가 있어서, 납치될지도 모르는 위기가 있었던 듯하다.

그 나라에서는 소환된 방패 용사를 숭배하긴 하지만 형편이 나빠지면 금방 죽여 버릴지도 모른다던가.

위험했다.

전부 마인 덕분이다.

"용사님!"

"그래!"

나는 마인의 지시에 따라서 마물의 발을 붙들었다.

그동안 마인이 검으로 공격하거나 마법을 사용한다.

현재 레벨은 24. 어느 정도 강해진 느낌이 들지만 마인의 말로는 아직 멀었다는 모양이다.

최근에는 동료도 늘었다.

엘레나라는 여자아이다.

부친이 메르로마르크의 귀족으로 성실한 성격인 듯하다.

그러니까 신뢰할 수 있어서 내 동료가 되어 주었다.

"하앗!"

엘레나도 마인처럼 검과 마법으로 싸운다.

"하아……. 좀 더 편하게 싸울 수 없으려나요."

"미, 미안해. 최대한 노력할 테니까."

"괜찮아요. 어쨌든 방패 용사님은 애쓰고 계신걸요. 좋은 방어 벽이에요."

엘레나는 손을 휘두르며 내게 말했다.

"이번 마물은 팔고……."

마인이 주판 같은 도구로 돈 계산을 해 주고 있다.

"왜 그러세요? 오늘 식사는 아직인가요?"

"아, 응."

나는 짐에서 프라이팬을 꺼내 요리를 만들어서 마인과 엘레나에게 대접했다.

"방패 용사님은 전투에서 별로 도움이 되지 않지만, 요리만은 잘하시네요."

"고, 고마워."

"아뇨아뇨, 전투에서도 도움이 되신다구요. 이제 자잘한 잡무를 좀 더 익혀 주시면 더 편해질 거예요. 돈을 모으면 추가로 장비를 구입해서 파도에 대비하죠."

"하나하나 정말 고마워. 마인. 엘레나."

"고마운 만큼 용사님이 노력하셔서 세계를 구하면 돼요."

"다음엔 조합을 배우죠. 그리고 매입 요령, 야금, 연금술, 낚시……. 배울 건 잔뜩 있어요."

"응. 나…… 노력할게."

결론—— 휘둘리는 건 물론이고, 용사라기보다는 잡무 담당.

아니…… 이쯤 되면 다른 사람 아닌가?

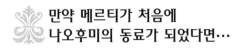 만약 메르티가 처음에 나오후미의 동료가 되었다면…

"자, 미래의 영웅들이여. 섬기고 싶은 용사님과 함께 여행을 떠나거라."

응? 저쪽이 고르는 거였어?

이 상황에는 우리도 깜짝 놀랐다.

뭐, 잘 생각해 보면 현지 상황을 잘 알지도 못하는 이세계 사람들에게 맡기기보다는 자국 국민들의 생각에 무게를 두는 게 맞겠지.

우리는 한 줄로 섰다.

동료들이 우리 쪽으로 성큼성큼 걸어와서 각각의 앞에 모여든다.

렌, 다섯 명.

모토야스, 네 명.

이츠키, 세 명.

나, 한 명.

작다고 생각했는데, 내 눈앞에 선 걸 보니 열 살 정도의 여자아이였다. 눈매가 조금 날카롭고 고집이 셀 듯한 인상이다.

트윈 테일 모양에 진한 남색 머리카락, 프릴이 붙은 드레스를 입고 있었다.

마법이 특기일지도 모르겠다. 무거운 검을 휘두를 수 있을 것처럼은 보이지 않고.

"잘 부탁드려요, 방패 용사님. 제 이름은 메르티라고 해요."

"메르티── 거기 있는 마법사여. 정말로 방패 용사로 좋은가?"

왕이 어쩐지 묘한 표정으로 메르티에게 물었다.

"밸런스 문제도 있어요. 걱정되니까 저도 함께할게요."

모토야스의 부하가 되고 싶었던 붉은 머리 여자애가 손을 들었다.

"됐어요."

메르티는 내 팔을 잡고는 놓지 않겠다는 듯 답했다.

우와. 어리다고는 해도 여자아이가 끌어안다니.

이세계에 오자마자 좋은 일이 생겼다. 얘는 이제부터 '메르티 짱'으로 부르자. 관계를 중요히 해야지.

"하지만……."

"저만 방패 용사님의 동료이고 싶어요! 방패 용사님, 부디 부탁 드려요."

메르티짱은 지금이라도 울 것 같은 표정으로 애원했다.

"그, 그렇구나. 그렇게까지 말한다면야."

"고마워요!"

"로리콘."

렌이 중얼거렸다.

내가 아니야! 메르티짱이 날 좋다고 한 거잖아!

"으음……. 알겠다. 그럼 용사 제군. 지원금이다. 잘 받도록."

지원금을 받고 성 밖으로 나왔다.

어째서인지 메르티짱이 임금님을 노려봤던 것 같았다.

임금님도 메르티짱을 신경 쓰고 있었고.

그런데 메르티짱은 내 앞에 서더니 비밀 이야기를 하듯 손을 입가에 대고 나를 불렀다.

  "왜 그래?"

  "방패 용사님, 몰래 할 얘기가 있어요."

  "응?"

  "제 이름은 메르티 메르로마르크. 내 아버님은 아까 이야기했던 임금님이세요."

  "뭣?!"

  "침착하세요. 그리고 기억해요."

  "뭐, 뭘?"

  "이대로 이 나라에 머물다간 방패 용사님은 뭔가 함정에 빠질 거예요."

  "어, 어째서?"

  "이 나라 메르로마르크는 방패 용사를 적이라고 생각하니까요. 그러니까 가능하면 다른 나라로 망명하는 걸 추천할게요."

  그랬나. 어쩐지 뭔가 분위기가 이상하다고 생각했어.

  다른 세 사람에게는 사근사근하던 병사들이, 어째 나는 피하는 듯했다.

  "제가 아버님을 만나러 돌아온 게 운이 좋았지만, 언니가 얽힐 것 같았으니 더욱 그래요. 자, 빨리 떠나죠."

  "아, 알았어. 하지만 너는 어떻게 싸울 수 있어? 혹시 내가 지켜야만 하나?"

  이 나라가 적이라고 안 시점에서 긴장감이 높아진 것 같다.

나를 보는 가게 녀석들의 눈매가 신경 쓰인다.

"저는 마법을 쓸 수 있어요. 레벨은 15니까 용사님보다도 높아요."

"오오……."

어쩐지 믿음직하다.

"아무튼 나라를 나가서 어머님과 연락을 하죠."

"자, 장비 같은 거 준비하지 않아도 돼?"

"그건 괜찮아요. 저축한 게 있고, 성 창고에서 빌리죠."

이렇게 해서 나는 메르티짱 덕분에 위험한 나라를 탈출해 그대로 다른 나라로 향했다.

메르티짱은 어리지만 세상 물정에 밝고 교섭이 특기였다.

아마도 나라의 여왕이 메르티짱에게 이것저것 지식을 주입하고 있는 듯하다.

"츠바이트 아쿠아 슬래시!"

마물은 메르티짱이 쏜 마법에 금방 절명했다.

모험 한 주 동안 내 레벨은 15까지 오르고, 메르티짱은 20이 되었다.

"이제 곧 이웃 나라의 도시에 도착해요."

"이것도 전부 메르티짱 덕이야. 고마워."

"뭘 새삼스럽게. 나오후미 씨의 당연한 권리를 지켰을 뿐인걸요."

초기에 메르티짱은 나를 방패 용사님이라고 불렀지만, 동료이고 하니 이름으로 불러 달라고 부탁했다.

님을 붙여서 부르려 하길래 신신당부해서 '씨'를 붙이게 되었다.

"망명이 잘되면 메르티짱과도 작별인가……."

어쨌든 왕녀님이니, 굉장히 아쉽군.

"그건…… 저기…… 나오후미 씨가 바라신다면…… 어머니에게 부탁해 보는 것도 나쁘진 않을 거예요."

메르티짱이 부끄러운 듯 답했다.

우후후후후, 혹시 나에게 반했다거나?

성실하지 못하다고 생각하지만 굉장히 기쁘다. 내 목숨을 걸고서라도 반드시 지켜 보이겠어!

"그렇지. 혹시 계속 함께해도 된다고 여왕님이 인정해 준다면 메르티짱에게 뭔가 답례를 하게 해 줄래?"

함께 모험해 주는 여자아이에게 감사하는 증표를 선물하고 싶다.

"그럼…… 나오후미 씨. 둘뿐이면 쓸쓸하니까 필로리알이라는 새 마물을 동료로 해요."

"응! 반드시 동료로 해서 즐거운 여행을 하자!"

결론── 메르티의 고집 센 성격과 어린애 같은 부분이 약해지고 나오후미가 로리에 눈뜬다.

만약 라프타리아가 나오후미 이외에겐 마음을 닫았다면…

"만나서 반가워요, 아가씨. 나는 이세계에서 소환된 네 명의 용사 중 한 명인 키타무라 모토야스라고 해요. 기억해 두시길."

처음 들어간 용각의 모래시계 앞에서 모토야스가 라프타리아에게 자기소개를 했다.

"아가씨, 당신의 이름은 어떻게 되시죠?"

"……."

라프타리아는 계속 말없이 모토야스를 노려보았다. 내가 화난 걸 깨닫고 있는 듯하다.

그렇다, 이 녀석들과는 1초도 같이 있고 싶지 않다.

"당신은 오늘 어떤 용무로 여기에? 당신 같은 사람이 살벌한 갑옷과 검을 들다니 대체 어떻게 된 건가요?"

이 녀석! 여자라면 아무나 좋은 거냐! 이런 어린 여자애까지 꼬드기려고 하다니!

"기——."

라프타리아가 입을 열었다. 무슨 말을 하려는 걸까?

"기분 나빠요! 얼굴이 잘생겼다고 막무가내로 굴지 말아요! 당신이 너무나 경박하고 실속 없는 남자라는 건 눈을 보면 아니까요!"

모토야스의 미소가 굳었다. 그래, 타깃으로 삼은 여자에게 이런 말 들은 경험이 없었나 보군.

그러나 어린 여자애한테도 간파당하다니 참 뻔한 놈이로군.

뭐, 라프타리아는 지금까지 심한 일을 당했었으니까 모르는 상대에게 마음을 열거나 하지 않겠지.

"뭐라고요?! 모토야스 님께 무슨 폭언을! 용서 못 해요!"

"안이하게 들이댄 게 원인 아닌가요?"

화를 내는 모토야스 패거리를 향해 이츠키가 질렸다는 듯 어깨를 으쓱하며 말했다.

"허울만 좋다잖아. 갑자기 꼬시려고 들면 그렇게 생각할 만하지."

"우…… 하하, 기세 좋은 아가씨네."

모토야스가 가볍게 흘렸다. 훈남 어필인가. 웃기고 있구만!

그러나 조금은 마음이 풀리는군.

"나오후미, 이렇게 귀여운 아이를 어디서 꼬드긴 거야?"

"너에게 말할 필요는 없어."

"예. 저분과 관련되면 귀와 입이 썩어요. 자, 나오후미 님. 가요."

"으, 으응……."

뭐지? 좀 화가 나 있었는데, 라프타리아 쪽이 더 기분 나빠 보이는걸?

그리고 우리는 파도를 극복했지만, 모토야스가 라프타리아는 내 노예인 걸 알고는 해방을 요구하며 멋대로 결투를 하게 했다.

그리고 노예문이 지워진 라프타리아에게 모토야스가 다가섰다…….

제길……. 눈앞이, 어두워……. 모든 게 증오스러워…….

퍼억 하고 라프타리아가 모토야스의 뺨을 주먹으로 때리나 싶었더니, 그대로 올라타고는 그 얼굴을 때리기 시작했다.

"비겁한 남자! 이길 수 있는 사람에게만 도전하는 최악의 쓰레기! 죽어요! 죽어서 나오후미 님에게 사과해요!"

"으앗! 으, 으그극! 이 애 진짜로 날 때리고 있어! 누가 도와줘!"

눈앞이 굉장한 기세로 맑아져 갔다. 뭐지 이거?!

라프타리아가 나 대신 모토야스를 때리고 있잖아!

"누, 누군가 막아요!"

"막을 필요 없잖아?"

렌과 이츠키가 막으려는 병사들을 제지했다.

"그 사람은 여자를 아주 좋아하니까 이 정도는 자업자득이에요."

"그렇지."

"빨리! 이 무례한 계집애에게서 창의 용사를 구해라!"

왕이 병사를 재촉했지만 라프타리아의 귀기 어린 박력에 밀려서 아무것도 하지 못했다.

"라, 라프타리아."

"나, 나오후미 님!"

내 목소리에 라프타리아가 금세 환해진 표정으로 다가왔다.

"으으…… 저 애 집착녀야. 집착녀 무서워……."

모토야스가 떨면서 도망쳤다.

이건 웃기는걸. 어쩐지 모든 게 싹 날아갔어!

"해치웠어요!"

"그래, 고마워. 라프타리아."

"또 나오후미 님께 접근하면 제 주먹으로 입을 막을게요!"

내 칭찬에 기분이 좋아진 라프타리아가 모토야스가 사라진 방향을 향해 섀도복싱을 했다.

그렇게 싫은가. 이건 잘됐군.

"그럼 맡길게."

"예!"

"무례한 것! 창의 용사님께 이런 만행을! 용서하지 못한다!"

"그건 제가 할 말이에요! 봤다고요! 나오후미 님이 이기려고 한 순간에 뒤에서 마법을 쏜 사람의 얼굴을!"

라프타리아가 왕녀를 가리켰다.

"모, 모르는 이야기인데? 피해망상도 적당히 해 둬."

"아니, 우리에게는 보였어."

"안 들킬 수가 없죠. 오히려 당신 때문에 모토야스 씨는 반칙패를 당한 셈이에요."

"이 비겁자! 그 근성! 제가 바로잡겠어요!"

라프타리아가 왕녀를 향해 달려들었다.

"그, 그만둬!"

왕녀가 도망치며 고함쳤다.

"이 무례한 것을 죽여!"

"될 것 같냐!"

나는 라프타리아를 향해 날아드는 공격을 막았다.

그리고 렌과 이츠키가 나를 지키듯 섰다.

"반칙한 사람은 마땅히 벌을 받아야 한다고 생각해요."

"어떤 신분이든 상관없어. 벌에서 도망쳐도 되나?"

"끄응……. 할 수 없지. 마르티, 나중에 벌을 받아라."

"그럴 수가! 아빠!"

왕녀가 왕에게 이끌려 사라졌다.

"나오후미 씨. 이제 그 사람을 말려 주지 않겠어요? 이 이상의 소란은 피하고 싶어요."

"그, 그래……."

렌과 이츠키가 우릴 감쌌다? 아무튼 라프타리아 덕에 속이 시원해졌다.

다음 날…… 알현실에서 원조금을 제대로 받지 못했다.

"나오후미 님에 대한 무수한 만행……을 보면 뭔가 좋은 일이라도 생기나요?"

발끈한 라프타리아가 병사와 모토야스를 노려보며 말했다.

"왕녀가 어제 저지른 일로 받은 벌은 뭔가요? 지금 당장 알려 주세요."

"그렇군요. 가르쳐 주시죠."

이츠키 일행이 편승한다. 이건…… 우리에게 힘이 실린다!

"으음……."

"어차피 없겠죠? 뭔가 있다면 이유를 말해 보세요."

"아빠! 나는 잘못 없어! 방패 용사가 나에게 심한 짓을 하려고 했으니까 갚았을 뿐이야!"

"그, 그렇다!"

아니……. 무리잖아. 렌도 이츠키도 납득하지 못한 표정이다.
모토야스는…… 라프타리아에게 겁을 집어먹고 이야기에 끼지
못하고 있다.

"나오후미 님을, 나오후미 님을 못살게 굴 권리 따위 이 세상 누
구에게도 없으니까요! 다른 용사 따윈 쓰레기나 마찬가지거든
요? 가장 우대받으셔야 하는데 이건 어떻게 된 건가요!"

"쓰, 쓰레기?!"

"이건…… 본인의 개성으로 넘어가겠지만, 확실히 이상하군요."

용사들이 팔짱을 끼고 생각에 잠겼다.

"""하지만 얘, 엄청나게 성격 나쁜걸."""

결론── 용사들이 음모를 빨리 깨달……을지도 모른다.

만약 피트리아가 필로와 같은 말투, 성격이었다면…

갈가리 찢긴 타이런트 드래곤 렉스의 몸에서 빛나는 무언가…… 아니, 핵석을 쥔 거대 필로리알 퀸은 우리를 돌아보았다.

"기다렸지~!"

"……."

음. 목소리는 다르지만 필로랑 완전히 똑같은 어조다.

바로 전까지의 신성함이 완전히 날아가 버렸다.

"커다란 필로리알…… 씨?"

"아니, 거대 필로로구만."

"웅~?"

거대 필로리알이 고개를 갸웃거리며 우리를 보고 있다.

"있잖아. 피트리아의 이름은 피트리아라고 해~."

……틀림없다. 필로랑 거의 같은 성격이다.

자기소개를 마친 우리는 피트리아에 의해 필로리알의 성지로 이동했다.

인간 모습이 되었을 때도 필로랑 판박이일까 생각했지만 역시 달랐다.

애초에 배색도 다르고 말이지. 그러나 태평한 표정은 마찬가지다.

"그래서? 우리에게 무슨 용건이지?"

"있잖아, 우선 지금의 용사가 무슨 일을 하고 있는지 알려줘~."

긴장감이 없다.

우리가 타이런트 드래곤 렉스에게 쫓긴 이유를, 메르티를 납치했다는 의혹으로 쫓기고 있음을 설명했다.

그리고 용사끼리의 관계에 대해서도.

이야기를 다 듣고…… 피트리아는 발끈한 표정으로 답했다.

"있잖아. 피트리아는 말이야, 주인님에게 지금의 용사가 나쁜 짓을 하면 뻐엉 해 버리라고 부탁받은 거야. 그러니까 싸우면 안 되는 거야!"

"뻐엉이라니 뭔데?"

"응? 뻐엉은 뻐엉인데?"

"……필로."

"왜애~?"

같은 성격, 게다가 같은 필로리알이라는 종류다. 필로라면 피트리아라는 전설의 필로리알이 하는 말을 알 수 있을지도 모른다.

"뻐엉이란 게 뭐지?"

"필로 모르겠어."

"너랑 같은 타입일 텐데!"

자기도 해독하지 못하는 말을 쓰는 거냐!

마법에 대해 얘기할 때도 그랬었지. 빠앙 같은 소리를 했었다.

화가 치밀어 라프타리아에게 시선을 돌렸다.

"저기…… 모르겠어요."

"하아……."

"나오후미, 나에게 맡겨."

메르티가 손을 들고 나섰다.

음. 필로와 친구일 정도다. 메르티라면 가능할지도 모른다.

"맡기지."

"응. 저기…… 피트리아 씨."

"피트리아라고 불러~."

"아, 네. 피트리아짱."

"왜애~?"

"뼈엉이라니 뭘까~? 좀 더 자세히 알려줘요."

"응. 메르땅."

"우……."

필로는 삐친 표정으로 메르티와 피트리아가 대화하는 모습을 보고 있었다.

"뼈엉은 말이지. 쓰악 하고 꽈당 해서 말이지. 새롭게 휴웅 하는 거야."

"쓰악이란 건 뭐야? 그리고 꽈당이라는 건 넘어지는 소리?"

"쓰악이란 건 말이지~ 이런 느낌으로 용사들을~."

피트리아가 손을 수평으로 하고 허공을 그었다.

쓰악이라니 효과음인가? 알 것도 같지만 설명을 듣지 않으면 어렵잖아.

"응. 꽈당이라는 건 정답."

"새롭게 휴웅 한다는 건?"

"있잖아~. 파도가 일어나지 않을 때 말이야~ 용사를 쓰악 하지 않으면 세계가 빠앙 하게 돼. 그렇지만 파도가 없을 때는 괜찮아서 휴웅 하면——."

음. 이미 해가 지고 있지만 얼마나 시간이 걸릴지 모르겠군.

가만히 보고 있으려니 지루하다.

그리고 메르티가 필로와 이야기할 때처럼 조금씩 피트리아의 이야기를 전해 주었다.

"저기. 피트리아짱은 사성용사끼리 싸울 거라면 세계를 위해 죽이고서 다시 소환한다고 말하는 것 같아."

"아무렇지도 않게 뒤숭숭한 소리를 하고 있구만."

"근데 나오후미는 왜 요리하고 있는 거야?"

"기다리다 지쳐서."

피트리아의 말을 메르티가 번역하는 데 시간이 오래 걸리고 말았다.

그동안 한가하고 배도 고파졌기에 요리를 하고 있었다.

"그러니까 용사가 나쁜 짓을 하면 뻐엉 한다니까?"

"그래. 알았어. 그럼 아이에게는 밥을 줘야겠어."

뒤숭숭한 소리를 하고 있지만 안은 필로랑 마찬가지인 모양이니 먹을 것에는 약하겠지.

아까부터 흘끔흘끔 이쪽을 보고 있었고.

"와아~."

피트리아는 내게 밥을 받고는 필로랑 함께 마구 먹었다.

"그러면 이야기를 계속할까?"

"응~? 무슨 이야기~?"

"……."

이거…… 완전히 잊고 있잖아?

그 후 메르티가 무슨 이야기를 하고 있었는지를 설명했지만 결국 피트리아는 떠올리지 못했다.

그리고…….

"왜 너까지 따라오는 거야!"

"어~?"

"우~! 메르짱은 필로의 친구야~!"

어째서인지…… 피트리아가 우리를 따라오기 시작했다.

뭐어, 굉장히 강력한 필로리알이 있으니 엄청난 힘이 되겠지만.

"어~? 그치만 메르땅은 피트리아의 친구인데?"

"필로도 메르짱의 친구야~!"

"아하하……. 나오후미, 도와줘…….''

필로가 둘로 늘어난 것처럼 시끄럽기 그지없다!

메르티도 지친 모양이야!

결론── 필로는 둘씩이나 필요 없다.

만약 나오후미가 창,
모토야스가 방패의 용사였다면…

임금님이 소개해 준 동료들.

렌, 다섯 명.

모토야스, 없음.

이츠키, 네 명.

나, 세 명.

"어? 어째서 나에겐 동료가 오지 않는 거야!"

방패 용사인 모토야스가 이의를 제기했다.

이상하군. 이런 타입은 인상이 좋으니까 좀 더 동료가 모일 텐데.

정보도 있으니까 나보다 빨리 강해질 테고.

"제길! 그냥도 잉여 직업인데 동료까지 없으면 어떻게 강해지란 말이야!"

그때 이츠키의 동료가 되려던 여자애 중 한 명이 손을 들고 모토야스에게 붙었다.

임금님도 모토야스의 지원금을 많이 주기로 한 모양이고, 저 얼굴이면 동료도 생기겠지.

다음 날 이른 아침.

싸우는 법을 이해한 내가 동료들과 숙소에서 쉬고 있었는데, 병사들이 와서 소집되었다.

그리고 알현실로 불려가서 대기하게 되었다.

살펴보니 이츠키 뒤에서 모토야스의 동료가 되었던 여자아이가 울고 있었다.

그리고 속옷 차림의 모토야스가 연행되어 왔다.

"어? 무, 무슨 일이 일어나고 있는 거야? 앗, 마인!"

응? 뭐가 일어나고 있는지 잘 모르는 느낌이다.

"으흑…… 흑……. 방패 용사님이 술에 취해서는 갑자기 제 방에 들어오시더니, 억지로 저를 덮치려고 했어요."

"응? 그거야 마인이 술을 권해서 마시다 보니 어느새 취해서 곯아떨어졌을 뿐인데…… 어? 어어?!"

아, 술에 취해서 늑대가 되었다는 건가. 흔한 이야기다.

"저, 무서워져서…… 소리치면서 힘껏 방을 빠져나가서 이츠키 님께 도움을 청했어요."

마인이라 불린 미녀의 이야기를 듣고 모토야스의 표정이 창백해져 갔다.

"싫어하는 우리 백성에게 성행위를 강요하다니 용서받을 수 없는 만행이다! 용사가 아니었다면 즉각 처형이었다!"

임금님이 모토야스를 꾸짖었다.

"아무리 술에 취했다고 해도 그런 기억은 안 나!"

"처음 봤을 때부터 뭔가 저지를 거라고 생각했다! 역시 마각을 드러냈구나, 이 악당 놈!"

"아, 악당?! 어째서 그렇게 되는 건데?!"

"역시 그랬나요. 어쩐지 우리와는 사고방식이 다른 사람이라고 생각했어요. 얼굴이 잘생겼다고 막 나갔군요."

"그렇군. 설마 이런 범죄를 저지르는 녀석일 줄이야……. 자기가 특권 계급이라고 착각하고 있었군."

"으음……. 술에 취했다면 기억이 안 나는 일도 있지 않겠어?"

나는 무난한 말로 모토야스에게 주의를 주었다.

나 자신은 취한 적이 없어서 잘 모르지만 친구가 기억이 없을 때까지 취하는 걸 본 적이 있다.

그런 말을 하는 동안 창백했던 모토야스의 안색이 새빨갛게 되었다.

어째서일까? 이츠키의 뒤…… 마인이라는 아이를 보는가 싶더니만 격노하기 시작했다.

"너! 설마 지원금과 장비가 탐나서 있지도 않은 죄를 뒤집어씌운 거냐!"

모토야스는 이츠키를 손가락질하며 소리쳤다.

"술에 취한 강간범이 무슨 소릴 해도 소용없어요!"

그 뒤는 정신건강상 좋지 않은 문답이었다. 최종적으로 모토야스는 격노해서 나가 버렸다.

그 뒷모습에 나는 의문을 느꼈다.

정말로 그런 짓을 한 걸까?

며칠 후, 성 밑 도시에서 휴식하던 나는 동료들과 떨어져서 상점가를 걷고 있었다.

그러다 너덜너덜한 옷을 입은 노숙자 같은 녀석이 보였다.

모토야스다. 어째 상점의 물품을 노리는 것처럼 보였다.

겨우 며칠 만에……. 뭔가 굉장히 살벌한 표정을 짓게 되어 있었다.

나는 모토야스가 후다닥 하고 달려 나가기 전에 그 목덜미를 잡아챘다.

"무슨 짓을 하려는지는 몰라도 그만두는 게 좋겠어."

"너는! 나오후미!"

어쩐지 굉장한 표정으로 날 노려보았다. 시선만으로 사람을 죽일 수 있다면 죽일 듯한 안력이다.

음……. 무슨 일이 있었는지는 쉽게 상상이 간다.

나는 적당한 포장마차에서 먹을 것을 사서 모토야스에게 건넸다.

"주, 주는 건가?"

"그래, 맘껏 먹어."

모토야스는 내게서 빼앗듯이 먹을 것을 가져가서는 먹기 시작했다.

이 며칠간 제대로 먹지 못한 모양이다. 마지막 수단으로 도둑질을 하려고 했다나.

위험했군. 그러잖아도 전과 1범인데…….

"후우…… 이제 살 것 같아."

"그래서 말인데, 정말로 기억이 없는 건가?"

"그래, 이 나라 녀석들은 처음부터 나를 악당으로 단정하고는 아무도 상대해 주지 않았어!"

"확실히…… 그건 묘하게 엄한걸."

나는 평범하게 상대해 준다.

역시 셋만으론 숫자가 모자라지 않나 해서 동료를 한 명 늘린 참이다.

아무리 범죄자 의혹이 있다고 해도…… 세계를 위해 싸울 용사에게 이렇게까지 혹독한 건 이상하다.

"음?"

나는 문득 모토야스를 멀리서 바라보는 아인을 눈치챘다.

모토야스를 내버려 두고 말을 걸었다.

"아까 우리를 보고 있었지?"

"앗, 예."

아, 무난하게 귀여운 여자아이다. 무슨 동물인지는 모르겠지만 짐승 귀와 꼬리가 있다.

The 이세계라는 느낌의 전형적인 짐승 소녀다.

보아 하니 모토야스를 신경 쓰고 있는 걸까?

"혹시 불쾌했어? 그렇다면 빨리 자리를 뜰까?"

"아, 아니에요."

"그래?"

아인 여자아이는 주변을 힐끔힐끔 보더니 나를 향해 살짝 속삭였다.

"겁먹지 않아도 괜찮아."

나는 여자아이에게 오도록 말하고서 모토야스 곁으로 갔다.

"무슨 일이지?"

"저기, 모토야스. 아무래도 이 나라는 방패 용사만 박해하고 있다는 모양이야."

나는 여자아이에게서 들은 이야기의 내용에서 이 나라의 음모를 느끼고 모토야스에게 전했다.

"그랬……었나."

모토야스의 눈이 분노로 물들었다. 그야 그렇겠지. 사흘 만에 이렇게 되었으니.

"방패 용사님, 제발 우리 나라에 와 주세요."

"알았어. 그리고…… 그 여자에게 나를 함정에 빠트리고 이런 생활을 하게 만든 대가를 치르게 해 주겠어!"

모토야스가 힘차게 일어섰다.

술에 취해서 정말로 강간……하려고 했던 건 아닌 듯하다.

그 왕녀가 이츠키에겐 속이고 도발을 했다거나.

확실히 나도 그때 이상하다고 생각했다. 이 나라는 여러 가지 의미로 위험할지도 모른다.

"그럼…… 앞으로 잘 부탁해."

아인 여자아이가 모토야스에게 옷을 준비해 주었다. 이제부터 다른 나라로 간다고 한다.

"그럼 갈까요, 모토야스 님."

여자아이의 동료인 아인이 두 사람 나와서 모토야스와 악수를 했다.

"창의 용사님, 협력해 주셔서 감사합니다."

"아니, 나는 아무것도 하지 않았어."

"겸양하지 않으셔도 괜찮습니다."

"나오후미…… 고마워. 이 빚은 꼭 갚을게. 나중에 또 보자."

이렇게 해서 모토야스는 여행을 떠났다. 좋겠구나, 귀여운 여자아이가 있어서.

하지만 마지막까지 복수한다는 소리를 반복하고 있었다.

용사라는 건 신앙의 대상으로, 이런 짓을 하는 메르로마르크는 결코 용서할 수 없다고 아인들이 말하고 있었다. 게다가 이야기를 들어 보면 아직도 숨기고 있는 게 많은 듯하다.

어째 이 나라는 위험해 보이니 렌과 이야기를 하고 나도 떠나도록 하자.

이츠키는…… 왕녀님 마음에 들었으니까 무리겠지.

결론—— 사태는 좀 더 빨리 정리되지만, 그 후에 확실히 전쟁이 터진다.

만약 메르티가 나오후미의 동료가 되었을 때 최고 레벨이었다면…

우리는 두 번의 파도를 극복하고 클래스 업을 위해 외국으로 나가기로 했다.

제2왕녀가 그런 우리를 쫓아와서 쓰레기 왕과 이야기하라고 제안을 했다.

그때, 기사가 갑자기 제2왕녀를 향해서 검을 휘둘렀다.

나는 다급하게 에어스트 실드를 불러 내리려고――.

"움직임이 너무 커요!"

"끄어어억!"

메르티의 권이 기사의 몸통을 쳐서 날려 버렸다.

"어……?"

"바, 방패 놈! 잘도 공주님에게 이런 짓을 했군!"

기사들은 허둥대면서도 전부 도망쳤다.

"기다려요! 저에게 검을 휘두르다니 무슨 생각인가요! 상황 여하에 따라서는 용서하지 않겠어요! 필로짱도 도와줘!"

"으, 응!"

제2왕녀는 즉각 필로와 함께 자기가 데려온 기사를 추적하기 시작했다.

"야! 멋대로 필로를 데려가면 어떡해!"

그렇게 막느라 기사 몇 명이 도망쳐 버리고 말았다.

기사들을 포박하고 나자, 제2왕녀가 일 하나 끝냈다는 듯 이마를 닦았다.

"……제2왕녀. 너 묘하게 센걸. 레벨 몇이야?"

"나? 레벨 100인데?"

100! 우리의 두 배는 되잖아! 강할 만하구만!

제길…… 나는 이런 괴물을 놀리고 있었나.

"묘하게 강한걸."

"혹시 모를 때를 대비한 거야."

혹시 모를 때……. 아, 지금 같은 경우인가?

그 후, 우리는 제2왕녀 유괴 혐의로 지명 수배되고 말았다.

이런 고레벨 왕녀를 내가 어떻게 유괴한다는 거냐!

그렇게 생각했지만 너무 시끄러워지지 않도록 제2왕녀와 함께 여왕이 있는 곳으로 향하기로 했다.

그러는 중에 용사들이 자객으로 나타났다.

"아마도 가까이에서 이야기를 하는 것만으로도 상대를 자기 뜻대로 세뇌하는 힘을 갖고 있는 거예요. 현재 교회 관계자가 힘을 합쳐 세뇌를 풀 준비를 진행하고 있어요."

빗치가 내게 수수께끼의 힘이 있다고 속여서 용사들을 유도했다.

제2왕녀와 함께 용사들을 설득하려 했지만 도무지 들을 기색이 없는 듯하다.

"그런 힘이 있겠냐, 멍청아!"

아무도 내 지적에 반응하지 않았다.

아니, 라프타리아를 시작으로 필로와 제2왕녀도 멍해 있긴 했다.

"언니? 적당히 하지 않으면 저도 화낼 거예요?"

"아아, 메르티! 귀여운 동생아! 용사님들, 제발 메르티를 세뇌에서 구해 주세요!"

이 빗치! 어디서 우기려고 하는 거야!

"라프타리아짱과 필로짱도 저 녀석의 힘에 세뇌된 거로군!"

"아니에요! 저희는 세뇌 따위 당하지 않았어요!"

"우리가 너희를 구해줄게."

"필로는 주인님이랑 있고 싶은걸!"

모토야스 자식, 아직도 라프타리아와 필로를 포기하지 않았나! 대체 얼마나 여자가 좋은 거야.

"언니!"

메르티가 빗치를 큰 소리로 부르고는 매섭게 노려보았다.

"헛소리도 적당히 하지 않으면 힘으로 닥치게 하겠어요. 이건 마지막 경고예요."

"흐……흔들려서는 안 돼요! 그 귀여운 메르티가 저에게 이런 말을 할 리가 없어요! 세뇌되어 인격이 일그러지고 만 거예요!"

"그, 그런가!"

"확실히…… 왕녀님쯤 되는 분이 이런 협박을 할 리가 없어요!"

렌과 이츠키가 모토야스에게 동조했다!

젠장! 반신반의하고 있었으니 교섭으로 어떻게 될 것 같다 싶었는데 이래서야 결렬인가.

"제2왕녀……. 조금 얌전히 있을 수 없을까? 약간만 더 약한 척을……."

"내 탓이 아니야."

자기도 모르게 불평하고 싶어진다.

레벨 100은 최고 레벨인 모양이니, 강한 건 알겠지만.

그보다 언니는 그다지 강하지 않은 것 같은데 여동생이 팍 튀는 건 어째서지?

부모의 교육 차이인가? 제2왕녀에게 영재 교육을 시킨 모양인데, 그 결과야?

빗치는 모르는 모양이지만.

"아니…… 네 탓이지."

"할 수 없네. 세뇌되지 않았다는 걸 증명하려면 용사들을 물러나게 할 수밖에 없어. 방패 용사님, 협력해 줘."

"그래그래."

할 수밖에 없나.

어차피 레벨 100인 제2왕녀가 있으면 여기를 돌파하는 건 간단하겠지.

내가 선두에 서서 전투태세에 들어갔다.

제2왕녀는 무얼 하고 있나?

그렇게 생각한 순간 마법을 영창하는 소리가 들렸다.

『힘의 근원인 내가 명한다. 다시금 이치를 깨우쳐, 저들을 거대한 물의 충격으로 씻어 내라!』

빨라! 레벨이 높으면 마법 영창도 빨라지는 건가?

"드라이파 메일스트롬!"

제2왕녀의 양손에서 마법으로 만들어낸 방대한 물이 출현해 주

위를 해일처럼 휩쓸었다.

동료에 해당하는 우리는 특별한 영향이 없다.

그러나…… 주변 일대가 휩쓸려 나갈 정도로 맹렬한 위력의 마법이다. 그걸 이 단시간에 사용하다니…….

마법의 해일은 곧 사라졌다. 정말로 해일 같은 충격파를 내는 마법이었다.

"""끄아아아아아아아아아아아악!"""

렌, 이츠키, 모토야스와 그 동료들 전원이 며칠 전에 본 것처럼 날아가고 있었다.

응, 이건 글래스의 필살기에 당했을 때랑 똑같다.

"그 정도로 용사라니…… 우스워요! 언니, 상대를 보고서 싸움을 걸어야죠?"

하지만…… 이건…… 굉장히 태클을 걸고 싶다…….

말하면 안 되는 건 안다. 하지만…… 그래도…… 말해야 한다.

이만큼 강하다면!

"그냥 네가 파도랑 싸워! 내가 싸울 필요 없잖아!"

결론—— 용사의 필요성 없음.

만약 클래스 업 할 때 육체적 성장이 한 번 리셋된다면…

"그럼 필로를 먼저 클래스 업 시키자."

"와아~!"

필로는 마물 모습으로 돌아가 서서히 용각의 모래시계에 접촉했다.

한순간 필로가 접한 곳에서 파문처럼 모래가 빛났다.

"그럼 클래스 업 의식을 시작합니다."

여왕의 지시로 병사들이 모래시계를 둘러싸듯 서서 바닥에 있는 마법진 같은 도랑에 액체를 흘려 넣었다.

필로는 느릿하게 눈을 감고 양손을 펼쳤다.

모래시계가 약한 빛을 머금고, 그 빛이 바닥의 마법진으로 옮겨졌다. 그 중심에 선 필로를 빛이 감싸기 시작했다.

"그럼 자신의 미래를 선택해 주세요."

"아, 뭔가 보여~."

눈을 감은 필로가 중얼거리고, 내 쪽에 다양한 항목이 출현했지만 전부 거부했다. "와! 어쩐지 잔뜩 보여! 어떤 걸로 할까나~."

필로는 즐거운 듯 눈을 감고서 자기 미래의 가능성을 선택했다.

내가 정해도 되겠지만 필로의 일생은 필로가 정해야 하는 것이다.

그런 생각을 하는데 필로의 머리에 돋아난 장식깃, 인간 모습일 때는 바보털이 되어 있는 그 부분이 빛을 발했다.

"어?"

파아아아아앗 하고 빛이 강하게 번쩍였다.

한순간 눈이 부셨다. 나는 몇 번이고 눈을 깜빡인 후에 필로 쪽을 보았다.

외견이 조금 변했나? 필로리알 퀸 형태인 건 변함이 없지만 몸이 줄었다.

나보다 키가 컸던 필로의 신장이 나보다 약간 작아져 있다.

이래서는 필로의 등에 한 명이 타는 게 고작이겠군.

장식깃이 조금 호화롭게 바뀌었다. 미니 크라운 같은…… 그런 느낌.

"무사히 클래스 업이 종료된 모양이군요."

"그런가, 클래스 업을 하면 줄어드나."

"있잖아……. 어쩐지 고를 수가 없었어……."

능력을 보려고 했더니 인간 형태로 돌아온 필로가 이쪽에 오더니 당장에라도 울 듯한 목소리로 중얼거렸다.

"왜 그래?"

"독을 뺄을 수 있게 되고 싶었는데, 어쩐지 멋대로 됐어. 고를 수 없는 게 나오더니 정해지고 말았어."

아무래도 필로는 과거에 싸웠던 강한 마물들의 특징을 생각하고, 독을 쓰는 것에 로망을 느끼는 기미가 있었다.

안심해라, 독은 못 뿜어도 독설은 잘하잖아.

"네 바보털이 빛나는 것처럼 보였는데."

"우웅……."

낙담한 필로를 라프타리아가 위로했다.

"그럼, 다음은 라프타리아로군."

"앗, 예……. 어쩐지 싫은 예감이 들지만 할게요."

라프타리아도 필로와 마찬가지로 모래시계에 접촉했다.

그 후, 마찬가지로 병사들이 액체를 흘려 넣고 마법진이 약하게 빛났다. 역시 내 시야에 아이콘이 떠오른다.

그때! 필로의 바보털이 둘로 갈라지더니 하나가 내 눈앞에 날아들었다.

내 시계에 녹아든 바보털이 뭔가 존재하지 않는 가능성 구역에서 항목 하나를 띄워 올렸다.

그 빛이 나를 지나 라프타리아에게 날아갔다.

"꺄아?"

라프타리아가 비명을 질렀다.

그리고 섬광이 번득였다. 게다가 모락모락 연기가 피어올랐다. 필로와는 조금 다르군.

연기가 걷히자 거기에선 라프타리아가 기침하며 나를 보고 있었다.

그러나…….

"꽤 압축되었군."

"예?!"

거기에는 나와 막 만났을 무렵의 라프타리아가 서 있었다.

지금까지 입고 있던 옷이 헐렁헐렁해져서 소매에서 손이 나오지 않는다.

"어떻게 된 건가요!"

"한 번 성장이 리셋된 모양이군."

그러니까 필로의 키도 줄어든 건가.

연령에 맞는 겉모습으로 되돌아가는 건가……. 필로는 아무렇지도 않게 인간 형태로 변신했으니까 깨닫지 못했지만, 라프타리아는 그렇게 되지 않았다.

"예. 급성장한 아인은 이런 문제가 있습니다……만 전투 면에는 크게 지장을 주지 않으리라 생각해요."

여왕이 보충해 주었다.

"나오후미 님과 같은 정도까지 성장했었는데 이래서는 의미가 없잖아요!"

"딱히 라프타리아가 작아도 문제는 없잖아."

"응~? 언니가 줄었어."

"그렇지."

필로가 라프타리아에게 다가가 손을 잡았다.

"이런 크기면 언니가 아니네."

"그래도 언니예요."

"잘 부탁해, 라프타리아짱!"

"다시 한번 잘 부탁해, 라프타리아. 돌아가면 정식집에서 깃발이 붙은 런치를 주문해 주지."

"우우…… 하필이면 나오후미 님이 저를 어린애 취급하게……."

"무슨 말을 하는 거야, 라프타리아?"

"예?"

"너는…… 원래 어린애잖아?"

"몰라요!"

라프타리아는 어쩐지 흥 하고 화를 내더니, 옷이 치렁치렁해진 걸 잊고 터벅터벅 걷다가 넘어졌다.

"아얏!"

"봐……. 빨리 갈아입지 않으면 움직이기 힘들잖아? 내가 갈아입혀 줄게."

"그만두세요! 어린애 취급하지 말아 주세요!"

"흐뭇한 광경이네요. 호호호."

어쩌 여왕이 우리를 보면서 웃고 있었다.

뭐, 부모를 대신하는 입장에서는 이 정도 나이대의 라프타리아가 귀엽다고 생각하지만.

결론── 라프타리아가 어린애가 된다.

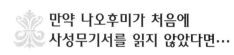

만약 나오후미가 처음에 사성무기서를 읽지 않았다면…

"음?"

나는 도서관에 독서를 하러 왔다.

나, 이와타니 나오후미는 대학교 2학년이다. 남들보다 좀 오타쿠 기질이라는 자각이 있다.

다양한 게임과 애니메이션, 오타쿠 문화를 접한 후 공부보다도 진지하게 몰두하며 살아가고 있다.

오늘은 도서관에서 오래된 판타지가 모인 코너를 보고 있다.

인류의 역사에 필적할 만큼 판타지의 역사는 기니까 말이지. 잘 생각해 보면 성서도 판타지 소설이다.

"사성무기서?"

꽤 낡아 보이는, 타이틀조차 읽기 힘든 책이 서가에서 떨어졌다. 아마도 전에 집었던 녀석이 서가에 대충 돌려놓고 가 버린 것이겠지.

어떡할까……. 이것도 뭔가의 인연이려니 하고 읽어 볼까…….

그렇게 생각했지만 나는 사성무기서를 서가에 돌려놓았다.

판타지 소설을 읽고 싶긴 하지만, 좀 더 가벼운 작품을 읽자.

"그러면."

적당히 판타지 소설을 둘러보았다.

툭.

소리를 내며 책 한 권이 또 서가에서 떨어졌다.

확인해 보자 아까 서가에 넣었던 사성무기서라는 책이었다.

"서가 안에 뭔가 있나?"

책을 집어 들고 서가 안쪽을 확인했다.

······딱히 뭔가 있는 것도 아니다. 처음 서가에 돌려놓았을 때도 위화감은 없었다.

"뭐지?"

나는 그렇게 중얼거리며 다시 한번 사성무기서를 서가에 넣었다.

그러나── 사성무기서가 또 서가에서 떨어졌다.

"팝업 북······."

혼자서 헛소리한 건 그렇다 치고.

뭐지, 이 책?

지금은 떨어지지 않도록 책을 꽂고 책과 서가의 틈 사이······에 다른 책을 옆으로 꽂았다. 이러면 무슨 일이 있어도 떨어지지 않겠지.

"그러면."

툭······.

나는 흠칫거리며 소리가 난 쪽을 돌아보았다.

······어이. 왜 떨어지지 않게 책으로 눌러 두었는데도 아무것도 없었던 것처럼 떨어지지? 게다가 눌러 두었던 책은 떨어지지 않았다.

대체 뭐야?

무서워져서 집어 든 판타지 소설을 한 손에 들고 재빨리 떨어진 독서용 자리에 앉았다.

누군가가 서가에 돌려놓아 주기를 빈다.

그리고 나는 적당히 손에 든 판타지 소설을 가볍게 읽고, 반드시 떨어지는 수수께끼의 책에 대한 것은 완전히 잊었다.

인터넷 친구랑 이야기하고, 이야기 내용을 생각하면서 다 읽은 책을 서가에 돌려놓고 집으로 향했다.

이때는 더 이상 사성무기서가 떨어져 있지 않았기에 누군가가 돌려놓았으리라고 생각했다.

"어이⋯⋯."

자기 방에 돌아온 나는 말문이 막히고 말았다.

어째서인지 책상 위에⋯⋯ 사성무기서가 아무렇지도 않게 놓여 있었던 것이다.

부모님은 외출 중이고 동생은 학교에 가서 없다. 게다가 나가기 전에 이런 책은 없었다.

대, 대체 어떻게 된 거야?!

굉장히 두근거리는 상황이다. 이런 신비한 현상을 마주치게 될 줄은⋯⋯이라고 생각하면서도, 나를 따라다니는 책이라고 생각하면 조금 기분이 나쁘다.

초조한 마음을 진정시키고, 사성무기서를 들어서 집 근처에 있는 쓰레기장에 버렸다.

이제 판타지 소설은 됐다. 도서관에서 충분히 읽었으니까.

"그러면⋯⋯."

쓰레기를 버리고 집에 돌아오다 우편함에 뭔가 들어가 있는 걸 확인했다.

"뭐, 라고⋯⋯."

거기에는 또 사성무기서가!

이, 이, 이, 이게 뭐야?! 누군가가 내가 버린 데에 화나서 우리 집에 돌려놓았나?

말도 안 돼! 버리고 온 나보다 빨리 우리 집 앞에 와서 책을 던져놓고 갔단 얘기가 되잖아?!

굉장하다⋯⋯. 하지만 기분이 너무 나쁘다.

어딘가의⋯⋯ 인형을 공양하는 절 같은 곳에서 제령이라도 부탁해서 처분해 주겠어!

훗날, 인터넷 정보를 의지해 인형을 공양하는 절로 가서 사정을 설명하고 맡겼다.

너무나도 기분이 나빴기 때문에 내용은 읽지 않기로 했다.

주지도 사정을 이해해 주어서, 선선히 맡아 주셨다.

그러나⋯⋯.

"이게 대체 뭐냐고!"

집에 돌아오자 당연한 것처럼 내 방에 사성무기서가 되돌아와 있었다.

완전히 공포의 책!

나는 충동에 이끌려 사성무기서를 주방에서 태워 처분했다.

"이러면⋯⋯."

겨우 안심하고 방에 돌아와 컴퓨터를 켰다.

……응? 낯선 프로그램이……?

사성무기서.exe

……이건 무슨 프로그램이야? txt도 문서 파일도 아니고 실행 파일이잖아!

아니, 왜 그렇게까지 나를 따라다니는 거냐, 사성무기서!

망설임 없이 삭제!

아아, 진짜……. 이렇게까지 달라붙으니 다음에 나왔을 때는 조금만 읽어 봐야겠는걸.

그리고 의자 아래에 출현한 사성무기서를 본 나는, 얌전히…… 읽기 시작했다.

결론── 저주받은 책── 사성무기서.

만약 카르밀라 섬에 파도가 왔을 때
나오후미가 페클 인형옷을 입었다면…

……챙 소리와 함께 살기를 느끼고 뒤를 돌아보았다.

거기에는—— 라르크가 대담한 미소를 지으며 나에게 낫을 겨누고 있었다.

"뭐지……?"

불온한 분위기에, 나는 라르크와 테리스를 무표정하게 노려보았다.

"이것 참……. 설마 꼬마가 진짜 방패 용사일 줄은 상상도 못했는걸."

"몇 번이나 말했었다만."

"그렇긴 하지. 꼬마…… 아니, 나오후미라고 불러야 하나? 그런데…… 꼬마는 왜 그런 이상한 인형옷을, 푸홋——!"

"우, 웃으면 안 돼, 라르크—— 푸홋!"

라르크를 막으려던 테리스도 나를 응시하며 웃었다.

그렇다. 지금 나는 성능을 중시해서 무기상 아저씨가 만들어 준 갑옷 대신 페클 인형옷을 입고 파도에 도전하고 있었다.

바다에서의 싸움을 상정한 장비다.

이 덕분에 차원의 고래에 손쉽게 다가갈 수 있었고 움직임을 막는 것도 간단했다고!

외견만 무시하면 효과는 매우 우수하단 말이다. 그래, 겉모습만 무시할 수 있다면 말이지.

"후에에······."

지금 이츠키의 동료 중에도 리스 인형옷을 입고 있는 녀석이 있잖아!

"흥, 웃고 싶으면 웃으라고. 이 인형옷의 높은 성능을 알면 깜짝 놀랄 거다!"

"나오후미 님, 전혀 박력이 없어요."

"페클~."

필로가 기운차게 페클페클을 외치고 있다.

성가시기는!

"아하하하하하하하하하!"

"웃는 것도 적당히 해라!"

"하하, 그렇지. 외견은 웃기지만, 아무튼 정정당당히 승부하자!"

라르크는 방해가 들어오지 않도록 커다란 기술로 주변의 배를 전부 침몰시켜 버렸다.

이전에 함께 싸웠을 때보다도 훨씬 강하게 느껴진다.

"그럼 간다!"

라르크가 높이 도약해서 나를 향해 낫을 휘둘렀다.

나는 방패를 앞에 내밀고 맞섰다.

낫과 방패가 충돌하고 커다란 불꽃이 팍팍 튀었다.

"오오. 아무렇지도 않게 버티는걸."

지금이다! 나는 이 인형옷을 입고 있을 때에 생각했던, 허를 찌르는 말을 던졌다.

"페클에 그런 공격은 통하지 않펜!"

"푸훗?"

라르크의 힘이 급격히 빠졌다. 웃음보가 터졌는지 웃지 않으려 애쓰는 것만으로도 한계였다.

"풉── 비겁하다 나오후미!"

흥. 싸움에 비겁이고 나발이고 있겠냐!

너야말로 과연 이런 모습과 진지하게 싸운다니 어떻게 된 놈이냐!

"페클은 모른펭. 그저 나오는 적을 쓰러뜨릴 뿐이펭."

이거 보라는 듯 애교 있는 움직임을 하며 라르크에게 다가갔다.

그동안 라프타리아도 이게 뭐냐는 표정을 지으면서, 내 모습을 보고 웃음을 참지 못한 테리스에게 공격을 걸었다.

"이건 참…… 사람이 이해할 수 없는 영역의 싸움이군요."

여왕도 그렇게 생각했는지, 부채로 입가를 가리고 질린 듯한 목소리를 냈다.

"좋아! 간다!"

"펭펭!"

필로, 그 말버릇은 쓰지 마라!

힘이 빠진 라르크를 힘껏 바다로 날려 버렸다.

"우앗!"

라르크가 내 돌진에 버티지 못하고 바다에 떨어졌다.

나는 그대로 바다에 돌입해 라르크를 붙들었다.

라르크가 필사적으로 내 구속에서 빠져나와 수면으로 올라가려 했지만 그렇게 두진 않는다.

나는 그대로 해저를 향해 잠수를 개시했다.

그리고 거의 도착한 지점에서 나는 라르크의…… 빛나는 낫의 일격을 받고 부상을 입고 말았다.

"이건…… 방어 비례 공격이군!"

"워거거거걱(그렇다)!"

일단 라르크의 대답은 내 나름의 해석이다. 내 말은 들리는 듯하다.

라르크의 방어 비례 공격을 흘리며 바닷속 전투를 계속했다. 소용 없다. 바닷속에서 나를 쉽게 맞출 수 있을 리 없지.

공격하는 순간만 잽싸게 거리를 두면 된다.

그렇잖아도 수중에서는 부하가 걸린다. 평범하게 검을 휘둘러도 마물을 쓰러뜨리지 못할 만큼.

"그억……."

라르크는 급히 해면으로 올라가려 했지만 나는 그 발을 붙잡고 저지했다.

마침내 라르크의 표정이 새파랗게 되고, 나를 향해 막무가내로 낫을 휘둘렀다.

"그거걱…… (제법인걸 나오후미) 그억…… (겉만 보고 우습게 생각한…… 내 패배로군)."

나는 의식을 잃은 라르크를 안고 해면으로 올라가, 차원의 고래의 사체 위에 올라섰다.

필로에게는 파도의 균열을 공격시켰기에 파도는 이미 끝나 있었다.

테리스는 라프타리아에게 억눌려 있었다.

"이겼어."

"라르크!"

테리스가 걱정스러운 듯 이쪽에 말을 걸었다.

"죽진 않았어. 하지만 의식이 돌아오는 건 조금 더 있어야겠지."

"멋진 활약이었어요, 이와타니 님. 그러면 그자들을 구속해서 의식이 돌아오면 자백시키죠."

여왕이 칭찬했다. 그러나…….

"푸하하하하하하핫!"

"활약은 멋졌지만…… 조금은 수단을 가렸으면…….."

"흥……. 나중에 그 인형옷을 넘겨."

내 모습을 보고, 의식을 되찾은 모토야스는 폭소하고 이츠키는 쓴웃음을 지었다. 렌은 무슨 소리를 하는 거야!

웃지 않도록 참는 소리가 곳곳에서 들려온다.

이기기 위해 소중한 것을 잃고 만 듯한 착각이 나를 덮쳤다.

이후 이 싸움은 '페클의 재림'이라 전해지게 된다.

결론── 이기긴 하지만 긴장감이 없고, 나오후미는 상실감에 괴로워한다.

만약 테리스가 의뢰한 액세서리가
최고 품질이었다면…

함께 마물을 퇴치하러 가기로 해서, 항구에서 기다리고 있는 라르크 일행과 만났다.

나는 잡담을 나눈 후 테리스에게 의뢰받은 액세서리를 꺼내서 건넸다.

【오레이칼 스타 파이어 브레이슬릿】
품질 : 최고 품질

"이건……."

"마력을 부여해도 좋았겠지만, 그랬다간 품질이 떨어져. 그래도 할까?"

이대로라면 예쁜 액세서리에 지나지 않는다.

그러나 테리스는 내가 준 팔찌에 만족한 듯했다.

"멋져요……. 이렇게…… 이 세상의 기적과 만날 수 있다니."

테리스가 눈물을 폭포처럼 뚝뚝 흘리기 시작했다.

괜찮나? 탈수 증상으로 죽을 것 같다.

"아, 이렇게 부러울 정도의 명품이 되다니…… 아아──."

"테, 테리스?! 괜찮아?"

테리스는 내가 건넨 팔찌에 계속 볼을 비비면서 무엇인가 중얼거렸다.

"훌륭한 명공이세요. 나오후미 님…… 아니, 이걸로는 모자라. 보석 가공의 신님!"

잘은 몰라도 테리스 나름 최고의 칭찬인 듯하다.

"저기…… 그 액세서리의 가격──."

"우왓── 테리스, 그만──."

테리스가 라르크를 향해 달려들더니 품에서 전 재산이 든 지갑을 내게 헌상했다.

"자아, 신님……. 봉납금이에요."

"테리스, 너 대체 어떻게 된 거야……."

신에게 기도하듯 무릎을 꿇고 내게 돈을 바치려고 하는 테리스.

간신히 일어난 라르크가 곤혹스러워하는 표정으로 물었다.

뭐랄까……. 감수성이 높은 것도 한도를 넘은 것 같은데…….

"저기, 테리스…… 씨?"

"응~?"

라프타리아와 필로도 상황을 이해하지 못하고 있다.

그 후, 테리스를 설득하느라 엄청 고생했다.

그리고…… 마물을 사냥하러 갔지만 테리스가 신비한 마법으로 마물들을 쓸어 버렸다.

내가 마물의 공격을 막고 있는 모습을 보고는 비명을 지르면서 엄청난 형상으로 마법 원호를 해 준 것이지만…….

"저어, 테리스 씨? 조금 더 연계를 생각하는 게 어떨까요. 나오후미 님이 역할을 못 하고 계세요."

"그래. 나는 버티는 게 일이니까 이 정도 조무래기쯤이야 아프지도 가렵지도 않거든."

"안 돼요! 저는 그런 고통에 견딜 수 없는 걸요!"

어쩐지 테리스의 시선에 내 등줄기가 오싹해지는 느낌이 든다.

"내 역할을 할 수 없으면 내가 있는 의미가 없잖아. 알았지?"

"……알았습니다. 신님."

신님……. 뺨이 땅기는 느낌이 든다.

"꼬마들은 역시……."

"응? 왜?"

라르크가 한순간 뭔가 짚이는 듯한 표정으로 나를 본 느낌이 들었다.

그리고 라르크는 테리스와 시선을 교환했지만…….

"착각이야, 라르크."

"그, 그런가?"

"그럼, 그런 일은 천지가 뒤집혀도 없어."

"……테리스?"

테리스의 눈이 기묘한 빛을 냈다.

우리는 그날의 사냥을 끝내고 숙소로 돌아갔다.

어째서인지 라르크 일행의 기묘한 점을 전혀 알아챌 수가 없었다.

그리고 밤이 되었을 즈음 테리스가 우리 방에 오거나 먹을 것을 가져다주거나 액세서리 제작 요령을 들으러 오는 등, 틈만 나면 접촉해 오게 되었다.

그리고 우리는 카르밀라 섬에 파도가 일어난다는 사실을 알고, 차원의 고래를 토벌했다.

그 후—— 라르크가 대담한 미소를 지으며 나에게 낫을 겨누었다.

"이것 참……. 설마 꼬마가 진짜 방패 용사일 줄은 상상도 못했는걸."

"몇 번이나 말했었다만."

"그렇긴 하지. 사람은 외견과는 다른 법이로구만."

"그래서? 무슨 속셈이지?"

"응? 뭐, 나는 나오후미에게 아무 원한도 없지만, 우리 세계를 위해서—— 으갸갸갸갸갸——!"

그때…… 테리스가 쏜 번개 마법에 감전된 라르크가 연기를 내며 앞으로 쓰러졌다.

"그렇겐 못해, 라르크."

"무, 무슨 짓이야, 테리스!"

"나는 신님께 위해를 가하는 짓을 보아 넘길 수 없다는 거야."

으음…… 상황을 따라잡질 못하겠다. 이 녀석들, 내분을 시작했어.

"신님, 제가 라르크를 물리치겠어요. 그 대신 포상을……."

"뭐, 뭐가 뭔지……."

라르크에게 눈을 돌리자 말문이 막힌 표정으로, 과거에 내가 모토야스 패거리를 보던 시선을 이쪽에 향했다.

"꼬마…… 아니, 나오후미! 잘도 테리스를 배신시켰군!"

"신님의 진정한 이름을 부르다니 불온해! 내가 상대해 주겠어!"

테리스가 격노해서 라르크를 향해 마법 준비에 들어갔다.

"테리스…… 방해할 거라면 봐주지 않을 거야!"

"할 수 있으면 해 봐. 나는 이 몸을 바쳐 신님을 지킬 테니까!"

"그럼 정정당당히——!"

"승부!"

아아, 정말이지, 맘대로 해라. 이 틈에 파도의 균열을 공격해서 닫아 둘까.

이 녀석들은 왜 싸우는 거야?

어쩌 내가 굉장히 나쁜 짓을 해서 라르크에게서 테리스를 빼앗 은 것 같잖아.

결론—— 나오후미가 바랐던 한 사람이, 최악의 형태로 동료가 된다.

만약 리시아가 사실은 엄청나게 강했다면…

리시아가 강하게 되고 싶다고 하기에 노예의 성장 보정을 걸기 위해 노예로 만들었다.

미안하다고 생각하며 스테이터스를 확인한다.

"──엇?"

이건 뭐야······. 용사인 내 스테이터스와 비교해도 그다지 차이가 없다.

아니, 이 정도 능력이 있으면서 2군이라니 이츠키 쪽 멤버들은 얼마나 강한 녀석들이 모인 거야? 아니면······ 내 인식이 틀렸나?

이 스테이터스 마법이라는 게 굉장히 불확실해서 믿을 수 없는 걸로 느껴지기 시작했다.

아니면······ 본인의 성격 탓에 실력을 발휘하지 못하는 녀석인 건가?

그런 걸 생각하며 우리는 수행을 개시했다.

마침내 다른 용사들이 수행을 포기하기 시작한 그때.

"언젠가 제게 기댈 날이 올 거예요. 그때까지 잠시 작별입니다."

이츠키, 그건 뭐야. 분해서 하는 말이라도 정도가 있잖아.

상황이 전혀 상상도 안 된다만.

인내심의 한계를 맞이한 나는 가능성 하나를 시험하기로 했다.

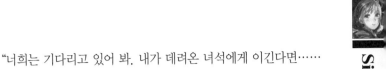

"너희는 기다리고 있어 봐. 내가 데려온 녀석에게 이긴다면……
멋대로 해도 좋아."

여왕이 뭔가 말하려는 듯 다가왔지만 내 말에 발을 멈추더니 비
밀 이야기를 하듯 말을 걸어 왔다.

"이와타니 님, 뭔가 명안이 있으신지?"

"약간은. 혹시나 하는 정도긴 하지만. 실패하면 최악의 경우엔
라프타리아에게 싸우게 할게."

그리고 나는 특훈 중인 동료들 곁으로 향했다.

"리시아 있어?"

"후에에?"

훈련장에서 검술 훈련을 하는 라프타리아 일행 속에서 리시아
를 불렀다.

"무, 무슨 일인가요오?"

움찔움찔 경계하며 리시아가 다가왔다.

이제 슬슬 페클 인형옷을 벗었으면 좋겠는데.

"일단 저기에 앉아서 호흡을 가다듬고 있어."

"앗, 예에."

리시아는 내 지시대로 앉아서 심호흡을 했다.

그리고…… 나는 반지에 줄을 걸어 리시아 앞에서 진자의 원리
대로 흔들리게 했다.

"너는 점점 잠이 든다……."

"나, 나오후미 님. 뭘 하시는 건가요?"

"응? 잠깐 최면술을 걸어 보려고 생각해서."

성격에 문제가 있는 거라면 최면술로 최면 상태가 되면 해소되지 않을까 싶거든.

물론 성공할 가능성은 낮다.

정직히 말하면 라프타리아를 용사들에게 내보내서 두들겨 패는 쪽을 생각하고 있다.

"후에에에……."

좌우로 흔들리는 진자를 보고 있던 리시아가 고개를 아래로 꾸벅 떨궜다……?

어라? 설마 먹혔나?

"너는 세계 최강의 변환무쌍류 사용자로, 강한 자를 보면 충동을 억누르지 못하는 광전사다."

"나오후미 님, 그쯤에서 그만두는 게 좋지 않을까요?"

라프타리아가 내게 주의를 준 그때, 리시아가 입고 있는 인형옷의 눈 부분이 빛나고── 리시아가 일어섰다!

"기다리게 했군."

나는 아픈 복부를 누르며 용사들 쪽으로 다가갔다.

"뭔가요? 그 웃기는 차림새를 한 분은?"

이츠키가 페클 인형옷을 입은 리시아를 보고 코웃음 치며 말했다.

"됐으니까 이 녀석이랑 싸워서 이겨 봐. 이야기는 그 뒤에 하지."

"……알았어요. 분해서 울상 짓지나 마세요!"

이츠키가 동료와 거리를 두고 활을 당겼다.

"그럼 승부…… 개시!"

승부는 한순간에 끝났다. 리시아가 이츠키의 눈앞까지 단숨에 이동해서 갖고 있던 검을 그었다.

"엇──."

그 충격에 날려간 이츠키는 무엇이 일어났는지 이해하지 못한 채 지면에 풀썩 쓰러져 기절했다.

"아하, 하하하하! 저는, 저는 최강! 이츠키 님! 보셨나요! 저는 이렇게도 강해졌어요!"

승리의 포효를 지르는 리시아의 말은 실신한 이츠키의 귀에는 들어가지 않았다.

"너는── 리시아?"

"이츠키 님을 상처 입힌 죄! 죽어 마땅해!"

이츠키의 동료들이 격앙해서 공격해 왔으나 리시아는 날아드는 불티를 쳐내듯이 이츠키의 동료들을 유린했다.

"우, 와아아아아아악! 그, 그만둬! 나는 너 같은 거 좋아하지 않아! 우와아아악, 무서워!"

집착녀에 대한 트라우마가 자극당한 모토야스가 그 자리에서 웅크려서 덜덜 떨었고, 빗치와 그 동료들이 참사가 벌어지는 곳에서 도망치려다 여왕에게 붙들렸다.

"흥! 그 녀석을 쓰러뜨리면 되는 거잖아. 먹어라, 유성──!"

렌의 살기에 반응한 리시아가 즉각 대응해 렌의 손에 검을 꽂았다.

"끄아아아아아아아아아아악──!"

"아아, 이츠키 님은 어디신가요? 저는, 이츠키 님에게 강해졌다는 걸 보여 드리고 싶어요."

강해도 너무 강해졌다만.

나도 리시아의 일격이 꽤 아팠다.

무지막지한 버서커의 탄생이다.

"저어…… 나오후미 님, 이 상황은 어떡하죠……."

"그러게……. 솔직히 좀 지나쳤는지도 모르겠군."

이츠키는 리시아의 공격에 맞은 곳이 좋지 않아 의식이 돌아오지 않는다.

모토야스는 집착녀에 대한 공포로 덜덜 떨고 있어 회복하는 데 시간이 걸릴 것 같다.

렌은 큰 상처를 입어서 한동안은 치유에 전념하게 되고 말았다.

"이츠키에게 리시아가 강해졌다는 걸 증명했으니까, 결과적으론 대성공 아닐까?"

"대실패라고 생각해요."

나도 그렇게 생각한다. 하지만 이젠 어쩔 수 없잖아.

결론── 삼용사 패배!

만약 나오후미가 첫 노예로
라프타리아가 아니라 키르를 샀다면…

"인간 불신인 누이 종입니다. 지금의 용사님에게 딱 맞는 노예라고 생각합니다."

흠……. 나는 팔짱을 끼고 생각했다.

인간 불신이라…….

누이 종 꼬마를 쳐다보았다.

확실히 인간을 믿지 않고, 세상 모든 것을 증오하는 듯 보였다.

좋은 눈이다. 지금의 나와 같은 기분인 것을 선명하게 알 수 있다.

"좋아, 이 꼬마로 하겠어."

나는 누이 종이라고 불린, 강아지 같은 귀가 돋은 아인 꼬마를 가리켰다.

"성격에 문제가 있습니다만, 괜찮으시겠습니까?"

"가르치면 되지. 그걸 위해 노예문이 있는 거잖아?"

내 지시에 따라 노예상의 부하가 누이 종 꼬마를 우리에서 꺼내 노예문 등록을 했다.

"그, 그만둬! 만지지 마! 크르르르르르릉!"

나는 한껏 적의를 드러내는 누이 종 꼬마를 유심히 바라보았다.

이제부터 너는 계속 고통을 겪게 될 거다.

"꼬맹이, 이름은 뭐라고 하지?"

"누가 말할 것 같아! 큭……."

노예문이 떠오르고 꼬마가 신음했다.

"키, 키르야! 하아…… 하아……."

키르인가. 뭐, 이름 같은 건 아무래도 좋지만 명령할 때 필요하니까.

그리고 나는 노예인 키르를 무기상으로 데려가서 값싼 단검을 사 주고, 망토 아래에서 날 물고 있던 벌룬을 보였다.

"자, 이걸 찔러 봐."

처음엔 멍하니 있던 키르였지만 상황을 이해하고는 벌룬을 향해 단검을 찔렀다.

퍼엉! 하고 벌룬이 터졌다.

흠……. 생각보다도 소질이 있어 보이잖아.

"마물…… 마을을 습격한 마물……. 해치웠어! 나는 해치웠어!"

뭔가 흥분한 듯, 고양감에 지배되는 듯했다.

아무래도 호전적인 성격인 모양이군. 잘 샀는지도 모르겠다.

상으로 정식집에서 어린이 런치 같은 걸 사 줬더니 기쁜 듯 먹고 있었다.

그래도 때때로 내게 불쾌감을 드러낼 때가 있지만 알 바 아니다.

키르가 벌룬의 소재로 만든 공을 눈으로 쫓고 있는 걸 눈치챘다.

갖고 싶은가 생각한 나는 거래하는 상인에게 말해서 공을 구입했다.

"자."

나는 구입한 공을 키르에게 던졌다.

"어?"

"필요 없어?"

"아니. 그런 건 아니지만."

"그럼 순순히 받아 둬."

"……."

키르는 불만인 건지 잘 알 수 없는 표정을 지으며 나를 묵묵히
바라보았다.

그리고 여관에 숙박하게 되었지만.

"저기, 방패 형."

"주인님이라고 불러."

내참, 나는 자상한 형이 아니거든!

키르는 그렇게 생각하는 나에게 불만스러운 시선을 보냈다.

"좋을 대로 해라."

"응! 형! 저기!"

키르는 강아지처럼 꼬리를 흔들며 공을 들고 눈을 빛냈다.

"공 던져 줘! 내가 가져올 테니까!"

……정말로 개인가?

"아, 그래그래. 알았다고."

귀찮다. 나는 키르에게서 공을 받아서 창문 밖으로 던졌다.

공은 포물선을 그리며 뒷골목으로 날아가고 있다.

"와~!"

흥분한 키르가 여관 계단을 내려가 튀는 공을 쫓았다.

그 후, 어째서인지 불량스러운 꼬맹이들 상대로 치고받아 상처
투성이가 되어서 돌아왔지만.

기운이 넘치는 녀석이다.

"자, 몸을 깨끗하게 씻어."

키르가 진흙투성이가 될 때까지 놀다 돌아왔다. 여관 주인에게
부탁해 뜨거운 물을 준비해 씻기기로 했다.

"우…… 형. 난 더럽지 않은데."

"더러워! 침대에 들어가면 더러워질 거 아냐!"

옷을 벗는 것도 싫어하는 키르는 내 명령에 어쩔 수 없이……
옷을 벗었다.

"자, 내가 씻겨줄 테니까 얌전히……."

나는 키르의 알몸을 보고 할 말을 잃고 말았다.

"왜 그래, 형?"

젠장, 키르 녀석, 잘도 내 기대를 배반했군!

나는 화가 나서 침대에 드러누웠다.

딱히 키르 자신이 나쁜 건 아니다. 멋대로 착각한 내가 나쁜 것
이다.

설마 키르 녀석에게 있어야 할 게 없고, 그게 언젠가 생겨날 거
라고 믿는 해괴한 사고를 하는 녀석일 줄은 몰랐다. 주로 하반신
에 있어야 할 그게 말이지……. 어른이 되면 생길 거라고 믿고
있었다니 무슨 말도 안 되는 생각이냐.

"형⋯⋯."

누워 있는데 키르가 내 침대에 멋대로 들어왔다.

"다른 침대에서 자라."

"응⋯⋯ 응⋯⋯."

어린애들 특유의 잠이 덜 깬 상태인가?

"쿠울⋯⋯."

완전히 잠에 빠지고 말았다.

나는 몸을 돌려 키르의 잠든 얼굴을 보았다. 거기에는 완전히 나를 신용한 듯 잠든 키르가 내 옷자락을 잡고 잠들어 있었다.

⋯⋯누구도 신용할 수 없다고 생각했지만, 이렇게⋯⋯ 나를 믿고 잠든 녀석을 저버릴 수는 없는 건가⋯⋯.

"할 수 없군⋯⋯."

인간 불신이래 놓고는 나를 따르다니⋯⋯. 가벼운 녀석이구만.

아무튼, 파도에 대비하는 나와 키르의 일상은 이어질 듯하다.

키르 녀석이 예상보다 전투에 전향적으로 도전해서 도움이 되는군.

결론── 마음에 상처를 입은 나오후미와 키르의 여행이 계속된다.

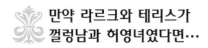

만약 라르크와 테리스가 껄렁남과 허영녀였다면…

출발하기까지는 더 시간이 걸리는 듯했다. 방파제에서 배에 타기 위해 줄을 서 있다.

그런데 내 앞 녀석이 한가한 듯 주위를 힐끔거렸다.

"쩌는구만! 이제부터 우리는 배에 타고 막 나아가는 거지! 테리스, 나중에 배 안을 탐험하자!"

"그러자, 라르크! 이 배 여행으로 우리는 더 빛나게 되는 거야!"

윽……. 굉장히 바보 커플 같다. 이중의 의미로.

부산스러운 두 사람이 앞에 있으니 스트레스가 쌓일 것 같다.

그 이전에 탐험이라니…… 너희 몇 살이냐. 필로도 그런 소리는 안 한다고.

안 하지?

"응? 왜 그러지, 꼬마!"

"……."

그 녀석이 내게 말을 걸었지만 시선을 피하고 다른 사람인 척했다.

이런 녀석들과는 얽히고 싶지 않다.

"야야, 남이랑 얘기할 때는 시선을 맞추고 하는 법이라고 부모님이 안 가르쳐 주셨어~?"

시끄러! 너 같은 녀석에게만은 듣고 싶지 않다.

게다가 무슨 원인인지 같은 객실이 되다니…… 하루뿐인 뱃길이지만 위에 구멍이 뚫릴 것 같다.

　"꺄하하하, 나웃치는 예쁜 액세서리 만들 수 있다면서? 라풋치에게서 들었어. 만들어 주지 않을래?"

　"저기…… 죄송해요, 나오후미 님. 그게…… 비밀로 할 수가 없어서."

　왜 내가! 같은 객실이라 라프타리아가 대화 내용에 굉장히 곤란해하다가 내키지 않는 이야기를 할 수밖에 없게 되었던 듯하다.

　이런 타입은 거절하면 귀찮아지지.

　"그래, 알았어. 알았으니까 소재가 있다면 만들어 주지."

　"레알?! 엄청 기쁘뎅!"

　나는 굉장히 귀찮은뎅!

　"라르크, 섬에 도착하면 달다구리한 거 찾자!"

　"오우, 알았다고!"

　달다구리라니…… 카르밀라 섬에 뭘 하러 가는 거야?

　그렇잖아도 이 녀석들의 경우 뇌에 당분이 과도하게 많은 것 같은데.

　카르밀라 섬에 도착한 우리는 경박한 둘에게서 거리를 두고 레벨 업에 힘썼다.

　왜인지 함께 사냥하러 가자는 말을 들었지만 당연히 거절했다.

　솔직히 이런 녀석들과는 몇 시간도 함께 있고 싶지 않다.

　그렇긴 해도 의뢰로 받은 보석 원석으로 액세서리는 만들었다.

저렇게 경박해 보이는 녀석들은 약속을 깨면 더 시끄러워진다.

할 일은 하고 적당한 곳에서 끊어지는 게 적당한 관계다.

그렇긴 해도 좋은 광석을 갖고 있었으니 취미 삼아 좋은 액세서리를 만들어 버렸다.

"자. 부탁했던 액세서리."

나는 항구에서 만난 테리스에게 팔찌를 던져 줬다.

테리스는 그 팔찌를 유심히 보아 확인하더니 폴짝폴짝 뛰면서 흥분했음을 어필했다.

"꺄아! 이거 굉장해! 레알 엄청나! 넌 끝내줘!"

끝내주는 건 너희의 텐션이겠지!

"쩐다! 쩔어! 레알 쩔어! 테리스가 이렇게까지 기분 좋아할 만큼 굉장한 액세서리를 만들다니, 혹시 꼬마는 천재냐?"

"알 게 뭐냐!"

칭찬받아도 전혀 기쁘지 않은 것은 왜일까?

이런 타입…… 이전에는 전혀 신경 쓰지 않았지만 이세계에도 있을 줄이야.

"쩐다! 쩔어! 꺄하하하, 필로도 즐거워~."

"필로! 흉내 내면 안 돼요!"

필로가 라르크 패거리 흉내를 내고 있다. 이거 가까이 하면 안 되겠군!

"그럼 이대로 같이 사냥하러 가자! 우리가 보답으로 손을 빌려 줄 테니깐!"

"오지 마!"

두 사람은 억지로 우리를 따라와서는 싸우는 적을 억지로 가로 챘다.

그리고…….

"응? 뭐어, 나오후미, 우린 너 자체에겐 아무 불만도 없는데 말야."

"응응. 우리는 전~혀 불만 없어. 그치만~ 이쪽도 사정이 있다고 할까나~."

굉장히 싫은 예감이 들었다.

그러나 어쩐지 느끼고 있던 라르크의 낫에 대한 커다란 의문이…… 확신으로 변했다.

"우리네 세계를 위해서…… 죽어 주라."

라르크는 준족이라고 해야 할 속도로 내 품에 달려드는가 싶더니 낫을 휘둘렀다.

반사적으로 낫의 궤도에 방패를 맞춰서 쳐 냈다.

"우와…… 역시 한가락 하잖아!"

"……무슨 속셈이야?"

"주인님에게 뭘 하는 거야~!"

필로가 끼어들어 라르크를 공격하려 하기에 손을 뻗어 제지했다.

뭐라고 말해야 할까, 함부로 돌격하면 좀 다치는 정도로 끝나지 않을 것 같다.

자기들의 세계를 위해 죽어 달라고? 무슨 소리야. 어쨌든……
슬슬 내 인내심도 한계다!

"레알 안타깝지만, 이것도 우리가 해야 할 일이거든!"

"응응, 양보할 수 없는 게 있달까나~."

뭐가 양보할 수 없는 것이냐.

카르밀라 섬에 오기까지의 배 여행과 섬에서의 생활에 맞춰 줬던 쪽 입장이 되어 보라고!

"죽어! 요만큼도 아쉽지 않으니까 죽어! 블러드 새크리파이스!"

저주로 중상을 입겠지만 알 바 아니다. 나를 화나게 한 죄, 그 목숨으로 대가를 치르라고!

거무튀튀하게 녹슨 덫 같은 것이 라르크와 테리스의 발치에 나타나 두 사람을 씹어 으깬다!

"컥, 쩔어어어어어어어어어어어어!"

크헉……. 나는 저주의 대가로 중상을 입고 말았다. 그러나 후회는 없다.

격렬하게 짜증 나는 녀석들을 쓰러뜨릴 수 있었으니까.

결론── 나오후미가 라르크 일행에 정을 주지 않고, 이후를 생각하지 않고 처리한다.

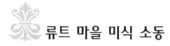 류트 마을 미식 소동

"그럼, 이 재료를 요리해 봐라! 할 수 없다면 가게를 닫고 내 밑에서 수업하는 거다! 알겠냐!"

파도를 대비해 류트 마을을 중심으로 활동하던 나는 자주 가던 식당에 들어온 인물이 그렇게 말하는 걸 목격하고 말았다.

이 식당, 가격이 싸고 양이 많아서 딱 좋다 보니 자주 애용하고 있다.

누명을 쓴 이후 맛을 못 느끼니까 맛있는지 어떤지는 모른다.

식사를 끝낸 라프타리아는 먼저 숙소에 돌아가 있었다.

나는 이제부터 마물 소재와 채취한 약초를 팔기 위해 상담을 하려던 참이었다.

점주는 소리친 손님에게 곤혹스러워하는 표정을 지었다.

"으……음."

거절하면 될 것을…….

왜냐면 손님이 가져온 것은 커다란 개구리나 도롱뇽 같은 마물의 사체였기 때문이다.

류트 마을 서쪽 습지대 안쪽에 서식하는 프로그 샐러맨더라는 마물인 듯하다.

대충 붙인 듯한 이름에 약간 질린다.

아무튼 받아들일 필요는 없겠지.

그렇게 생각했지만 점주의 대답은 내 예상과 완전히 어긋난 것이었다.

"알겠습니다. 잠시 기다려 주십시오."

점주는 그렇게 말하고는 가게 안쪽 주방으로 마물을 가지고 가 버렸다.

슬쩍 가까이서 보자, 점주가 프로그 샐러맨더의 사체를 도마에 올리고는 팔을 꼬고서 신음하고 있었다.

"어이."

"아, 넷?"

나는 점주에게 다가가서 사소한 질문을 했다.

"왜 저런 엉뚱한 요구에 응하려고 고민하고 있는 거지?"

"사실 저 손님은 이 근처 식당을 관리하는 요리장으로…… 심사를 하러 온 거야."

"헤에……."

나는 요리가 나오는 걸 기다리는 심사원을 곁눈질로 관찰하면서 무성의한 대답을 했다.

"그러니까 가게를 유지해도 되는지를 시험한다거나 하는 느낌인가?"

"파도 때문에 작물 수확이 나빠서 기근이 우려되고 있으니 어떤 마물이라도 맛있게 요리하지 못하면 앞으로는 살아남을 수 없다는 방침이지."

아……. 뭐, 비상시라면 납득하지 못할 것도 없다.

이곳의 점주가 저 식재료를 요리하지 못할 경우, 훈련하는 동안 잠시 가게 문을 닫아야 하는 건가.

난감하군.

싸게 장사하는 게 장점인 이 가게가 닫으면 사냥으로 얻은 소재를 처리하는 것 말고는 식료 조달이 귀찮아진다.

어쨌든 이 가게 녀석들은 와구와구 먹는 라프타리아에게 잘 대해주고 있으니까.

지금 이 가게가 닫으면 내가 곤란하다.

대체 이런 재료를 맛있게 요리하라니 무슨 고문인건지.

"적당히 향신료를 퍼붓고 고기의 식감만 즐기게 하면 되겠지."

개구리 같은 도롱뇽을 조리할 뿐이라면 어떻게든 될 거다. 이 가게는 묘하게 향신료 베리에이션만은 풍부하니까.

이 점주도 매우 매운 요리가 특기고, 그런 특별 메뉴도 있다.

"그렇지만…… 저분에게 그런 건 안 통해. 어설픈 요리를 내놓으면 곧장 간파될 거야."

요리 애니메이션에 나오는 심사원 같은 녀석인가. 부모 자식 사이에 미식 대결을 벌일 것 같다.

"게다가 이 마물은 처리를 잘못하면 독이 돼."

이 마물은 무슨 복어 같은 거냐…….

"할 수 없구만."

나는 주방에 있던 식칼을 한 손에 들고 프로그 샐러맨더의 배를 갈랐다.

겉으로 봤을 때 독이 있을 법한 곳은 내장과 등…… 그 외에는 독샘 같은 쪽이겠지.

"어, 어이! 뭘 멋대로——."

슥 하고 고기의 결을 따라 식칼을 움직여 내장을 적출, 독샘 같은 장기를 부수지 않도록 조심해서 뽑고 거기에 이어진 관을 세심하게 벗겨냈다.

"어?"

"왜 그래? 무슨 문제가 있나?"

"아, 아니……."

어쩨 점주가 입을 다물고 내가 작업하는 모습을 응시하기 시작했다.

그렇게 어려운 건 아니잖아.

아무튼 이걸로 독샘 제거는 끝났다. 고기와 뼈가 남았는데……냄새가 강할 것 같군.

습지대에 살고 있으니까 틀림없이 흙내다.

나는 물동이에 남은 물을 가져와서 흙내 나는 고기를 가능한 깨끗하게 씻었다.

"뭘 보고 있어. 너도 도우라고. 물을 끓여 줘."

점주에게 말하자 점주도 알았다고 답하고는 냄비에 물을 넣고 끓이기 시작했다.

몇 번이고 씻어서 고기에 붙은 흙내를 완화한다.

원래 독을 가진 마물이니까 해독 효과가 강한 약초를 으깨 넣는 게 좋을 것 같군.

그리고 개구리의 고기 같은 식감일 테니까…… 잘 쓰는 뒷다리 부분은 메인으로 남겨 두자.

야채를 적당히 썰어서 기름으로 쓱 볶고, 고기도 적당히 익혔다.

뼈는…… 생각보다 연하고 젤라틴 상태인 부분이 많군.

현대 지식으로는 이해할 수 없는 뼈 구조다. 다른 부분은 물고기 같고.

독이 섞였을지도 모르니까 이것도 약초를 곁들여서 뜨거운 물에 부글부글 끓였다.

맛있을지는 모르겠다. 맛을 모르니까.

의외로 금방 익어서, 탱탱한 젤라틴 부분이 식욕을 돋우는 느낌이 되었다.

젤리 같으니까 설탕 같은 걸 뿌려서 익힌 고기와 야채 위에 올렸다.

남은 부분은 우무채 같은 느낌으로 원하는 양념을 섞어 먹으면 되겠지.

제법 딱딱할 듯한 꼬리와 뼈가 남았는데, 식감을 즐길 수 있도록 튀겼다.

그리고 남은 고기를 전골로 담았다.

"다른 베리에이션으로 만들려면 볶음밥으로 만들거나 하면 돼. 보통 고기랑 그다지 다르지 않잖아."

"그, 그래……."

점주는 아연해 하면서도 내가 만든 요리를 심사원에게 가져갔다.

심사원은 그 요리에 손을 뻗어 입에 넣었다.

그러더니 눈을 크게 뜨고 퍼먹기 시작했다.

"이건 엄청나군! 이 마을 근처에 서식하는 것 중에서 먹을 만한 게 못 된다고 생각했던 프로그 샐러맨더에서 이렇게까지 맛을 끌어내다니! 곁들여서 자연스럽게 섞인 해독 약초가 맛을 끌어내고 있어!"

심사원은 먹으면서 떠들었다.

어이, 먹을 게 튀잖아.

"보인다! 보인다고! 프로그 샐러맨더의 일생이! 알에서 깨어나 열심히 살며 성장해서 성체로 변화해 다시 알을 품는 그 사이클. 힘찬 생명력이 여기에 집약되어 있어……!"

……이 텐션은 뭐지.

"마, 말도 안 돼! 먹은 그 순간 근육이 환희로 떨리며 고동친다!"

찌직 하고 수수께끼의 흉근에 힘을 넣어 옷을 찢은 심사원이 외쳤다.

"오오…… 이것은 생명이 깃든 요리. 맛있다! 맛있다아아아아!"

뭐, 내키는 대로 해라.

아무튼 이걸로 이 가게가 닫는 일은 없으리라.

나는 마지막까지 듣지 않고 부엌문으로 나왔다.

"어서 오세요. 어떠셨나요?"

"아, 뭐, 적당히 처리했지."

식당을 나와서 약과 소재를 팔아치운 나는 돈을 챙겨서 여관으로 돌아갔다.

라프타리아가 방에서 지루한 듯 팔굽혀 펴기를 하고 있었다.

아직 어린아이인 주제에 묘하게 의욕이 넘치는군.

"그렇지, 선물이야."

"뭔가요?"

라프타리아는 내가 식당에서 만든 요리가 든 봉투를 받아들었다.

"튀김인가요?"

라프타리아는 봉투에 손을 넣어 바삭바삭하고 중화가 끝난 뼈 프라이를 한 입 물었다.

"맛있네요. 이거 뭔가요?"

"프로그 샐러맨더의 뼈 프라이. 원래 독이 있는 모양이야. 알잖아, 이전에 습지대 근처에 있던 녀석."

라프타리아가 푸욱 하고 뿜었다.

"대, 대체 뭘 먹이시는 거예요!"

"독은 뺐어."

"그런 의미가 아니에요! 왜 그런 괴식 요리를 만드시는 건데요!"

"도롱뇽은 영양이 있을 테니까 성장기인 라프타리아에겐 좋을 걸."

"아무리 배가 고프다고 해도 독이 있는 마물을 먹을 정도로 굶주리진 않았어요. 나오후미 님? 제 말 듣고 계신가요——?"

어째 요즘 라프타리아가 나에게 대들게 되었다……. 노예문에 위반되지 않는 범위 내이긴 하지만…… 귀찮다.

참고로 류트 마을의 식당은 그 후 심사원의 보증을 받아 번성했다고 한다.

카르밀라 섬 해변 스포츠 대회

"파도가 일어나서 바다가 거칠어졌군."

우리는 지금 해변에서 바다를 보고 있었다.

세 용사 모두 치료가 끝나고 회의를 해야만 하는 상황이지만 그건 나중에 하기로 했다.

여왕 말로는 패배라는 사실을 인정하고 현실을 직시할 시간을 주기 위해서라는 모양이다.

바다 멀리에 계속 머무는 구름을 보고 있자니 불안감도 든다.

카르밀라 제도는 온난하고 조용한 해역으로 태풍도 오지 않는 다던데…… 저렇게나 이상한 광경을 보여 줄 줄이야…….

작은 태풍이 수평선 저편에서 일어나고 있는 것이다. 가까이 오지 않는 게 신기한 광경이지만, 누구도 신기하게 생각하지 않는 게 이곳이 이세계라는 걸 새삼 인식하게 한다.

그러나 그 이외에는 완만하고 아름다운 바다다.

적어도 현대 일본에서는 볼 수 없는 에메랄드그린의 투명한 바다가 새하얀 모래사장과 어울려 하와이와 괌을 연상케 한다.

아니…… 어쩌면 그것보다 아름다울지도 모른다.

해변의 모래에는 현대 일본 세계에 없는 물질이 섞여 있는지 때때로 무지갯빛으로 빛난다.

밤이 되면 바다가 붉게 물드는 것도 더해져서 신비하게 빛나고 있을 때가 있는 것이다.

그래서 밤도 나름 밝다.

"할 수 없네요."

"와하앙~."

필로가 지루한지 바다에서 헤엄을 쳤다.

지금은 필로리알 형태든 인간 형태든 헤엄칠 수 있게 되었다.

수영복을 빌려 모래사장에서 한순간 휴식을 즐길까 생각했지만, 멀리 있는 태풍을 보니 마음이 진정되지 않는군…….

뭐, 라프타리아와 필로의 수영복 차림이 묘한 시선을 끌고 있는 것 같은 느낌도 들지만.

그렇긴 해도 수영복이 꽤 근대적이군.

라프타리아가 입고 있는 수영복도 비키니로, 일본 바닷가를 평범하게 걸을 수 있을 것 같은 모습이다.

"언니는 말이지, 지금 필로가 입고 있는 걸 입으려고 했어."

"필로! 말하지 말아 달라고 했잖아요!"

필로가 입고 있는 것은 학교 수영복이었다. 진한 남색.

어떤 녀석이냐. 이 세계에 이런 수영복을 퍼트린 녀석은.

……과거에 소환된 용사가 퍼트렸겠지.

"조금 전까지 어린애였으면서 대담한 수영복을 골랐군."

"이것밖에 없었단 말이에요!"

"과연."

파도와 싸우는 사명을 우선하는 라프타리아니까. 그런 결말은 상상하고 있었다.

……뭐, 어린 시절의 라프타리아라면 이상할 게 없지.

애초에 이곳은 이세계다. 바다에 들어가기 위한 전용 의류 같은 걸 사는 관습이 있는 걸까?

일본도 옛날에는 알몸이 보통이었다고 하고, 알몸일 가능성도…….

"라프타리아, 지금까지 바다에 들어갈 때는 뭘 입었어?"

"천과 훈도시였어요."

"뭐어, 무난…… 아니, 무난한 게 맞나?"

무난한 걸로 흘려 넘겨 두자.

"아무튼 모래사장에 왔으니 뭔가 하면서 놀까."

"어떻게 노나요?"

"라프타리아랑 놀려면…… 공이라도 있다면 비치발리볼을 해도 되겠지만……. 자세히 보니 용사들이 있군."

기분 전환을 하려는 걸까? 나 말고 다른 용사 셋이 모래사장에서 내키는 대로 놀고 있다.

모토야스는…… 여전히 헌팅&자기 자랑인가. 서핑할 수 있어! 같은 말이 들렸다.

뭐, 너는 할 수 있을 것 같지. 왜 게이머인지가 신기할 정도고.

이츠키는…… 선글라스를 쓰고 비치 체어에 누워 있다.

다람쥐 인형옷을 입은 녀석이 급사처럼 움직여서 건네준 주스를 맘껏 마시고 있다.

너는 무슨 부호쯤 되냐. 그런 타입 아니잖아.

그리고 렌은 평소와 같은 차림을 하고서, 해변에서 노는 동료들을 부러워하듯 보고 있다.

너 수영 못했었지.

아, 사냥을 하러 가려는 걸 여왕이 막는 것 같다.

여왕은 그대로 렌을 데리고 내 쪽으로 왔다.

"무슨 일이지?"

"회의 전에 우호를 다지기 위해 모래사장에서 뭔가 개최하려고 합니다만, 용사님들의 의견을 듣고 싶어서요."

내가 시선을 향하자 렌은 불쾌한 듯한 표정을 지었다.

그러나 딱히 뭔가 말할 것도 없는 듯하다.

모토야스도 이츠키도 그런 상황을 눈치채고 이쪽으로 왔다.

"마침 기회이니 용사님들 세계의 스포츠를 즐기면 어떨까요?"

음……. 여왕의 의도는 알 것도 같다.

용사끼리 우호를 다지고 나와 라프타리아의 신체 능력을 용사들에게 제대로 인식시키려는 거겠지.

하지만 이 녀석들이 승낙할까?

"나는 아무래도 좋지만……."

내 말을 확인한 것과 동시에 용사들은 각각 고개를 끄덕이며 눈을 빛냈다.

아, 마음에 들고 반대할 생각도 없는 거군.

"그럼 시작하죠. 용사님들의 세계에서는 어떤 스포츠가 있나요?"

"축구 아닐까? 아니면 농구."

"흥…… 야구지."

"서바이벌 게임이에요!"

축구, 농구, 야구……. 뭐, 나쁘진 않지. 하지만 사람 수가 모자란다.

서바이벌 게임이라니…….

"여긴 모래사장이잖아? 장소에 어울리는 쪽이 좋지 않을까? 비치발리볼이나 비치 플래그 풋볼 같은 거 말이야."

"서바이벌 게임의 뭐가 불만인가요!"

"기재 조달을 생각해야지. 실총 같은 걸로 할 처지가 되는데. 진짜로 서로 죽이고 싶은 거야?!"

"큭!"

"그럼 어떤 경기인지 룰을 알려 주세요."

"아……. 그건 말이지——."

그리고 우리는 각각 모래사장에서 가능한 각종 경기를 설명하고, 여왕 주최로 시합을 열게 되었다.

어째서인지 용사들이 심판 역으로 경기가 진행되었다.

뭐, 섬에 있는 모험자도 꽤 한가했고, 용사의 동료들이 대표로 팀 대항전을 펼치게 되어 분위기는 달아올랐다.

작은 운동회로군.

"다음은 수박 깨기!"

"……."

뭐, 해변에서 하기엔 어울리는 경기지.

문제는 이세계에 수박 같은 게 없다는 것이고.

아무튼 둥그런 과일이면 뭐라도 좋지 않겠느냐고 정했다.

룰을 설명하고, 필로가 눈가리개를 하고서는 떨어진 곳에서 뱅 뱅 돌았다.

"앞, 앞이야!"

"뒤! 뒤다!"

내 응원과 반대되는 소리를 하는 녀석들이 많고 많았다. 뭐, 그런 놀이니까.

"여기~!"

필로는 헤매지 않고 과일에 다가가선 힘껏 때려서 깼다.

그런데 너무 힘이 들어가서 주변에 다 튀었다. 내 참!

뭘 하는 거야!

그런 느낌으로 다양한 경기가 진행되었다.

"그럼 머드 레슬링을 개최합니다! 이번 승부에 이기면 200점! 아직 만회할 찬스가 있어요!"

깡 하고 수수께끼의 공이 울리고, 정신을 차리자 라프타리아와 빗치가 모래사장인데도 진흙 링에서 서로 노려보고 있었다.

관객의 텐션은 최고조에 달했고 응원하는 목소리에 열이 깃들었다.

특히…… 남자들의 목소리가 시끄럽다.

생각해 보자, 왜 이렇게 된 거지?

분명히 모토야스가 머드 레슬링을 말한 거다. 모래사장에서 할 경기로 뭐가 남았는가를 다른 녀석들과 이야기하느라 깨닫는 게 늦었다.

대체 어떡하면 이런 매칭이 되는 걸까.

"어이, 모토야스! 모래사장에서 할 수 있는 경기인데 왜 머드 레슬링이야!"

"그래요!"

"아무리 그래도 이상하잖아."

이츠키와 렌도 이의를 제기했다.

이 진흙, 어디서……는 마법이려나.

편리하구만. 진흙을 만드는 것도 고생이었을 텐데…….

"보여! 슬쩍슬쩍 보인다고! 렌, 이츠키! 욕탕에서 엿보질 못했으니 눈에 새겨 두라고!"

이 자식 무슨 소릴 하는 거야.

"아…… 그런가요."

"무슨 소릴 해도 소용없겠군."

"예에……."

렌과 이츠키는 모토야스의 반응에 포기하고 말았다.

이번 경기에 녀석들의 동료는 참가하지 않았고.

그런데 이츠키, 다람쥐 인형옷을 입은 네 동료는 마무리 개그 담당이냐?

오늘 이벤트마다 힘껏 '후에에에에' 하고 비명을 지르며 하늘을 날고 있다고.

줄다리기를 할 때도 필로가 힘껏 당겼더니 정말 굉장하게…… 하늘을 날았다.

날다람쥐 같았어.

"끄으으응……."

"후우우욱……."

빗치가 라프타리아의 얼굴에 진흙을 끼얹고, 눈이 보이지 않게 된 틈에 뒤에서 들이받으려 했다.

"하앗!"

"안 통해요!"

라프타리아가 힘껏 몸을 비틀어 빗치의 돌진을 피하고 날려버렸다.

그러자 팟 하고 빗치가 있던 장소에 덫…… 랜덤 트랩이 작동했다. 평범하게 경기하면 재미없다는 의견이 있어서 각자의 동료들이 여왕에게 진언한 것이리라.

이번 트랩은 빗치가 담당했던 게 아니었나?

음, 라프타리아를 부끄러운 꼴로 만들려고 설치한 덫에 자폭한 건가.

"앗!"

빗치의 머리에 크고 납작한 돌로 만든 접시가 떨어졌다.

쿵 하고 좋은 소리가 났다.

꼴좋다!

결과가 좋으면 다 좋은 법!

"아윽——."

빗치가 철퍼덕 하고 진흙 바닥에 앞으로 쓰러졌다.

"라프타리아 언니, 진흙 놀이 재밌어~!"

"그런가요? 조금 끈적끈적해서 빨리 씻고 싶지만……."

"좋아. 그 앵글! 에로스! 에로스!"

모토야스는 사랑하는 빗치가 쓰러졌는데도 흥분 상태였다. 라프타리아와 진흙 놀이를 하는 필로, 그리고 허리를 들고 얼빠진 자세로 진흙에 처박힌 빗치를 보고 있다.

뭐어……. 심심풀이로는 나쁘지 않았다고 즐거워하는 동안 그 날의 행사는 끝났다.

만약 영귀가 전진할 때
메르로마르크의 피난 유도가 끝났다면…

영귀가 메르로마르크 성이 보이는 지점까지 왔다.

이대로 진행하면…… 아마 틀림없이 성 밑 도시를 지나가게 되리라.

괴수 영화처럼 메르로마르크 성 밑 도시가 파괴될 것이다.

피트리아가 오기까지는 한 시간 정도 걸리는 모양이다.

"여왕, 피난 유도는 끝났나?"

"이미 종료되었습니다."

호오…… 이미 사태를 파악하고 성 밑 도시 사람들을 도망치게 했나.

위험 회피 능력이 높다고 할까…….

"피난 유도가 끝났다면 괜찮겠지. 성과 도시는 포기해야겠군."

괜히 힘들게 성과 도시를 지킬 필요는 없겠지.

국민만 살아 있다면 복구할 수 있을 테니까.

어차피 파도의 피해 같은 것도 국민들이 자력으로 수복해 왔다. 나도 무의미한 고생은 하고 싶지 않다.

잽싸게 영귀에 올라타서 봉인 방법이나 쓰러뜨릴 방법 등을 조사해야 하지만.

그동안 피트리아가 도착해서 영귀를 쓰러뜨려 줄지도 모른다.

그런 흐름이 되려는데 여왕이 당황한 듯한 표정을 지었다.

"기, 기다려 주세요. 저희의 성과 성 밑 도시가 파괴될 경우, 부흥에 큰 시간이 걸리게 됩니다. 그 경우 용사님들에 대한 원조에 지장이 생기는데, 그래도 괜찮을까요?"

약간 껄끄러운 어조가 되었다. 그야 곤란한 건 짐작할 수 있지.

나라의 상징인 성과 도시가 파괴되면 메르로마르크라는 나라 자체의 가치도 상대적으로 하락한다.

한창 파도라는 재앙이 들이닥치는데 손해를 보고 싶지는 않겠지.

이러니저러니 해도 자국의 피해를 줄이고 싶다는 여왕의 생각은 나도 이해가 간다.

"우리는 나라와 성, 도시 모두 피해를 입었다고!"

"방패 용사님께 성을 지켜달라고 무리한 제안을 하고 있구만!"

"자국만 피해를 안 입으면 된다는 건가!"

"메르로마르크의 암여우 년! 그런 식이니까 삼용교의 폭주를 막지 못한 거다!"

모두 피해를 봤고, 이번엔 메르로마르크의 차례가 되려는 참이다. 그런데 주민의 피난 유도가 끝났는데도 불구하고 나에게 성과 도시를 지켜 달라고 부탁하니 이렇게 되는 거지…….

마음이야 충분히 알겠지만.

"그래서요? 저는 자국의 피해를 최소한으로 억누르기 위해 방패 용사이신 이와타니 님께 애원하는 것이에요. 때와 경우가 달라요."

여왕은 부채로 입가를 가리고 유유히 답했다.

"뭐라고?"

"자기네만 무사하면 된다는 거냐!"

타국의 대표들인 연합군 상층부가 여왕을 가리키며 규탄했다.

"그럼 묻지요. 여러분의 나라를 영귀가 공격했을 때 근처에 이 와타니 님이 계셨나요? 성이 공격받을 때 무모한 돌격을 명한 건 어떤 분이셨지요?"

아…… 음.

여왕의 논리도 일리가 있다.

연합군 상층부의 나라가 공격당할 때 나는 없었다.

녀석들은 성이 영귀에게 함락당하려 할 때 돌격한다는 무모한 선택을 했다.

내가 불행해졌으니 너도 불행해져야 한다는 소리는 영귀 때문에 피해를 입은 나라들의 논리겠지.

그런 주장이 통할 리가 없다. 여기에서 평등 같은 소리를 꺼내면 그야말로 이상한 이야기가 되어 버리겠지.

그리고 메르로마르크 근처에 내가 있고, 한 시간 기다리면 영귀를 쓰러뜨릴 수 있을지도 모르는 전설의 필로리알이 온다.

이 상황과 연합군의 상황은 큰 차이가 있겠지.

그렇게 납득하려는데.

"이 암여우 년! 네게는 사람의 마음이라는 게 없느냐!"

"자기 나라의 이익만 최우선하고!"

"영귀의 피해자 모임에 입회할 생각이 없을 뿐이지요. 뭔가요? 여기에 있는 사람들은 영귀의 피해를 평등하게 받아야만 하는 건가요? 저희의 목적은 영귀를 쓰러뜨리는 것일 텐데요."

여왕은 일리 있는 이야기를 하고 있지만…… 몇 번이고 슬쩍 내게 시선을 보낸다.

도와줘……라고 메르티가 내게 도움을 청했을 때와 같은 눈을 하고 있다.

이런 부분은 부모자식이 똑같군.

어쩐지 빗치도 생각나지만.

……하아.

뭐, 성이 부서져 곤란한 건 여왕과 메르로마르크 사람들, 그리고 메르티인가.

피난한 모양이니 메르티는 괜찮겠지만 여기서 내가 못 본 척한 걸 알면 어떤 표정을 지을까.

게다가 필로의 친구잖아?

필로도 어쩨 힐끔힐끔 내게 시선을 보내고 있고, 이 나라의 원조가 애매해지는 것도 곤란하군.

"일단은 최선을 다해 볼까."

"이와타니 님? 그건 영귀의 전진을 막아 주시겠다는 뜻으로 봐도 괜찮을까요?"

내가 낮게 중얼거리자 여왕이 그 말에 곧장 반응했다.

"그래, 내가 소환된 목적은 이 세계를 구하는 것이니까. 즉…… 최소한의 피해로 막는 노력도 그중 하나지. 피트리아가 도착할 때까지 되도록 막아야 하지 않겠어."

"이와타니 님의 자비에 감사드립니다."

"끄으응……."

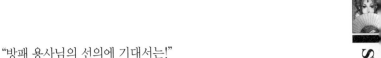

"방패 용사님의 선의에 기대서는!"

"이 암여우 년! 이 싸움이 끝난 후에 두고 봐라!"

여왕에 대한 공격이 거세군.

국가 외교에 완전한 균열이 생긴 느낌도 들지만, 이것도 세계를 위해서라고 생각하고 전후에 여왕이 애써야겠지.

나도 모르게…… 여왕이 거짓말이라도 좋으니까 피난 유도가 끝나지 않았다고 하는 쪽이 좋았겠다는 생각이 들었다.

결론── 메르로마르크의 평판이 악화된다.

만약 영귀의 등딱지가 약했다면…

피트리아가 오기까지 영귀의 발을 묶으며 한 시간.

정말로 힘들었다.

후방에서 흙먼지를 일으키며 피트리아가 달려왔다.

"늦었어……. 잘도 시간을 끌었네. 피트리아도 방패 용사가 애쓴 데에 보답할게."

피트리아가 전신을 거대화하자, 영귀도 피트리아의 기척을 알아차리고 돌아섰다.

"하아아아아아앗!"

피트리아가 도약해 발톱으로 영귀의 머리를 힘껏 걷어찼다.

머리가 찌부러지는 듯했다. 엄청나다!

압도적으로 유리한 상황이 된 느낌이다.

우리는 재빨리 거기서 이탈해 연합군 쪽으로 돌아가서 피트리아와 영귀의 싸움을 보았다.

"전설의 필로리알…… 역시 실재했군요."

여왕의 말에 고개를 끄덕였다.

의심했다면 한 시간이나 영귀의 진로 방해를 하진 않는다.

"뭐, 이걸로 해결된다면 좋겠지만."

피트리아가 영귀 상대로 공격을 반복하고 있다.

"―――!"

영귀가 등의 가시를 하늘로 사출했다.

피트리아는 그것을 간파하고 재빠르게 후퇴……. 그래도 쏟아지는 가시를 쳐 내어 궤도를 뒤틀었다.

재주가 좋구나.

"크래시 차지!"

피트리아가 한쪽 날개를 펼치고 외치자, 피트리아가 끌고 있던 마차가 피트리아의 의지에 호응하듯 거대화해서 변형……했다?!

마차는 채리엇 형태로 변하고, 피트리아가 채리엇을 끌고 영귀에게 날아오르듯 뛰어들었다.

그리고 영귀의 머리, 다리를 파괴한다.

"하아아아아아아아아아아아아아아앗!"

피트리아는 채리엇을 더욱 힘차게 끌며 영귀를 공격했다.

쩌적 하고 등딱지에 균열이 일었다.

오오?!

설마, 설마?!

"해치워~!"

필로가 힘껏 손을 들며 응원했다.

더더욱 힘을 넣은 피트리아의 공격이 영귀의 등딱지에 균열을 넓히고…… 등딱지를 파괴하면서 앞으로 돌진했다.

영귀의 등딱지가 파괴되고 둘로 갈라졌다.

"""오오오오오오오오오오오오!"""

연합군 녀석들도 환성을 토했다.

"해치웠나?"

오스트 쪽으로 고개를 돌리자, 오스트는 안심한 듯한 표정을 가슴을 쓸어내리고 있었다.

그 발치에서 조금씩 빛의 입자가 나오며 사라져 가는 것을 깨달았다.

"방패 용사님, 그리고 필로리알의 여왕님……. 저를 쓰러뜨려 달라는 부탁을 이루어 주셨군요."

"감사는 됐어. 어쨌든 용사로서 해야만 할 일이었으니까."

아까까지의 싸움은 꽤 버거웠지만 나쁘지 않은 결과다.

"우후후……. 짧은 시간이었지만…… 그렇게 말씀하시리라고 알 수 있었어요."

"맘대로 말하라고."

오스트는 만족한 듯한 미소를 짓고 있었다.

"나오후미 님, 괜찮으신가요?"

그때 라프타리아가 달려왔다.

"일단은. 이제부터는 좀 쉬면 되려나?"

"저기…… 오스트 씨가……."

"저는 괜찮아요. 제가 사라지고 있다는 건 영귀가 죽었다는 뜻이니까요."

오스트는 영귀의 사체에 눈을 돌리고 중얼거렸다.

"역할을 다하지 못한 수호수가 존재할 가치는 없답니다."

필로가 슬픈 분위기를 깨닫고 안절부절못한다.

아……. 그래. 아까도 버틸 때 오스트는 큰 힘이 되어 주었다.

오스트가 없었다면 나도 도망쳤으리라.

"저, 저건——."

한 발 나아가려고 했을 때, 오스트가 이마를 찌푸리며 영귀의 사체를 가리켰다.

마침 피트리아가 피로 물든 날개를 마법으로 씻으며 영귀의 사체를 확인하는 참이었다.

오스트와 마찬가지로 피트리아의 얼굴이 굳는 걸 멀리서도 알 수 있었다.

뭐지? 그 냉정한 피트리아가 저런 표정을 짓다니, 무슨 일이 일어난 건가?

내가 봐도 영귀는 버티기만 하지 이렇다 할 반응이 없었으니까 뭔가 있는 게 아닐까 했는데 역시 그런가?

하지만 멀어서 잘 보이지 않는다.

여왕이 쌍안경을 꺼냈기에 나도 그걸 빌려서 확인했다.

어디…….

등딱지 안에…… 어디선 본 것 같은 검과 창과 활이…… 그리고 수정인가?

아, 빛이 되어 사라졌다.

피트리아가 부들부들 떨고 있다. 설마 싶지만…….

어이! 영귀 안에 세 용사가 있었던 거 아냐?!

그 경우, 피트리아 네가 용사들을 죽인 게 된다고.

"오스트, 미안하지만 물어 봐도 될까?"

"예."

"아까 보인 무기…… 혹시 사성, 성무기인가?"

"……예. 아무래도 그런 모양이에요."

피트리아가 진땀을 흘리며 등을 돌렸다.

"피트리아는 몰라!"

"인마! 도망치지 마!"

타다다다닷, 피트리아는 토끼가 도망치듯이 힘껏 달려갔다.

"저어……."

반짝반짝 빛나서 아름답다고는 생각하지만, 오스트도 상황 탓에 곤혹스러워하며 사라져 갔다.

"저기…… 방패 용사님, 부디 힘내 주세요."

사성이 빠지면 파도가 강해진다고 하지 않았어?

애초에 저 녀석들은 왜 그런 곳에 있었던 거야.

아니, 있는 거야 그렇다 쳐도 휘말려서 죽으면 안 되지!

"어, 어떻게 되는 걸까요."

라프타리아가 창백한 표정으로 내게 물었다.

주변 녀석들도 마찬가지다.

"내가 알고 싶어!"

우리는 이제 어쩌지?

결론── 답 없는 결말로 치닫는다.

만약 알 뽑기에서 벌룬이 태어났다면…

"은화 100닢으로 1회 도전, 마물 알 뽑기입니다!"

뭐 어때, 하고 나는 시험 삼아 알을 구입했다.

집으려고 했던 것의 옆을 골랐다.

그 후, 이런저런 사정 때문에 류트 마을로 이동한 다음 날.

"아, 부화하려는 것 같아요."

나도 알 쪽을 확인했다.

이윽고…….

알인 줄 알았는데 아무래도 이것 역시 마물의 일부였던 듯하다.

뒤집히는 것처럼 흔들리더니 알이라고 생각했던 물체가 부풀어
올랐다.

"가브!"

"이건…….."

약간 노란색에 익숙한 조형, 노골적으로 풍선 같은 모습.

"가브?"

"벌룬……이로군."

아무래도 완벽한 꽝을 고르고 만 듯했다.

뭐, 원래 뽑기라는 게 이런 거겠지.

둥실둥실 뜨기 시작한 벌룬은 적의 없이 나와 라프타리아 주위
를 날고 있었다.

스테이터스도 확인할 수 있다. 꽤 낮다.

우사피르 같은 거라면 팔릴 것도 같지만 벌룬은 최약의 마물 같으니 팔릴지 의심스럽군.

벌룬에 끈을 묶어서 라프타리아에게 주었다.

완전히 풍선이다.

"으음……."

"뭘 하고 있어? 사냥하러 가자."

"아, 예."

레벨을 올리면 마물도 약간은 전력이 될 테고, 없는 것보단 낫겠지. 엄청 비싼 값을 치르고 만 느낌이 들긴 하지만.

"이 애의 이름은 어떡할까요?"

"어디, 벌룬이니까……. 풍선에서 따서 푸우 정도로 해 둘까."

그런 사정으로 푸우를 데리고 라프타리아와 함께 레벨 업에 나섰다.

푸우는 제대로 싸우지 않는데도 쑥쑥 레벨이 올라서 15까지 성장.

"가브!"

야생 벌룬과는 달라서 다소 공격력이 있는 듯하다.

류트 마을 근처에 있던 마물의 머리를 물어뜯어서 숨통을 끊었다.

그대로 와구와구 먹기 시작하는 건 좀 그로테스크했지만.

"가브!"

피투성이가 된 이빨을 자랑스럽게 드러내며 나를 향해 웃지 않았으면 좋겠군.

아무튼 푸우를 데리고 레벨을 올리고 있자니 레벨이 25가 되었다.

"저어……."

"무슨 말을 하고 싶은지는 알아."

"가브!"

푸우가…… 확연히 눈에 띌 만큼 커져 있었다.

처음엔 공 정도 크기였지만 앗 하는 시간에 2미터 정도까지 성장했다.

마을 녀석들도 처음엔 놀라고 있었지만, 어쨌든 잘 키웠더니 애드벌룬이라는 웃긴 이름의 마물로 성장했다.

"크구만."

위화감이 있는 모습이지만, 푸우는 끈을 한껏 당기며 둥실둥실 하늘을 날고 있다.

이거…… 모 게임 보스인 거북이의 부하 중에 닮은 게 있었지.

물어뜯으려고 드는 철구.

그런 느낌이 되었다.

나오는 마물도 즉시 눈치채고 물어서 쓰러뜨려 준다.

편리하지만 뭔가 석연치 않다.

그런 느낌으로 일주일이 경과했을 무렵.

"본격적으로 이상해지지 않았나요?"

"으음…… 그렇군."

푸우는 더욱 커졌다. 이제는 끈으로 잡아도 나와 라프타리아가 오히려 끌려서 붕 뜬다.

"시험 삼아 바스켓이라도 만들어 보자. 날 수 있을지도 모르지."

그렇게 해서 류트 마을에서 나무 바스켓을 만들어 푸우에게 연결하고 바스켓 안에 들어가 봤다.

"가브?"

"날아! 하늘 높이 날아오르는 거야!"

"왜 폼을 잡고 계시는 건데요!"

라프타리아가 면박을 주었다. 나도 정말 날 거라고는 생각 안 한다고.

그렇게 생각했는데.

"가브!"

푸우는 우리를 태운 채로 두둥실 떠올라 하늘 높이 날기 시작했다.

"우왓!"

꽤 흔들린다. 우리는 놀라면서 푸우를 타고 이동을 개시했다.

그래서…… 벌룬은 어느 정도 이동도 할 수 있지만, 바람이 강하면 쓸려가는 성질이 있다.

기구 상태…… 곤돌라 벌룬(가칭)이 된 푸우는 바람을 타고 우리를 날라다 준다.

그러나 바람에 타고 있을 뿐이지 내려갈 수 없는 듯하다.

이미 메르로마르크의 국경은 한참 넘었다.

왠지 화살과 마법이 날아들었지만 바람의 흐름이 강해서인지 앗 하는 사이에 메르로마르크가 보이지 않게 되고 말았다.

라프타리아가 큰 소리로 푸우에게 항의했지만, 우리는 아무것도 할 수 없는 것 같다.

너무 높아서 떨어지면 죽을 것 같고, 그렇다고 푸우 역시 자력으론 내려갈 수 없다.

하늘에서 표류 생활을 하게 되었다.

세계는 넓구나……. 모든 것이 작게 보인다.

"하늘에 성 같은 게 있을지도 몰라."

이세계니까 천공의 성 같은 건 로망이 있어서 좋을지도 모른다.

"나오후미 님? 현실 도피하지 마시고 어떻게든 지상으로 내려갈 방법을 생각해야죠!"

"그렇겠지…… 오?"

구름 저편에 뭔가 보였다. 게다가 점점 가까워진다.

저건…… 왕관을 쓴 벌룬?

킹 벌룬이라는 녀석인가?

큰일이군, 자칫 적으로 찍혔다간 우리는 단번에 끝장이다.

그러나 킹 벌룬은 우호적이고, 푸우에게 왕관을 주었다.

그러자 푸우는 더욱 성장하기 시작해서…… 전설의 마물이라 불리는 힌덴벌룬이 되었다.

힌덴벌룬은 자기의 힘으로 지면에 착지할 수 있었다.

지금 우리는 푸우의…… 비행선 부분에 타고 하늘을 여행하고 있다.

결과적으론 좋은 쇼핑을 했군.

어라? 하늘색 필로리알이 지상에서 우리를 올려다보고 있다.

"그아!"

나도 모르게 손을 흔들었다.

하늘색 필로리알이 어쩐지 분한 소리를 낸 것 같은데…… 기분 탓이려나?

결론—— 편리한 이동 수단을 획득한다.

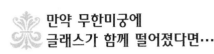

만약 무한미궁에 글래스가 함께 떨어졌다면…

우리는 쿄의 함정에 의해 낯선 감옥에서 눈을 떴다.

"여기는…… 어디일까요?"

"글쎄. 적국의 감옥 같은 곳이 아니기를 빌 수밖에 없지."

주위를 둘러보았더니 무슨 인과인지 글래스밖에 없었다.

기댈 만한 상대이긴 하지만 파도에서 몇 번이나 적대했기에 완전히 신용할 수는 없다.

게다가.

이세계에 온 탓인지 레벨이 1로 되돌아가 버렸다.

섣불리 저항했다간 살해당할 수밖에 없다.

"경계하는 건가요? 동맹을 맺고 있으니까 싸우지 않을 거예요."

"글쎄."

경계를 태만히 해서는 안 된다.

어쨌든 상대는 이러니저러니 해도 빗치와 같은 여자니까.

라프타리아가 특별히 신용할 수 있었을 뿐이다.

차점에 필로와 리시아가 있는 정도다.

글래스는 내 경계를 눈치챘는지 고개를 약간 갸웃거렸다.

"하아……. 당신은 경계심이 강한 사람이군요."

"몇 번이나 싸웠다고 생각하는 거냐고! 제길!"

"아무튼 여기에서 나가죠."

"나갈 수 있나?"

"예."

글래스가 감옥의 창살에 다가가서는 부채로 썩둑 잘라 버렸다.

격자는 의외로 간단하게 잘려 나갔다.

"그럼 가죠."

"……그러지."

라프타리아 일행도 근처에 있을지 모른다.

그렇게 생각하며 감옥 밖으로 나서서 주변을 확인했다.

어쩐지 옆 감옥에 묘한 생활감이 있다.

"이건…….."

"왜 그러지?"

글래스가 옆 감옥 안을 확인하고는 놀라서 서 있었다.

"나오후미, 여기서 기다리고 있어도 될까요?"

"왜?"

"이 방의 주인이 누구인지 알 것 같아서입니다."

"찾으러 가거나 하지 않고?"

"보아하니 방금까지 있었던 모양이니까요. 조금 기다리면 돌아
올 가능성이 충분합니다."

"……."

글래스의 말을 따를까 어쩔까 고민하고 있는데 길이 막혔다.

"나쁜 제안은 아닐 겁니다. 함부로 움직이는 것보다 안전할 거
라고 생각해요."

"하아……. 거절할 수가 없구만."

레벨 차라고 해야 할까? 지금의 나로서는 글래스에게서 도망칠 방법조차 없다.

그런 생각을 하며 30분 정도 기다리고 있자니 발소리와 함께 방의 주인이 돌아왔다.

"키즈나!"

"아, 눈을 떴구나. 자고 있는 동안 먹을 것과 물을 확보하려고 했는데."

거기에 나타난 것은 한눈에 보아, 어린 여자애.

아무래도 글래스와 아는 사이인 듯하다.

쿨한 글래스가 표정을 일그러뜨리며 끌어안았다.

울고 있다. 그렇게 기쁜 건가.

그런 생각을 하고 있자니 글래스가 키즈나…… 나와는 다른 일본에서 소환된 글래스 쪽의 사성, 수렵구의 용사인 카자야마 키즈나를 소개해 주었다.

아무래도 몇 년 전부터 행방불명 상태였던 듯하다.

"놀랐어. 글래스가 이런 곳에 올 줄이야. 대체 어떻게 된 거야?"

"그건 이쪽이 할 말이에요. 갑자기 행방불명이 되어서는……. 전 세계를 찾았다고요."

"뭐, 이래저래 사정이 있었거든."

둘은 그런 느낌으로 나를 무시하고 재회를 기뻐했다.

회화에 끼어들 틈조차 없다.

뭐, 글래스와 키즈나의 대화로는 이곳이 탈출할 수 없는 공간이고, 키즈나는 여기에 계속 눌러 살고 있었다는 모양이었다.

"그래그래. 이야기는 알았으니까 너희도 좀 들어. 아무튼 탈출 수단을 생각하자."

"그러네. 멍청이라도 셋이 모이면 좋은 생각이 나온다니까, 여기에서 나갈 방법을 생각하자. 수단이 있을——."

키즈나가 이야기를 진행시키려는데 글래스가 고개를 갸웃거렸다.

"왜 여기에서 나가야 하죠?"

""엉?""

나와 키즈나가 이구동성으로 물었다.

"키즈나, 우리의 세계는 파도라는 경이에 노출되어 있어서, 사성용사 전원이 죽으면 세계가 멸망하고 말아요."

"그, 그런가?"

"연명할 방법은 파도로 일어난 다른 세계와의 융합 현상 때 다른 세계로 건너가서 그 세계의 사성을 죽이는 거예요."

"그런 짓을 했어?"

키즈나가 깜짝 놀라 글래스를 꾸짖었다.

일단 글래스는 나에게 사죄를 했지만, 그 외에도 이야기하고 싶은 것이 있는 듯했다.

"그러니까 우리 세계를 지키기 위해서는 여기에 있는 것에 의미가 있어요."

"무슨 뜻이야?"

"생각해 보세요. 파도로 사성이 소환되지 않고 우리가 여기에 있는 것을 아는 자는 전혀 없어요. 탈출하지 못하는 공간에 일부러 올 사람도 있을 리 없죠. 사성을 지키기 위해서는 더없을 정도로 좋은 장소예요."

글래스 녀석 흥분했군. 키즈나가 그렇게 소중한가.

"납득할 수 없는 논리는 아니지만……. 세계를 위해서……란 말이지."

키즈나가 미묘하게 납득하고 있다.

우리가 파도에 나서지 않으면 죽는 일도, 세계가 멸망하는 일도 없다니 굉장히 소극적인 발상이야.

"그러니까 나오후미. 당신도 여기에 영주하면 세계를 지킬 수 있어요. 탈출은 포기해 주세요."

"웃기지 마!"

세계를 위해 여기서 일생을 보낸다는 제안을 받아들이는 놈은 완전히 바보라고 생각하지만…… 내가 할 수 있는 일은 한정되어 있다.

어쨌든 키즈나가 글래스 설득을 끝낼 때까지는 머무를 수밖에 없는 처지인 듯하다.

빨리 라프타리아와 다른 녀석들을 다시 만나고 싶은데…… 그렇게 생각하며 오늘도 무한미궁에서 서바이벌을 하고 있다.

결론── 세계를 위한 강제 희생?

나오후미의 라프타리아 교육 문제

"라프타리아 아가씨. 잠깐 쇼핑하러 가자."

"저희는 도망치는 중이잖아요?"

현재 우리…… 저, 라르크 씨, 테리스 씨, 글래스 씨 넷은 세 분을 적대시하는 나라에서 탈출하기 위해 용각의 모래시계를 목표로 잠복하며 도망치는 중입니다.

그런 도중, 라르크 씨가 가벼운 어조로 도시에 쇼핑을 하러 가자고 제안해 왔습니다.

어째서인지 테리스 씨와 글래스 씨가 이의를 제기하지 않아서 제가 말해야 할 처지가 되었습니다.

"괜찮아, 괜찮아. 당당하게 굴면 별일 없어."

"그래요, 이 나라도 저희를 대놓고 수배할 수는 없으니까요."

"하아…….."

어쩐지 익숙한 태도로 글래스 씨가 추가 설명을 합니다.

이 중에서 반대파는 저뿐인 듯해서 거절할 수 없었습니다.

나오후미 님과 함께 도망칠 때도 타인의 눈을 경계했었는데…….

결과만 말하자면, 라르크 씨의 말대로 특별한 일은 일어나지 않았습니다.

저는 모두의 제안대로 귀와 꼬리를 감추고 행동했는데 그 덕분일까요?

"이거 얼마쯤 될까?"

"글쎄요……."

라르크 씨 일행은 매입상에게 무기에서 꺼낸 갑옷을 팔아서 돈을 마련하려고 합니다.

평범하게 거래가 가능할 듯했기에, 저는 후드에서 얼굴을 내밀어 매입상에게 얼굴을 보였습니다. 그리고 살짝 끈적한 목소리를 내서 갑옷을 매만지며 말했습니다.

"이거, 제가 애용하던 건데요오. 조금만 더 비싸게 쳐 주시지 않을래요?"

어미를 약간 높이는 것이 요령입니다.

덧붙여서 나오후미 님의 경우는 저를 가리키며 확실히 입고 있었다고 주장하시겠죠.

"어엇——."

어째서인지 다른 분들이 황당해했습니다.

매입상이 저와 갑옷을 번갈아 보더니 흥미롭게 라르크 씨를 바라보았습니다.

"그럼 이 정도면 어떨까요?"

다른 분들은 제시받은 단가가 상상보다 높은 걸 이해한 듯합니다.

"저기, 라프타리아 아가씨?"

"뭔가요?"

"……아니, 아무것도 아니야."

왜 그럴까요? 다른 분들의 상태가 묘합니다.

그리고 식료품을 사러 갔습니다.

"오? 꽤 맛있겠는걸."

라르크 씨가 과일을 파는 아주머니 앞에서 과일을 살피며 가격을 검토하고 있습니다.

"그러네요!"

"우리 과일은 신선해!"

저는 과일에 문제가 없는가 빈틈없이 살피면서 찾아 낸 과일을 손에 집었습니다.

"정말이네요. 보세요, 벌레 먹은 곳이 있어요."

제 말에 아주머니가 눈을 크게 떴습니다.

"벌레가 모인다는 건 신선하고 맛있다는 증거죠!"

"그, 그럼. 그렇지."

주위 분들이 제 말을 듣고 흥미를 가진 듯합니다.

"저희는 조금 돈이 모자라는데…… 팔아 주시면 안 될까요?"

라르크 씨에게서 받은 돈 중에서 표찰에 붙은 금액의 3분의 2를 보였습니다.

"그러네…… 좋아. 특별히 깎아 줄게."

저는 작게 승리 포즈를 취했습니다.

이걸로 식료품을 싸게 구입할 수 있었습니다. 나오후미 님이라면 칭찬해 주시겠죠.

"……."

어쩐지 다른 분들은 고개를 갸웃거리고 있습니다.

저만 가격을 깎고 있는 건 왜일까요.

숙련된 모험자 같은 라르크 씨라면 할 수 있을 텐데요.

"라르크 씨, 뭔가 다른 필요한 게 있다면 제가 나오후미 님께 직접 배운 포즈를 취할 테니 자연스럽게 대화하면서 가격을 깎아 주세요."

"……라르크."

글래스 씨가 라르크 씨에게 말을 걸었습니다.

라르크 씨도 글래스 씨의 의도를 이해했는지 고개를 끄덕이는 듯합니다.

"책임의 근원은 꼬마로군. 꼬마에게 좀 따져야만 할 일이 생긴 것 같아."

이러저러해서 도의 권속기가 제 손에 깃들고, 나오후미 님과 재회했습니다. 간신히 라르크 씨 일행이 소속된 나라로 돌아갈 수 있었습니다.

키즈나 씨가 돌아왔기에 축제를 벌이는 듯합니다.

나오후미 님들과 함께 축제를 즐기며 포장마차를 찾았습니다.

그때 라르크 씨가 나오후미 님을 발견하고는 다가왔습니다.

"어이, 꼬마. 아까는 깜빡 잊었지만 얘기 좀 하자."

"뭐지?"

"꼬마, 라프타리아 아가씨에게 뭘 가르친 거냐?"

"응?"

라르크 씨는 함께 여행하고 있을 때 제가 한 위업을 나오후미 님께 설명해 주셨습니다.

어떤가요? 나오후미 님이 안 계셔도 저는 잘해냈답니다!

그렇게 생각하고 있는데, 나오후미 님은 반쯤 뜬 눈으로 저를 바라보셨습니다.

"조금만 더 아가씨 교육에 신경 써."

뭔가요? 마치 제가 범죄자 같은 말투로.

그렇게 내심 분개하는데 어째서인지 나오후미 님이 저의 예상과는 크게 다르게 고개를 숙이셨습니다.

"객관적으로 보면 그렇겠지. 지금까지 깨닫지 못했어. 라프타리아에게는 잘 가르쳐 두지."

"나오후미 님? 왜 그러시나요? 이런 때는 '알 게 뭐야. 흥정은 상인에게 중요한 거라고.' 라고 말씀하셔야 하지 않나요?"

"라프타리아, 잘 들어. 그건 내가 시켰지만 나쁜 짓이었어. 그러니까 이제부터는…… 하지 않아도 돼."

"네에……?"

왜 나오후미 님까지?

제가 고개를 갸웃거리자 키즈나 씨가 그 대화를 듣고는 어처구니없어 했습니다.

"뭐, 나오후미를 보고 자랐으면 어쩔 수 없는…… 거려나?"

저는 그 후 한동안 어째서 나오후미 님이 라르크 씨에게 주의를 들어야만 했는가를 자문자답하게 되었습니다.

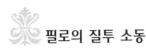

필로의 질투 소동

"라프~."

"하하하."

스스로도 신기할 만큼 웃음이 나온다.

역시 펫에는 이런 걸 기대하는 법이로군.

라프타리아를 찾기 시작하고 필로를 회수하고 며칠, 탐색 도중에 키즈나와 함께 필로의 레벨 업을 하고 있다.

그리고 쉬는 중에 라프짱을 쓰다듬으며 노는 중이다.

라프짱은 얌전해서 좋구나. 라프타리아의 머리카락을 기초로 만들었지만, 머리카락의 주인처럼 얌전한 성격인 듯하다.

그다지 신경 써 달라고 재촉하질 않으니 내가 자발적으로 상대해 줘야만 한다.

식신 강화 기능으로 털도 점점 고와지고 있고, 나 역시 빗으로 다듬어 주고 있다.

내면도 외면도 멋지게 해서 누구에게나 사랑받는 펫이 되는 거다.

"우……."

거기에 뭔가 불만인 듯 우는 옛 펫이 한 마리.

내 어깨에 올라타서는 내 머리카락을 당겼다.

"왜 그래, 필로."

그래, 필로가 묘하게 저기압이다.

평소엔 유유자적 혼자서 잘만 놀면서.

"주인님이 라프짱만 챙겨~!"

"라프짱만이라니……. 네 레벨 업을 위해 일부러 돌아가며 이동하고 있다고."

어쨌든 낮은 레벨은 곤란하니까.

대지의 결정으로 레벨을 올려도 좋겠지만 절약할 수 있는 거라면 절약하는 게 좋다.

돈이 하늘에서 떨어지는 건 아니니까 말이지.

"뿌우~!"

묘하게 시끄럽군. 뭐가 불만인 걸까.

설마 자기만 돌봐 달라고 하려는 건 아니겠지?

"너무 억지를 부리는 게 아냐. 네 상대도 충분히 해 주고 있잖아."

매일 아침 틈틈이 운동할 때 프리스비 독처럼 가지를 던져서 가져 오게 하고 있다.

필로가 심심하다고 소란 피울 때 내게 여유가 있다면 놀아 주고 있고.

내참…… 필로, 원래부터 너는 이렇게 대했잖아.

라프짱을 쓰다듬는 게 그렇게도 마음에 안 드는 건가.

처음엔 나도 너를 펫으로 귀여워해 줬다고.

그랬는데 종알종알 말할 수 있게 되었으니 사람처럼 대하며 놀아주고 있는 건데.

그 점으로 말하면 라프타리아 쪽이 얌전하다.

응? 필로는 펫으로서도 사람으로서도 라프타리아 이하? 아니,

이 생각은 그만두자.

"아닌걸! 주인님은 라프짱만 만져 주는걸!"

"너 말투가…… 왜 그래?"

평소에는 사용하지 않는 말투를 쓰게 됐다.

어째 필로가 엄청 화내는 것 같은데…… 뭔가 화낼 일을 했나?

어쩐지 알 것도 같고 모를 것도 같고…… 말이 떠오르질 않는군.

"어쨌든 억지를 부리지 마."

"뿌우~! 주인님 바보~!"

필로는 그렇게 말하고는 날갯짓해서 날아갔다.

뭐, 그 다음엔 키즈나의 어깨에 앉아서 내 쪽을 원망하듯 바라보았지만.

"어머, 흐뭇한 광경인걸."

"아, 그렇군."

그거로구나. 여동생이 생긴 언니의 마음 같은 거. 필로에게 라프짱은 여동생 뻘이니까.

"필로, 너도 연하를 생각하는 법을 배울 좋은 시기야. 라프짱을 돌봐 주라고."

필로가 언니 대신 라프짱을 받아들이는 데에 필요한 통과 의례 같은 것이다.

나도 남동생이 있었고, 먼저 태어난 몸으로서 동생을 받아들이는 법을 배워야 한다.

"뿌우~!"

"라프~?"

이 두 마리가 사이좋게 되려면 조금 시간이 걸리겠군.

그런 생각을 하며 우리는 계속 길을 갔다. 일부러 돌아가는 길을 택한 대가로 야숙을 하게 되었다.

그리고 내가 잠들어 있을 때.

나는 이상을 깨닫고 눈을 떴다.

잠들어 있을 때 누가 가까이 왔군…….

그렇게 생각했지만 얼굴에 뭔가 복슬복슬한 것이…….

"주인님은 필로 거야~!"

복슬복슬한 물체가 큰 소리를 냈다.

바로 옆이라서 시끄럽다. 아무래도 필로가 허밍 페어리 모습으로…….

"라프~?"

내 얼굴에 타서는 라프짱을 위협하고 있는 듯했다.

일어나서 필로를 때려 떨궜다.

"와앗!"

"뭘 하는 거야, 필로!"

필로는 어쩐지 울상이 되어서는 화가 난 나를 향해 날개를 펼치고 말했다.

"주인님은 필로 쪽이 귀엽지?!"

"당연히 사람 얼굴에 타서 시끄러운 녀석보다 얌전한 녀석 쪽이 귀엽지!"

"그럴 수가~!"

내가 당당히 말하자 필로가 추욱 얌전해졌다.

내참, 자고 있는 사람 얼굴에 타다니 어떻게 된 꼬맹이야! ……
인간 꼬맹이는 그런 짓 못하지만.

"우우……."

"라프라프."

낙담한 필로의 어깨를 라프짱이 가볍게 두드려 위로했다.

"라프~."

그리고 라프짱은 나를 향해서, 필로를 조금 더 귀여워해 주라는
듯 몇 번이고 시선을 향하며 울었다.

응. 라프짱이 더 어른이군.

"라프짱……. 응. 필로도 주인님에게 귀여움받게 힘낼래~."

라프짱이 무엇을 말했는지는 이해할 수 없지만, 필로도 반성한
듯하군.

"화해했네요."

"그러게."

"펭."

리시아, 그리고 크리스를 쓰다듬던 키즈나가 그 모습을 보고 그
렇게 중얼거렸다.

아네코 유사기

원작자인 아네코 유사기입니다.
방패 용사 성공담의 팬북이네요!
다시 설정 자료를 보면…… 굉장히 방대함을 깨달았습니다.
작중에서는 언급되지 않는 인물과 마을, 국가의 명칭 등이 실린 책입니다.
나오후미의 성격상 이런 부분을 꼼꼼히 파악하고 있어도 말하지 않기에 밝혀지지 않고 있었지요.
잊고 있던 설정 같은 게 있거나 해서 조마조마해하는 일이 무수히 있는 작가입니다만, 앞으로도 잘 부탁드리겠습니다.

미나미 세이라

일러스트를 담당하고 있습니다. 미나미입니다.
첫 설정 자료집입니다만, 정보량이 굉장하네요……!
지도나 세세한 세계관 등, 설정을 읽거나 보는 걸 아주 좋아하기에, 아직 모르는 정보도 있지 않을까 하며 두근두근합니다.
물론 지금까지 묘사된 스토리와 스킬 등의 정보가 망라되어 있으므로, 돌이켜 보며 읽는 것도 좋겠네요.
캐릭터의 일러스트도 한가득 실려 있으니까 그쪽도 즐겁게 봐 주시면 감사하겠습니다.

방패 용사 성공담 클래스 업
공식설정자료집

2020년 05월 25일 제1판 인쇄
2020년 06월 01일 제1판 발행

원작 아네코 유사기 | **일러스트** 미나미 세이라

옮김 김동수

발행 영상출판미디어(주)
등록번호 제 2002-000003호
주소 21311 인천광역시 부평구 평천로 132 (청천동)
전화 032-505-2973(代) | FAX 032-505-2982

ISBN 979-11-6524-507-8
ISBN 979-11-319-0033-8 (세트)

● ● ●
영상출판미디어(주)

아네코 유사기
작품리스트

◆

방패 용사 성공담 1~22

창 용사의 새출발 1~2

방패 용사 성공담 클래스 업 ─공식설정자료집─

....

나만 집에 가는 학급전이 1~2

[코믹스]
방패 용사 성공담 1~10
· 만화 : 아이야 큐 (원작 : 아네코 유사기/캐릭터 원안 : 미나미 세이라)

영상출판
미디어(주)

트랜드를 이끄는 고품격 장르소설

방패 용사 성공담

1~22

헤쳐 나가겠어······ 이런 세계에서라도!

특이하게 '방패' 용사로 소환된 이세계.
그리고 비열한 배신으로 모든 것을 잃어버린 주인공 나오후미.
인생의 밑바닥까지 떨어져 상처입고 뒤틀렸던 용사가
진정한 용사가 되어가는 성공담!

아네코 유사기 지음 / 미나미 세이라 일러스트

영상출판
미디어(주)

창 용사의 새출발
1~2

이세계에 창의 용사로 소환된 키타무라 모토야스는
필로리알 말고는 눈에 차지도 않는 이상한 남자,
그런데 정신을 차리고 보니 처음 소환됐을 때와 장소에 있었다?!
창에 깃든 「시간 역행」의 능력으로 과거로 돌아온 모토야스는
사랑하는 필로의 행복을 지키기 위해 싸움에 나선다!
이세계 리스타트 판타지, 마침내 개막!!

© Aneko Yusagi 2017
Illustration : Minami Seira
KADOKAWA CORPORATION

아네코 유사기 지음 / 미나미 세이라 일러스트

영상출판
미디어㈜

방패 용사 성공담

1~10

대학생 이와타니 나오후미가 도서관에서 우연히 발견한
'사성무기서'라는 책을 읽고 소환된 곳은
'파도'라는 재앙이 세계를 위협하는 이세계.
이세계 소환의 정석인가 싶었더니 무기는 공격력 0인 '방패'이고
어째서인지 강간 누명까지 뒤집어쓰고 마는데⋯⋯.

인기 이세계 리벤지 판타지!
애니메이션으로도 나온 그 소설의 만화판이 출간 중!

만화 : 아이야 큐 │ 원작 : 아네코 유사기 │ 2020년 6월 제10권 출간